U0961726

威 尔 斯 短 篇 小 说 集

H. G. WELLS

[英]H.G.威尔斯/著 王文江/译

THE CRYSTAL EGG

水晶蛋

大连理工大学出版社
Dalian University of Technology Press

图书在版编目（CIP）数据

水晶蛋 / （英）赫伯特·乔治·威尔斯（H.G.Wells）著；王文江译．— 大连：大连理工大学出版社，2018.9

（重读经典·科幻大师作品集 / 许钧，吴文智主编．威尔斯短篇小说集）

ISBN 978-7-5685-1514-6

Ⅰ．①水… Ⅱ．①赫… ②王… Ⅲ．①短篇小说—小说集—英国—现代 Ⅳ．①I561.45

中国版本图书馆CIP数据核字（2018）第123128号

水晶蛋

SHUIJING DAN

大连理工大学出版社出版

地址：大连市软件园路80号　　邮政编码：116023

发行：0411-84708842　邮购：0411-84708943　传真：0411-84701466

E-mail:dutp@dutp.cn　　URL:http://dutp.dlut.edu.cn

大连金华光彩色印刷有限公司印刷　　大连理工大学出版社发行

幅面尺寸：130mm×185mm　　印张：8.25　　字数：160千字

2018年9月第1版　　2018年9月第1次印刷

责任编辑：于建辉　田中原　　责任校对：周　欢

封面设计：奇景创意

ISBN 978-7-5685-1514-6　　定价：32.00元

本书如有印装质量问题，请与我社发行部联系更换。

目录

生命因阅读经典更精彩

——《重读经典·科幻大师作品集》序

记得在三年前，有几位记者朋友来我家，说要看我的藏书。我和他们说，我的书不是拿来藏的，是用来读的。书架是开敞式的，架上的每一本书都像我的朋友，我都触摸过，阅读过，与之交流过，大部分书上还留下了我写下的或长或短的心得与体会。我喜欢读哲学，因为哲学探究人何以为人；我也喜欢读历史，因为历史阐明人何以成其为人；我更喜欢读文学，因为文学给人启迪，指明人何以丰富人生。昆德拉在《不能承受的生命之轻》中有一句话，说人生“没有草图”。无论精彩与否，人生都只有一次，不能重来。那么，如何了解人生，领悟人生，创造人生，让有限的人生活出无限的精彩呢？

回望走过的人生之路，我发现自己命中与书有缘：读书，教书，译书，编书，写书，评书。人生之精彩，各有各的理解与领悟，况且在技术高度发展的今天，人生在现实世界与虚拟世界中仿佛拥有了丰富的双重性，导向了无限的疆域。我的生命之花的确因书而绽放。我爱书，尤其爱经典。经典不应该是供奉在殿堂里的“圣经”，而应在阅读、理解与阐释中敞开生命之源。经典是读出来的，常读常新，在阅读与阐释中生成永恒的生命之流。

因为爱经典，所以我读经典，译经典。我译过雨果的《海上劳工》，巴尔扎克的《贝姨》与《邦斯舅舅》，参加翻译过普鲁斯特的《追忆似水年华》，还翻译过已然成为经典的当代作家昆德拉的《不能承受的生命之轻》与诺贝尔奖得主勒·克莱齐奥的《沙漠》与《诉讼笔录》。我还组织翻译“法国文学经典译丛”，主编法国浪漫主义大师《夏多布里昂精选集》以及已经进入法国文学殿堂的著名作家杜拉斯十五卷本的《杜拉斯文集》。在经典的阅读与翻译中，我得到了双重收获：一是经典滋养着我的人生；二是通过我的翻译与阐释，也在参与经典的创造。为此，我说过一句话：阅读参与创造，翻译成就经典。

正是基于这样的认识，我和老朋友吴文智先生经过多次交流，商定依托我主持的中华译学馆，组织全国优秀的翻译力量，译介一套《科幻大师作品集》，向广大读者倾心推荐威尔斯、凡尔纳、阿西莫夫等科幻文学大家的作品，一起重读科幻文学经典，让科学与幻想互动，拓展我们的想象世界，丰富我们的现实人生。有学者评论说：“科幻历来有两大经典主题，一为星际旅行，一为生命智能。前者以宇宙为舞台，拓展人类生存空间的广度；后者以人为核心，探索生命自身生存的意义。”循着这两大主线，我们也许可以更好地把握科幻文学的发展脉络，但在不同的科幻大师的笔下，会呈现出异样的精彩与深刻。我一直觉得，只要人类有梦想，文学就不会死。重读科幻文学经典，放飞想象，拓展生命的空间，相信你的人生会闪现出属于你的精彩光芒。

许 钧

2018 年春

现代科幻文学的奠基者

——赫伯特·乔治·威尔斯

自 1818 年《弗兰肯斯坦》[1] 问世以来，科幻文学已经整整走过了 200 个年头。200 年来，科幻文学由浪漫主义催生的科学传奇逐步转变为由现实主义启发的现代科幻文学。作为将科幻文学由浪漫主义过渡至现实主义的一代大师，赫伯特·乔治·威尔斯自创作以来便在其别具一格的作品中融入对社会与科学的深刻思考，因而无论是在主流文学领域还是在科幻文学领域，都有着令人惊叹的成就与地位。在主流文学领域，威尔斯曾先后四次获得诺贝尔文学奖提名，与阿诺德·贝内特、约翰·高尔斯华绥并称作“20 世纪英国现实主义文学三杰”。在科幻文学领域，威尔斯

1 1818年，英国作家玛丽·雪莱出版了《弗兰肯斯坦》，该书被誉为第一部科幻小说。

被称为“科幻小说界的莎士比亚”，与儒勒·凡尔纳并称作“科幻大师中最闪亮的双子星”。

一

走进威尔斯

1866 年 9 月 21 日，威尔斯出生于伦敦城外东南部的肯特郡。父亲约瑟夫是一位园丁，同时也是一名职业板球手，后靠经营一家小店为生；母亲莎拉是一家名为“上花园”宅邸里贵妇人的女佣。父母低微的社会地位和童年清贫的生活使威尔斯深切体会到底层社会的艰辛。

7 岁那年，威尔斯意外跌断了胫骨。在养病期间，他在酷爱阅读的父亲的影响下养成了阅读的习惯。同年，威尔斯进入小学学习，阅读的兴趣伴随着他进入接下来的学生时代。10 岁时他开始对写小说、画插画产生了浓厚的兴趣。

1877 年，他的父亲在一次意外事故中成了跛子。这次事故产生的高额医药费使一家人的生活变得愈发艰难，家庭的收入越来越不足以支付孩子们的读书费用。两年后，13 岁的威尔斯便早早进入社会谋生。

1880—1881 年，威尔斯先后做过布店伙计、药店学徒、信差和小学助教，但都没做多久就被辞退。被辞退后，威尔斯便来“上花园”投靠母亲。而他就是利用在“上花园”这短短的接触上层社会的时间，琢磨出了使用望远镜观测天体的方法，并通过宅邸丰富的藏书，阅读了诸如伏尔泰的散文、斯威夫特的《格列佛游记》以及柏拉图的《理想国》等对其后来思想及文学创作具有启发作用的名家名著。在这期间，威尔斯还接受了不系统的教育，在一所中学寄读，以高于同龄人的禀赋学习了各种基础科学知识。

1883 年，在最后一次做学徒后没多久，威尔斯想重回校园当助教。他曾经寄读的那所中学的校长很欣赏威尔斯，主动给他提供了职位。在当助教期间，威尔斯既是教员又是学生。在校长的热心协助下，他仅仅用了两年时间，便修习了文学、数学、地质学、无机化学、物理学、天文学、人类生理学、植物生理学等学科，不但通过了考试，还获得了奖学金。

就在优异的成绩换来奖学金的回报时，英国教育部门下发了一则通告：集合各地科学教员，统一组织到科学师范学校（后来的英国皇家科学院）的“教师训练班”进行培训，以提高其素质。当时这所学校恰好有一定的免费生名额，且每人每星期还能得到生活补助。对于一直在贫困中挣扎的威尔斯来说，这是一次从底层社会翻身的契机。

1884 年，18 岁的威尔斯顺利进入科学师范学校学习。这一年最令他兴奋的是他的生物学教师由大名鼎鼎的“达尔文斗士”托马斯·赫胥黎担任。在自传中，威尔斯曾饱含钦佩地回忆道：

“他用一种清晰而坚定的声音讲解着，不慌不忙，也不踌躇，不时转身在后边黑板上画些图解。在他继续讲之前，常常要把手指间的粉笔灰拂得干干净净，他是颇有洁癖的……由赫胥黎任教的生物学课程，在性质上是纯粹而精确地属于科学的。他除了充实、研究、完成在他范围内的知识以外，没有其他（如经济利益上的）目的……”[1]

然而，之后两年所修的物理学、地质学课程，由于教师授课的枯燥乏味，威尔斯的学习热情消耗殆尽，他将这种热情逐步转移到了创作上。在一次学生辩论会上，威尔斯偶然听到一个关于四维时空的宇宙理论的新观念，这对于当时的物理学宇宙观可谓一种新见解。他把握住了这种思想，在将其作为《时间机器》的理论设定基础之前，尝试着写了一篇题为《刚性宇宙》的思辨性论文。在大学期间，他还创办并主编了名为《科学学派杂志》的刊物。在 1887 年的学年测验中，他因地质学成绩不及格，没能在当年拿到学位，只好放弃学业回去教书。在教书期间，威尔斯曾试图锻炼瘦弱的身体，却伤病不断。他在一次足球比赛中遭到撞击，导致肾破碎和肺出血，被迫辞去了教职。在接下来的一段时间，威尔斯静心休养，并全身心投入写作。

1888 年，受纳撒尼尔·霍桑的作品《红字》的影响，威尔斯在《科学学派杂志》上连载了一部名为《时空长河中的寻金羊毛者》的小说，这就是他的成名作《时间机器》的前身。

---

1 H.G.Wells. 韦尔斯自传 . 方土人，林淡秋，译 . 上海：光明书局，1933.

1890 年，威尔斯通过了伦敦大学的考试，被授予理学学士学位。随后，他开始在大学函授学院教书，并尝试着给期刊与报纸投稿。他的《独特之物的重新发现》一文很快经由一个名叫弗兰克·赫里斯的编辑发表到了《半月评》上。威尔斯深受鼓舞，于是乘胜追击，将《刚性宇宙》一文寄出，并很快被赫里斯主动约见。赫里斯言辞激烈地表达了对《刚性宇宙》所涉及的四维时空理论的费解，并将论文底稿就此销毁。直到 1894 年，当赫里斯成为《星期六评论》主编后才回忆起那篇稿件的价值，又悔不当初地向威尔斯约稿，并使其成为期刊的长期撰稿人之一。

这一阶段的威尔斯除了教师的身份外，还成了伦敦的一名记者。他担任的是类似今天公共知识分子的角色，对各领域的问题发表看法，甚至对通灵术也有见解。[1] 可以感受到的是，那时的他力图通过独到的理解力将科学知识加以通俗化表达，通过敏锐的察觉将社会问题予以深刻化呈现。

1893 年起，在做新闻记者的同时，威尔斯开始在伦敦各类刊物上发表短篇小说、评论以及各类主题的文章。这一年，威尔斯在工作的压力下又一次咳血，不得不在病床上休养数周。他最终决定放弃教学工作，专攻写作。

1895 年，威尔斯开始在《新评论》上连载《时间机器》，并于同年结集出版。《时间机器》为威尔斯赢得了巨大的声誉，他也以此为起点，创作出了一系列脍炙人口的科幻小说。

1 江晓原 . 科学外史Ⅱ . 上海：复旦大学出版社，2014.

威尔斯十分关注社会问题，并于1903年受邀加入费边社，参与英国的社会主义改良运动，与萧伯纳等人结为好友。但最终因政见分歧而分道扬镳。

在第一次世界大战期间，威尔斯参与了国家联盟活动，前往各国访问并宣扬“世界国”理念，他的采访文章常常引起世界性的轰动。在第一次世界大战后，威尔斯用一年时间编写出了100多万字的《世界史纲》，这部历史著作一经问世，便使威尔斯名气大增，它的销量无论在当时还是在以后的数十年都位列前茅。[1]

诚如布赖恩·奥尔迪斯[2]所言：“到了30年代，小说家威尔斯让位于世界名人威尔斯。他成了一个大名人，忙于规划一个更好的世界。他同高尔基交谈，与乔治·萧伯纳斗嘴，飞往白宫与罗斯福会谈，或者飞往克林姆林宫与斯大林会谈。”

1939年，73岁的威尔斯给自己写了一句简短的墓志铭：“上帝将要毁灭人类——我警告过你们。”这句墓志铭深刻地反映了他对人类未来、科学未来的关注和担忧，也表明他的科幻小说具有警示灾难的意义。

即便是到了将要踏上人生归途时，威尔斯仍旧热心于公共事务。1946年8月13日，威尔斯在伦敦病逝，享年79岁。

个人之于宇宙犹如一粟之于沧海。威尔斯知道，无论走访多少国家，途经多少城市，结交多少名人，其所能带来的影响、留

1 赫伯特·乔治·威尔斯.世界史纲.吴文藻，冰心，费孝通，译.南京：译林出版社，2015.

2 布赖恩·奥尔迪斯（1925—2017），英国著名科幻作家。

下的印迹与书籍传播的力量相比都将是微不足道的。书籍作为那个时代的最佳思想载体，有着无可比拟的延展性，而思想对于人类塑造文明、改变周遭环境的启迪无疑引领着我们一路走到了今天。

二
解读威尔斯

在威尔斯所处的时代，第二次工业革命如火如荼，社会生产力突飞猛进，划时代发明目不暇接，引发了人类社会各方面的空前变革。在科学技术和生产力发展的同时，国际形势风云变幻，帝国主义殖民地扩张与争夺空前激烈，维多利亚晚期的英国社会阶级分化严重，劳资冲突不断加剧。在这一时代背景下，威尔斯以其广博的自然科学知识、深刻的思想性、超凡的预见性及卓越的想象力，创作出了一部部引人入胜的科学传奇，开创了“时间旅行”“外星人入侵”“反乌托邦”等一系列题材的范式，并在作品中融入了富有预见性的观点和对人类社会深刻的洞察。

本套丛书选取了威尔斯最具代表性的中长篇科幻小说和短篇小说。这些中长篇科幻小说有科幻史上里程碑式的经典，也包括一些稍显冷门但仍然很具代表性的作品。其中，有广为流传的科幻经典《时间机器》和《隐身人》，也有知名度极高、曾在美国引起巨大恐慌的《世界大战》，还有被多次改编成电影的《莫罗博士岛》和《神食》，更有启发了“反乌托邦小说三部曲”的《昏睡百年》和影响了 C.S. 刘易斯“空间三部曲”的《月球上的第一批来客》，以及预言了原子弹的《获得自由的世界》、预言了“空中战争”的《大空战》、与《世界大战》有着千丝万缕联系的《新人来自火星》、威尔斯的第一部乌托邦小说《彗星来临》和寄托了威尔斯后期乌托邦理想的《神秘世界的人》。威尔斯的中长篇科幻小说读者并不陌生，一直被认为是现代科幻小说的先驱之作；而他的另一类短篇小说名篇，如《水晶蛋》《盲人乡》等则知者较少，但在他的整个创作中有着特殊的意义。下面按威尔斯创作这些作品的时间顺序做以介绍。

《时间机器》(1895)是威尔斯最早获得成功的一部科幻小说。威尔斯利用早在《刚性宇宙》就已阐述的观点，借“时间旅行者”之口解释了四维时空的概念，探讨时间旅行的可能性。故事的主人公“时间旅行者”发明了一部“时间机器”，乘上它就能够自由驰骋于过去和未来的世界。当他乘着机器来到公元802701年时，发现人类已分化为两个人种：一种是住在颓败宫殿中悠闲优雅、娇小柔弱的艾洛伊人；另一种是生活在地下的面目狰狞、终日劳动的莫洛克人。不劳而获的生活使艾洛伊人的体力和智力明显退化，而莫洛克人白天为艾洛伊人制造生活的必需品，夜晚却到地面上到处捕食他们。“时间旅行者”还来到了几百万年之后，那时人类已经灭绝，沙滩上只有巨蟹、蝴蝶、日食等复古图景。善于科学思辨的威尔斯对当时高度工业资本化而极度缺乏人文关怀的英伦社会有着丰富的阅历。他自幼就对斯威夫特的讽刺小说如痴如醉，因而在《时间机器》中继承了《格列佛游记》的衣钵，以斯威夫特式的辛辣讽喻风格，尖锐地揭示了艾洛伊人与莫洛克人的畸形共生关系，并从进化论的角度出发，将人类历史演进中所要面对的冷酷现实与阶级暴力予以生动的体现，为社会分工最终演化为某种或然存在的恶性循环做出警示。

《莫罗博士岛》（1896）讲述了一个名叫莫罗的科学家，在一个无名的小岛上对各种动物进行活体解剖和器官移植，将其改造成兽人。这些兽人能直立行走，能讲话，具备人的某些特性，并且能够进行一些人类活动。莫罗试图对兽人进行肉体和精神的双重控制，却惨遭失败，最后和助手双双被兽人杀死。《莫罗博士岛》从古老神话传说与当时争议颇大的活体解剖实验中汲取灵感，结合威尔斯师从赫胥黎的经历以及对达尔文进化论的认识，从生物学角度构想出了“兽人合体”与“动物人化”的可能性。小说借由疯狂科学家莫罗的所作所为警示读者，却也为当今跨物种器官移植的动物培育技术提供了一个新的方向。

《隐身人》（1897）描写了穷困的研究员格里芬怀着极大的热情发明了一种隐身术，把自己变成了来去无踪的隐身人。这种“超能力”使他渐渐迷失了自我，企图依靠此发明建立一个“恐怖王朝”，使自己成为凌驾于社会之上的超人。最终隐身人在与人们的对抗中，跌入了犯罪的深渊，走向了毁灭的末路。《隐身人》异常大胆地想象了存在一种理论上可以改变身体折射率的药物，人服下后可以实现真正意义上的肉身隐形。如今隐形技术广泛地运用在军事上，却不是真正意义上的可见光波段隐形。而一种具有负折射率的人工合成材料——超颖材料——已经能够在微观条件下实现可见光波段的隐形。《隐身人》这部小说在某种程度上暗示了隐藏于社会之外的边缘人群的潜在矛盾，也从另一面揭示了受制于社会陈规约束的常人在脱离社会约束后可能带来的社会威胁，为社会忽视边缘人群提供了警示。

当《莫罗博士岛》和《隐身人》这两部作品将自玛丽·雪莱的《弗兰肯斯坦》以来塑造的"疯狂科学家"形象再度演绎时，我们会发现威尔斯笔下的两位科学家已然抛弃了弗兰肯斯坦还曾仅存的关乎伦理道德的愧疚之情，反而像斯蒂文森的《化身博士》里的海德先生一般，成为脱离社会约束的法外之徒。威尔斯或许从来都不会质疑科技的力量，却一度对科技力量之外所涉及的道德挑战与社会问题感到焦虑，并尽其所能地对个体获得科技力量后可能带来的负面影响做出令人赞叹的预想与反思。

《世界大战》（1898）据说源于威尔斯与兄长弗兰克的一次对话，这次对话中两兄弟讨论到了19世纪装备先进的英国殖民者对塔斯马尼亚土著实行种族屠杀这一话题。当时，弗兰克在讨论中设想了当天外来客如英国殖民者一般对待地球人类的情境，令威尔斯印象深刻，此后便将其通过《世界大战》呈现给世人。

故事中，入侵者并非敌国，而是地球以外的火星人。火星人被叙述成狰狞的怪物，且依靠吸食人类的血液为生。这些怪物在英国进行大肆破坏，而威尔斯却从一个寻常之极的市民视角，以荒芜萧索的笔触营造了一种凄凉的绝望，在平淡与挣扎中呈现世界由人间堕入地狱的恐怖末日……故事的结尾将末日的转折交给了为人所忽略的细微之物，着实耐人寻味，令人眼界大开。威尔斯所设想的突袭地球的火星人所使用的物理武器 “热线”，尤似几十年后才实现的激光武器，而激光的理论基础——受激发射理论——在《世界大战》出版将近 20 年后的 1917 年，才由爱因斯坦发表的论文《关于辐射的量子理论》正式提出。

《昏睡百年》（1899）讲述的是主人公格雷汉姆在长期失眠后终于昏睡过去，醒来时却发现自己已然身处两百年后的世界。存款复利的神秘增长使他牢牢控制了世界经济，从而“莫名其妙”地成为世界之主，且有 12 名受托人以他的名义组成管理团体。管理团体对格雷汉姆的苏醒毫无准备，以至为了维护统治地位，试图隐瞒和控制格雷汉姆的行动。然而东窗事发，格雷汉姆最终还是成为反抗管理团体统治的人民领袖，与管理团体决一死战。而对抗管理会的革命者实际上也是为了私利在利用他。故事的结局，作为首领的格雷汉姆亲自架机阻击敌军——“尽管他不敢向下看，但骤然意识到大地已近在咫尺。”这是一部出彩的作品，其近乎反乌托邦的故事架构相当引人入胜。反乌托邦文学作为社会科幻小说中备受重视的子类型，以其颠覆人性长久以来对乌托邦的美好幻想而见长。在反乌托邦科幻小说中，极端化的政治、经济、宗教等意识形态是常见的社会背景，而《昏睡百年》虽然用了一个谈不上严肃的“长眠苏醒”设定，却能将两百年后的社会体系置于一个初看合理却极其恐怖的意识形态中预演。

《月球上的第一批来客》（1901）或许可以称为威尔斯版的《真实的故事》[1]。故事幻想了一位天才科学家卡沃尔研制出了一种“反重力”金属，在制成飞行舱后卡沃尔携朋友柏德福进行了登月实验。两位冒险者在成功登月后遭遇月球人追捕的惊险遭遇，展现了威尔斯天马行空的丰富想象力。小说中对于月球表面奇幻景色的描写与半个多世纪后人类真正登上月球时发回的照片也不无相似之处。威尔斯笔下的月球人是一种近似蚂蚁的“虫族”生物，它们十分脆弱，不堪一击。小说意在通过月球人的蜂巢思维剖析维多利亚时代的社会分工，将抹杀个人自由的管理体制进行戏剧化表达。

《神食》（1904）乍看之下很容易被误认作《莫罗博士岛》和《隐身人》的延续，从而被认为是对科技盲目发展和滥用的警示寓言作品，实则不然。故事讲述的是两位科学家发明了一种新的营养品“神食”，这种营养品能让食用者生长加速且变得巨大：鸡吃了后大得能食人，黄蜂和老鼠吃了后也能大得攻击人，婴儿

1 卢奇安的这部作品对威尔斯影响匪浅。卢奇安，又译琉善，古希腊讽刺散文作家、无神论者，其主要代表作品是讽刺散文《真实的故事》。在《真实的故事》中，主人公越过大西洋去旅行，经历了一连串令人难以置信的历险，如乘船时意外被吹到月球，之后还遭遇了太阳与月球军队争夺金星的战役等。

吃了后则很快长成巨婴乃至巨人。然而就在读者眼看着故事中的世界即将陷入一场恐怖的危机、人类社会将可能被斯威夫特笔下的“巨人国”所取代之时，威尔斯却笔锋一转，描绘起被排挤的巨人。这些巨人在人类的压迫下组成了一种“新人类”团体，为了突破传统人类的各种约束壁垒，最终决定奋起反抗，为自由而战。这种剧情上的转变与威尔斯那段时间世界观的转变是有联系的。在威尔斯看来，人类社会的矛盾冲突不是纯粹的利益之争，更不是简单的正邪对立、善恶分明，归根到底还是人性本质中的排异心理与人类社会日益演化形成的阶级隔离屏障作祟，这就使得吃下“神食”的巨人成了原始人类社会“党同伐异”的对象。而威尔斯则借巨人的抗争打通了这种社会阶级隔离屏障，意欲唤起人类在形成文明后所具有的同理心，从而实现某种意义上的阶级融合。“新人类”的存在将逐步消解人类的阶级隔阂，这样一场自由之战也将预示着人类在通过“神食”诱发人体改良后，将迎来一个或然存在的乌托邦。

《彗星来临》（1906）以一种散文式的记述，缓步推进着一个看似俗套的三角恋故事，却在关键节点上通过一条漫不经心的暗线将一次情杀危机反转，而故事也最终走向了一个充满光明、友爱等良善品质的乌托邦。故事背景是一颗彗星即将接近地球的消息不断在剧情中跟进，而情节上讲述的则是一位四处碰壁的主人公，在接连的失败与对刚刚分手不久的女友立即寻获归宿的妒意之下，决定谋杀前女友及其情夫。但就在下手的当晚，一颗彗星的尾巴扫过地球，通过与空气中的氮气反应产生“绿色烟雾”，给予世间人心以光明、友爱等良善品质。于是，世界变成了乌托邦，故事变成了大团圆。在《彗星来临》中，威尔斯最终想要表达的主旨，可以说就是在《神食》中还未到来的乌托邦图景。这种乌托邦式的理想社会在小说中最显著的一点即男、女主人公在彗星来临后消除私欲的过程。而在更深层次，威尔斯真正想要探索的还是一种破除传统道德束缚、打破阶级壁垒的美好新世界。

《大空战》（1908）一方面受莱特兄弟于 1903 年首次试飞成功后，各国精英对战场制空权思考的影响；另一方面又显然受到了 M.P. 希尔的小说《黄祸》（1898）以及 1905 年日俄战争的影响。故事讲述了身处社会中下阶层的主角意外卷入了德国空袭美国的战争，随之引发了一场飞艇对飞艇、飞机战飞机的世界性战争，整个世界陷入了空战。这样的战争最终无疑会把世界拖入万劫不复的末日之境，《大空战》中关于“废土世界”的结局书写与《时间机器》一般开放悲凉。《大空战》为我们呈现了另一种与《世界大战》相悖的末日殊途。具有敏锐洞察力的威尔斯再度通过小人物的视角预想出他想象的空中战场，并以其出色的社会寓言性指代了某种群体或团体在获得科技力量后对平民的威胁。

《获得自由的世界》（1914）以当时拉姆齐、卢瑟福、弗雷德里克·索迪等科学家的理论与发现为指导，并从索迪的《镭的介绍》（1908）一书中获取灵感，设想了一个人类广泛使用核能后的未来图景。威尔斯充分预见了核能产生后人类将其运用在武器上的可能性，并开创性地使用了“原子弹”一词来给故事中的一种能够加速核物质衰变、引发连锁反应的持续性燃烧弹式核武器命名，而故事中的“原子弹”也正如现实中一般，给世界带来了极大的震慑性后果。在小说后半段，当人类即将因滥用核武器而走向无可挽回的深渊时，威尔斯又借由一位具有远见卓识的政治家在各大国家中积极斡旋，最终让故事中那个硝烟四起的世界获得了自由。《获得自由的世界》以其在预想核武器的使用及应对核管控等方面的先见之明而显得格外不同寻常，但这部作品在展现威尔斯极为敏锐的洞察力的同时，也充满了对反战思想及世界主义的说教。这种立足于技术官僚与权威主义的乌托邦构想，几乎成为威尔斯中后期幻想作品的核心思想，这些小说也逐渐成为一种传播这类思想的说教工具。当然，尽管小说中那些饱含感染力的说教不可避免地削弱了阅读观感，但读者依然可以追寻到它的时代意义。

《神秘世界的人》（1923）可以看作威尔斯在积极投身反对战争、维护人权的国际联盟建设事业后，对重建人类文明满怀信心的蓝皮书。在《神秘世界的人》中，威尔斯将其中后期日渐成型的乌托邦蓝图描绘得细致考究。这部作品再次借助《时间机器》的四维时空理论设定，讲述了一位旅行者因为神秘世界的一次物质空间循环实验意外，莫名进入了一个被称为“乌托邦”的神秘星球。在这个“乌托邦”中，威尔斯通过旅行者的所见所闻，将这个神秘星球的美妙境况和盘托出，向世人展现一个曾经与人类面对过相同灾害与命运的世界，是如何依托于技术官僚的运作，发展出属于他们的高度发达的技术文明，以及仍在不断完善建设的“动态”乌托邦的。《神秘世界的人》所描绘的这种“动态”乌托邦，无疑是给同样存在诸多社会问题的世人提供了一种建设理想社会的参考。小说中对于人类科技发展带来的物质财富的激增所引发的生态灾害及人口爆炸等社会问题提供了理论指导，也深刻反映了威尔斯重视心理教育、关注生态环保等理念。

《新人来自火星》（1937）再次展现了《世界大战》中火星人的先进技术。《世界大战》中的火星人以激进暴力的方式对人类进行“革命式”入侵，而《新人来自火星》中的火星人则以渐进温和的手段对人类进行“改良式”渗透，从对社会变革角度的思考来看，简直与威尔斯一直身体力行的政治改良思想如出一撤。作品间接描述了一种来自火星人的长期外部干预。火星人通过发射宇宙射线的形式诱导地球人实现改良性质的突变，将人类转化为智力超群且足以构建地球乌托邦的新人类。主人公在听闻火星人发射宇宙射线对人类影响的坊间传闻后，对即将降生的孩子可能产生的变异感到不安。直到他最终发现，自己早已是被改良的新人类，而新世界的秩序与乌托邦未来，由他们这些伟大的新人类联合起来方能重塑。有评论家认为，这部充满超人式设定的作品在欧洲法西斯主义盛行时期，“不合时宜”地表露出了威尔斯对权威主义的改良幻想。倘若仔细观察作品中极富隐喻色彩的预言与文字，读者也能从另一角度感受到威尔斯真诚而严肃地探讨摆脱现实世界纷乱秩序的努力。

像众多科幻名家一样，威尔斯在进行中长篇科幻小说创作之前，也是通过在各类刊物上发表短篇小说积累写作经验的。从1893年起，威尔斯发表了一系列短篇幻想作品。其中最具野心的早期作品是在《蓓尔美尔街公报》发表的短篇——《公元100万年之人》（1893）。这篇小说大胆地描述了一种在自然选择下最终重塑的人类：一种因为太阳冷却后被迫撤离到地下的生物，他们有着硕大的头颅、巨大的眼睛、纤细的双手，躯干部分则占其中的一小部分，这种人类只能永久沉浸在营养液中。这种新人类的设定很容易令人联想起《时间机器》里生活在地上的艾洛伊人与生活在地下的莫洛克人的部分特征，从而奠定了威尔斯在创作初期对于人类异化或演化主题探索时频频涌现的社会寓言特质。其他作品还有《飞人现世》（1893）、《人的灭绝》（1894）、《浅游太阳》（1894）等，其中《浅游太阳》讨论了硅基生命的可能性。他早期集中出版的短篇小说集《失窃的细菌与其他事件》（1895）中收录的《失窃的细菌》《奇兰花开》《怪物大闹天文台》等作品在惊险程度上虽然不如前述短篇，却也对后世作品产生了一定的影响，如克拉克的短篇作品《扭捏的兰花》就提到了《奇兰花开》。

19世纪末，威尔斯在短篇主题创作上的想象愈发大胆。这在其1895年以后的短篇《手术刀下》（1896）、《天外来客撞击地球》（1897）、《一个石器时代的故事》（1897）、《水晶蛋》（1897）、《能够创造奇迹的人》（1898）中足以见得。《天外来客撞击地球》

讲述的是不明天体向地球逼近的灾难故事。值得注意的是，类似的情节在《彗星来临》亦有体现，相信两者之间在创作上也联系匪浅。在《**水晶蛋**》中，威尔斯通过一种“以小见大”“以平凡见证奇迹”的叙事策略，将科幻小说中揭示未知世界时的惊奇感，在与之形成鲜明反差的平凡现实中进行演绎，并从中下阶层的小人物视角出发，见证“水晶蛋”中诡异神秘的世界。

到了 20 世纪，威尔斯的短篇幻想作品同样不乏佳作。《新时间加速剂》（1901）以一种漫不经心的方式对科技新发明可能带来的社会问题进行了探讨。《**盲人乡**》（1904）被许多西方评论家认为是威尔斯最好的短篇小说。尽管这篇小说并不描述未来，而是描述遥远的山谷，但它具备了科幻小说的全部要素，使读者动摇对传统的信心，并引发人们去思考事物的本来面貌。[1]《墙上之门》（1911）以主人公的成长为线索，通过对比在“梦幻花园”内、外的成长过程，揭示了工业革命对现代文明生活方式的影响。

威尔斯把科学幻想和人类的发展结合起来，以深切的忧患意识关注人类未来和科学未来。其远见卓识的抗争意识与精雕细琢的艺术追求，又体现了其不囿于特定时空的超越精神。威尔斯的科幻小说体现了在所处时代对人类未来的想象与思考，其思想源于维多利亚时代的历史环境与文化土壤，因而有一定的局限性。我们应该从其生活的时代出发，取其精华，对所涉及的政治性、思想性内容进行辩证的思考与择弃。

1　詹姆斯·冈恩．过眼云烟：英国科幻小说．北京：北京大学出版社，2008.

三

重读威尔斯

经典作品是那些你经常听人家说“我正在重读……”而不是“我正在读……”的书。即使我们初读也好像是在重温以前读过的东西，每次重读都好像初读那样会带来发现。我们越是道听途说，以为懂了，当实际读时，就越是觉得它们独特、意想不到和新颖。[1]威尔斯的科幻小说就是这样的经典。科幻小说作为一种与科技发展有密切联系的文学类型，犹如一架人类的望远镜，遥望着浩瀚的天河，对科技发展带来的种种可能性，对社会的潜在影响进行提问、预测、探讨与思辨——这亦是现代科幻小说的核心精神。而这一精神的源头正是威尔斯。

威尔斯所处的时代正值人类历史的转折点。他出生的那一年，德国工程师西门子发明了世界上第一台大功率发电机，标志着人类进入了电气时代；他逝世的那一年，世界上第一台电子计算机诞生，掀开了信息时代的序幕。其人生横跨的两次工业革命颠覆性地改变了人类文明的发展进程，科技、政治、经济的变迁使得世界发生着难以想象的变化。正是在这种时代背景下，威尔斯对科技前景和社会现实进行了可信的分析与预测，对当时的诸多问

---

1 伊塔洛·卡尔维诺．为什么读经典．黄灿然，李桂蜜，译．南京：译林出版社，2012.

题都有深入的探究与思考。他一方面肯定科学技术的巨大作用，另一方面也意识到当科技被枉顾伦理道德之辈利用时，人类将会为此付出惨痛的代价。除了创作针砭时弊、充满寓言色彩的作品外，胸怀社会改良理想的威尔斯还身体力行地参与政治活动。尽管威尔斯的作品及其对社会问题的思考具有一定的历史局限性，但无疑对那个时代产生了深远的影响。

正是由于这种特殊的生平背景，以及艺术想象、科学警示、社会批评相结合的创作手法，使得威尔斯的作品具有深刻的思想性和恒久的生命力。在 100 多年后的今天，人类文明又一次面临重大拐点，随着以人工智能为核心的“第四次工业革命”的到来，各项重大技术创新即将在全球范围内掀起波澜壮阔、势不可挡的巨变[1]。作为曾经变革浪潮的亲历者和预言者，威尔斯在作品所展现出的预见性和对科技、社会问题的思索，在照亮那个时代的同时，也冥冥中关照了人类未来相似的发展境遇。也因此，时至今日，我们依然需要去聆听这位科幻先知的思想，去感受现代科幻小说发轫阶段所寄托的希望与沉思，去体会在激荡的洪流中一个知识分子的理想与信念。

或许，当 1895 年威尔斯写出《时间机器》的那一刻，他便真的发明了一台“时间机器”，并乘着它到达了未来，带回了警示的讯息。后世的科幻作家无不踏着这位前辈的脚印，乘坐这台机器，开启了一次又一次抵达未来的旅程，捎回一封又一封来自

1　施瓦布．第四次工业革命．北京：中信出版社，2016.

未来的信，谱写了科幻 200 年间一段又一段波澜壮阔、气象万千的乐章。如今，与未知同行的这一代人，或许很渴望也有一台这样的“时间机器”，以便到达未来一探究竟，用更有远见的视野指导今天的生活。若真是这样，拜访这些乘坐过“时间机器”的科幻作家或许是一个不错的方法。当然，最应该拜访的当然是那个发明了“时间机器”的人。他是社会科幻的领路人，更是现代科幻的奠基者，他是 H.G. 威尔斯。

《科幻世界》 陈 俊

2018 年夏

禁果传奇

“我得把它扔了。”坐在车厢角落里的那个男人突然打破了沉寂说道。

辛奇克里夫先生抬起头，他没有听清楚。他一直沉浸在欣赏那顶学院帽的狂喜之中，这顶学院帽用一根绳子拴在他旅行箱的提手上，这无疑是在向人展示他新谋得了一个教学职位。他陶醉其中，做着黄粱美梦。这也难怪，辛奇克里夫先生刚刚被伦敦大学录取，正准备去霍姆伍德语法学校做初级助教，这可是个令人羡慕的职位。他扫了一眼车厢，最后把目光定在了他的旅伴身上。

“为什么不把它扔了呢？”这个人说道，“把它扔了得了！我看这样做没什么不好！”

此人身材高挑，肤色较黑，有晒斑，面容憔悴。他双臂紧紧地抱在胸前，双脚放在他前面的座位上。他捋着稀疏的黑胡子，死死地盯着脚尖。

“为什么不把它扔了呢？”他说。

辛奇克里夫先生咳嗽了几声。

这位陌生人抬起头来——这双暗灰色的眼睛里充满了好奇的神情。他面无表情地盯着辛奇克里夫先生大约一分钟。渐渐地他表现出对辛奇克里夫先生感兴趣的样子。

“是的，”他慢条斯理地说，“为什么不呢？把这事儿了结了算了。”

“对不起，我不懂您在说些什么。”辛奇克里夫先生说，他又咳了一声。

“您不懂我在说什么？”陌生人重复说道，他那奇怪的目光从辛奇克里夫先生身上移到他的旅行箱上——辛奇克里夫先生有意把帽子拴在上面来炫耀自己——然后他的目光又回到了辛奇克里夫先生毛茸茸的脸上。

“你知不知道你说话太唐突了？”辛奇克里夫先生说。

“我为什么不该这样呢？”陌生人顺着他的思路说道。“您是个学生吧？”他问辛奇克里夫先生。

“我是伦敦大学的函授生。”辛奇克里夫先生自豪地回答，他无法抑制自豪感，边说边局促不安地摸了摸领带。

“噢，是在学知识。”陌生人说，突然他把脚从座位上拿了下来，把拳头放到膝盖上，盯着辛奇克里夫先生看，好像他以前从来没有见过学生似的。“这就对了。”他说，同时还伸出了一个食指。然后他站了起来，从衣帽钩上取下一个包，把锁打开。

他一言不发，从包里拿出了一个圆形的用银纸裹着的东西，小心翼翼地把它打开。他把东西拿出来给辛奇克里夫先生看，原来是一个又小又光滑的金黄色水果。

辛奇克里夫先生看得目瞪口呆。他没有主动去接这个东西——如果陌生人是想让他把这个水果拿住的话。

“这就是知善恶树之果。”这位古怪的陌生人慢悠悠地说。“你瞧，它这么小，这么亮，这么精美无比。知识——我打算把知识送给你。”

辛奇克里夫先生苦思冥想了一会儿，然后找到了一个充分的理由解释：“这人肯定是疯了！”这个念头在他脑中一闪而过，于是这一切到底是怎么回事就一清二楚了。这人分明是一个想入非非的疯子。辛奇克里夫先生把头朝一旁偏了一点儿。

“噢，原来是知善恶树之果！”辛奇克里夫先生说，他装出一副非常感兴趣的样子看着这个金黄色水果，然后又看了看这个人。“可你自己难道不想吃吗？另外，你是怎么搞到这个金黄色水果的？”

“它从来不褪色。我三个月前就搞到了。你瞧，它一直就是那么光亮圆润，令人垂涎三尺。”他将手放到膝盖上，若有所思地看着那个金黄色水果。然后用纸把它重新裹了起来，好像又不准备把它送给别人了。

“可你是怎么搞到它的呢？”辛奇克里夫先生问道，他露出了爱刨根问底的天性，“你怎么知道它就是知善恶树之果呢？”

“我是换来的，”这位陌生人说道，“三个月前我用一点水和面包换来的。把金黄色水果送给我的这个人——因为我救了他的命——是亚美尼亚人。亚美尼亚！这可是个神奇之国，它是人类历史上第一个国家，至今挪亚方舟还埋藏在阿勒山的冰川中。当库尔德人追杀他们的时候，亚美尼亚人和其他人一起逃到了山里杳无人烟的地方，这些地方根本不为常人所知。追杀之声越来越近了，他们逃到了一个高高的山坡上，山坡位于几座山峰之间，一片碧绿，上面长着一种像刀刃一般锋利的草，谁要在草丛里走，它就毫不留情地划伤谁。库尔德人越来越近了，他们别无选择，只能往草丛里走。最糟糕的是，他们付出血的代价才开辟出来的小路让追杀他们的库尔德人占了便宜。除了这个亚美尼亚人和另一个人外，其余的逃亡者都被赶尽杀绝了。朋友们的惨叫声不绝于耳，他还听到追杀者们四周的草在沙沙作响。这些草比人还要高。过了一会儿他听到有人喊了一声，接着有人响应。他马上停下来，周围静悄悄地。他感到迷惑不解，又接着往前跑，不顾身上被划得鲜血直流。直到他跑出草地，来到一个悬崖下颇为陡峭的岩石山坡上，这才发觉那片草地已经是一片火海了，升起的黑烟像是一个面罩，将他和追敌分隔了开来。”

陌生人停了下来。“后来呢？”辛奇克里夫先生问道，“后来怎么样了？”

“他就在那儿，身上的衣服都被那像刀刃一般的草划成了碎片，浑身鲜血淋漓。岩石在午后阳光的照耀下发出耀眼的光芒——

天空一片黄色，烟向他这边飘来。他不敢在那里停留。他倒不是怕死，而是怕酷刑折磨！他听到烟那边传来女人们的呼喊声和哭叫声。他从岩石中的一个峡谷爬了上去——周围都是干枯的草丛，枝枝蔓蔓向外伸出来，就像是从叶子里长出的刺——他爬过一个山顶，然后藏了起来。就在那时他撞到了那位幸免于难的同伴，他是个牧羊人。他们合计了一下，认为寒冷、饥饿和干渴同库尔德人相比根本不算什么，于是便冒着冰雪接着向山顶进发了。他们就这样走了整整三天。

“第三天出现了幻象。我想饥肠辘辘的人是会经常看到幻象的，这个金黄色水果就是从那时出现的。”他把裹成一团的包裹拿了起来。“我从其他对这个传说有所耳闻的山民那里也曾听说过这个东西。那时已经是晚上了，天上的星星渐渐多了起来。他们从一个光溜溜的岩石山坡上下到了一个宽阔的黑洞洞的峡谷里，峡谷里到处都长着奇形怪状的树木，树上长着像萤火虫团一样的小球，一簇簇的，发着黄光，让人觉得怪兮兮的。

“突然间峡谷亮了起来，远处有一团金黄色的火焰慢慢地斜穿过峡谷，把那些矮小树丛显得一片漆黑，但却把他们四周的山坡和他们自己的影子照成了耀眼的金色。看到这种情形，再加上他们知道的有关山里的传说，他们便立即意识到看见的是伊甸园的卫兵，于是他们便趴在地上装死。

“当他们壮着胆子再看时，峡谷一度暗了下去，然后光团又来了，这回像是一个燃烧着的琥珀。

“一看到这种情形，牧羊人就跳了起来，大喊一声，然后朝那光团跑去，但另外那个人不敢跟他去。他站在那儿不知所措，惊奇不已，万分恐惧，眼睁睁地看着他的同伴朝那团运动着的火焰跑去。就在牧羊人还没开始跑的时候，响起了一个像打雷似的声音。有看不见的翅膀扑腾着从峡谷那边急速赶来，这让他们感到万分恐惧。这时给我禁果的那个人掉过头来——仿佛他还能逃掉似的。他赶紧朝山坡上跑去，那团火焰在后面追着，他跑着跑着被一堆矮树丛绊倒了，一个成熟的果实从上面掉了下来，就是这个金黄色水果。紧接着，翅膀和雷声便从他身上一掠而过。他倒在地上，昏了过去。当他苏醒时，发现自己躺在村子的废墟之中，村子已经是一片焦土了。我和其他人正在照顾受伤的人。这是幻觉吗？但他手里分明还握着那树上结的金黄色果实呀。当时那儿也有其他人知道这个传说，知道那个果实可能是什么东西。”他顿了顿，“就是这样的了。”他说道。

在苏塞克斯铁路上的三等车厢里居然还能听到这样一个特别离奇的故事。似乎真实事物只是虚幻事物的面罩而已，而辛奇克里夫先生还在穷追不舍。“就是这样的吗？”辛奇克里夫先生问道，他也没有别的什么好说的了。

“传说在花园里，那些长得不高的树丛是由亚当和夏娃在被逐出伊甸园时亚当手里拿着的那个金黄色水果长出来的。亚当感到手里有什么东西，一看原来是个吃了一半的金黄色水果，便气急败坏地把它扔到了一边。树就在那里长了起来，就在那个杳无人烟的峡谷里，峡谷四周都是常年不化的积雪。”

“但我原想这些都是”——辛奇克里夫先生顿了顿——“无稽之谈——要么是寓言。你是想告诉我，在亚美尼亚……”

陌生人把拿着金黄色水果的手摊开，算是回答了辛奇克里夫先生没有说完的问题。

“但你并不知道这就是知善恶树上的果实。”辛奇克里夫先生说，“那个人看到的也许是某种海市蜃楼，假如……”

“你看看它。”陌生人说。

辛奇克里夫先生发现这是一个看起来确实很怪的球状物，发出一种奇怪的金黄色光，似乎光是被塞到里面的。看着看着，他开始更加清楚地看到了山里那个杳无人烟的峡谷，看到了护门剑，还看到了他刚刚听过的故事里的那些奇怪的古董。他用手揉了揉眼睛。“可是，”他说，“它一直保持这样已经有三个月了，光滑，饱满。没有变干，没有变蔫，没有腐烂。”

“那你是真的相信——”辛奇克里夫先生说。

“这就是禁果。”

这人言谈举止端庄，神志清醒，这一点毫无疑问。“是知善恶树之果。”他说。

“这真的是知善恶树之果？”辛奇克里夫先生停了一会儿后说，他仍然还在盯着那东西看。他说：“但据我所知不是这么回事，不是这样的。我是说，亚当和夏娃已经把它给吃了。”

“我们继承的是他们的罪过——不是他们的知识，”陌生人说，“这样一切就都清楚了。我们应当把所有事物的里里外外都看得清清楚楚，把任何事情的奥妙都弄得明明白白……”

“那你为什么不吃它呢？”辛奇克里夫先生灵机一动，问道。

“我拿它来原本就是想把它吃了，”陌生人说，“人类已经堕落了。再吃一次也不会……”

“知识就是力量。”辛奇克里夫先生说。

“但知识是幸福吗？我年纪比你大——几乎是你年纪的两倍。我曾多次把这东西拿在手中，每当一想到我什么都会知道、一切都会明明白白时，我就无法下决心吃了它——假如世界上所有的事情一下子都变得清清楚楚了！”

“我认为总的说来这倒是一个很大的优势。”辛奇克里夫先生说。

“假如你看清了你周围每个人的思想，得知他们最为隐蔽的秘密，而这些人是你所爱的人，并且你也很珍惜他们的爱——”

“那你马上就能认出哪些人是骗子的。”辛奇克里夫先生说，这个念头让他吃惊不小。

“更糟糕的是你会认清你自己，彻头彻尾地认清你自己，以你的角度来看你自己。所有的欲望、缺点和以前你不敢做的事，一点儿也不留情。”

“认识了解自己，这倒是个相当不错的事。”

“你还年轻，”陌生人说，“如果你不想吃，而这又让你很为难，那你干吗不把它扔了？”

“看看，你又不了解我了不是。在我看来，怎么会有人把这么一个东西给扔掉呢？它发着光，精美绝伦。一旦看到它便会爱不释手的。我可以把它送给别人！把它送给渴望知识的人，一个不怕真正认识了解自己的人……”

“也许这个果实有毒？”辛奇克里夫先生若有所思地说。

就在那时他不经意间看到了一个静止不动的东西，那是车窗外的一块白色木板的一个角上面有几个黑色的字母。他看见上面写着“霍姆伍德”。他吓了一大跳。“天哪！”辛奇克里夫先生喊道，“到霍姆伍德了！”现实把那些一直盘踞在他脑海中的古怪想法都驱散了。

过了一会儿他打开了车厢门，手里提着旅行箱。列车员已经在挥动绿旗了。辛奇克里夫先生跳了下去。“哎，这儿！”有人在他后面喊道。他发现陌生人的那双黑眼闪着光，把手从开着的车门里伸了出来，手上就是那个金黄色的果实，没有用纸裹着，那么光亮。他不由自主地接了过来，这时火车已经开动了。

“不！”陌生人大声喊道，伸出手抓了一把，想把它抢回来。

“站到一边去！”一个乡下的行李搬运工喊道，他冲上去把车厢门关上。陌生人还在喊，头和胳膊伸在窗外，一副神情激动的样子，但喊些什么辛奇克里夫先生就听不清楚了，然后一座桥的阴影遮住了他，转眼间就看不见他人了。辛奇克里夫先生站在那儿，惊奇万分，眼睁睁地看着最后一节车厢的尾部拐了个弯，渐渐地看不见了，他手里还拿着那个奇妙的果实。有一会儿他的脑子里一片模糊，之后他发觉站台上有两三个人在好奇地看着他。这不是那个才露面的语法学校的新校长吗？他这才意识到，这几个人恐怕会以为他手里拿的是给小孩当点心吃的橘子。想到这一点他脸红了，连忙把它塞到侧兜儿里，侧兜儿鼓了起来，非常难看，但他也管不了那么多了。朝他们走去，笨拙地想隐藏住他的窘态，他问他们去语法学校的路怎么走，怎么把摞在站台上的旅行箱和两个马口铁箱运回去。

他花了六便士雇了三个手推车拉行李，他在前面走。他感到他们的话语中带着一股讽刺的味道。兜儿里塞那么个玩意儿肯定看起来非常难看，这一点他很清楚，这让他感到很不自在。

火车上那人一副认真的样子让人觉得好生奇怪，他讲的故事叫人迷惑不解，它就像一团迷雾把他眼下迫切的问题给遮住了。就像火一样来来去去！曾一度打断了辛奇克里夫先生的思绪。他的新职位会是怎么样的呢？他会给霍姆伍德的人留下什么样的印象呢？尤其是会给学校里的人留下什么样的印象呢？这些问题又让他发起愁来，这时他还没有离开车站，他把脑子清了清，陌生人硬把一个柔软、金黄不过三英寸见方的水果塞到一个敏感的小伙子身上，而此时偏偏是他穿得最体面的时候，这确实让人难受。这个水果在他黑夹克的兜里鼓了出来，样子非常难看，完全破坏了衣服的线条。当他路过一个穿着黑衣的老太太时，他感到她立即就把目光投向了他身上鼓起的地方。他一只手上戴着手套，一只手里拿着另一只手套和文明棍，因此他没法空出手来拿着那个水果。等他来到往城里去的路上时，正巧没什么人，他便把那个烦人的东西从兜儿里掏了出来，然后把它放到帽子里试了试。结果帽子太小了，一下子就鼓得老大。就在他准备把它拿出来的时候，一个屠夫的儿子从拐角里跑了过来。

“该死的！”辛奇克里夫先生骂道。

他几乎就想在那儿把它给吃了算了，也好变得全知全能，但进城的时候吃着多汁的水果，这看上去肯定傻乎乎的——这个果实摸起来水分确实很多。果汁可能会把他的脸搞得黏糊糊的，还可能会把弄得袖子上到处都是——也有可能像柠檬汁着色力极强，会把他的衣服搞得五颜六色的。如果有个孩子过来看到他这副模样，那他以后就很难管住这些孩子了。

过了一会儿，从小路的拐弯处走来两个人，兴高采烈的，看模样儿是两个女孩，身体沐浴在阳光之中。她们慢悠悠地向城里走着，边走边聊——她们随时都会回头看到身后有一个满脸通红的年轻人手里拿着一个发光的金黄色水果，她们肯定会笑的！

“见鬼去吧！”辛奇克里夫先生说，他使劲儿把这个讨厌的玩意儿扔到了路边果园的石头围墙那边。它从他的视线里消失的时候，他感到若有所失，但这种感觉只持续了一会儿。他把文明棍和手套拿好，昂首挺胸，自我感觉良好，从那两个女孩身边走了过去。

但就在黑漆漆的夜里辛奇克里夫先生做了个梦，梦见了峡谷、火剑、奇形怪状的树木，他这才明白他不顾一切扔掉的那玩意儿确实是知善恶树上的果实。他醒了感到很难过。

早上的时候他不再感到后悔了，可后来那种难过的感觉又回来干扰他了，但在他高兴或忙碌的时候从来没有来过。最后，在一个月朗星稀的夜晚，大约十一点的时候，霍姆伍德万籁俱寂，他的悔恨感又来了，这回来得更加强烈，还带有一种想去冒险的冲动。他从房子里溜了出来，翻过操场的围墙，穿过寂静的城市，来到车站的小路上，翻进他曾把金黄色水果扔进去的那个果园。但在沾满露水的草丛里和一团乱糟糟的蒲公英丛里哪里还有那个金黄色水果的影子？

奇兰花开

买兰花总是有点儿投机的意味在里头。你能看见的只是一块黑不溜秋的根茎，除此之外你只能靠自己的判断力了，要么是拍卖人的如簧巧舌，要么就只能碰碰运气了，这就得看你品位如何了。兰花可能是奄奄一息或已经死了，也可能你没有花冤枉钱，买到了实在货，也有可能——因为这种事屡屡发生——哪位幸运的买主买到了某个新品种，一天天地看着它越长越旺盛，花瓣奇怪地卷着，颜色与环境的颜色惊人的一致，这令他欣喜若狂。在绿色的花蕾含苞待放时，整株兰花便已显得楚楚动人了，这让他感到无比自豪，他还可以从中获得渔利，甚至还有可能因此而留名青史，因为自然界的这个奇迹需要有一个新的具体的名字，还有什么能比发现者起的名字更为恰当呢？

也许是想有幸发现一个新品种，也许是因为他对其他任何事情都毫无兴趣，温特尔·威德伯恩经常参加这些拍卖会。他是一个害羞的人，性格孤僻，做不成什么事儿。他收入不高，仅仅使他不必为柴米油盐发愁而已，他也没有足够旺盛的精力去找些有刺激的工作。他本来可以集邮、搜集硬币，或是翻译贺罗斯的作品，装订书籍，说不定早已经发现了几种新的硅藻品种。可他偏偏种起了兰花，并且还有一个颇有气派的小温室。

“我感到今天会有什么事儿发生在我身上。”他边喝咖啡边说道。他说话总是慢条斯理的，就跟他的行动和思考一样。

“不要这么说！”他的房东说道。他俩是远房表亲。因为“会发生什么事儿”不过是一个委婉的说法，对她来说只意味着一件事。

“你误解我的意思了。我不是说什么坏事，其实我也不知道我这么说是什么意思。”

过了一会儿他又接着说：“今天彼德家将要出售一批从印度安达曼群岛和印度群岛搞来的兰花。我要去看看他们那儿都有些什么。说不定我能买着好东西呢。我说的可能就是这件事儿。”

他把杯子递了过去，又要了满满一杯咖啡。

“就是你那天跟我说起的那个可怜的年轻人搜集的东西吗？”他表妹边给他倒咖啡边问道。

“没错，”他回答道。然后他吃着烤面包，陷入了沉思。

“我从来没有出过什么事儿，”过了一会儿他说，他开始使劲儿地想，“我搞不明白这是怎么回事儿。许多事儿老是发生在别人身上。哈维就是这样，就在上个星期一他捡到了六便士，星期四他养的鸡全都得了蹒跚病，星期五他的表兄从澳大利亚来了，星期六他把脚踝扭伤了。和我相比，他的这些事是多么有趣啊。”

“我倒宁愿没有这种乐趣，”他的房东说，“这对你不可能有什么好处。”

“我想这确实很麻烦。但是你知道，我没出过任何事儿。从孩提时代起我就从来没有出过什么意外，长大后我也从来没有恋爱过，没有结婚。我在想出点事儿会是什么感觉，出点确实不一般的事儿。”

“那个搜集兰花的人死的时候只有三十六岁——比我年轻二十岁。他曾经结过两次婚，离过一次婚。他得过四次疟疾，还摔断过大腿。他杀过一个马来人，被涂过毒的标枪刺伤过，最后被丛林中的血吸虫夺去了生命。这一切肯定非常令人不快，不过也确实让人觉得蛮有趣的——除了血吸虫之外。”

“我敢肯定这对他不是什么好事。”这位女子肯定地说道。

“也许是吧。”然后威德伯恩看了看手表。“八点二十三分了。我打算坐十一点四十五的火车去，时间还早。我想我就穿上我的羊骆毛夹克——现在天气还挺暖和，戴上灰毡帽，穿上棕鞋。我想……”

他朝窗外扫了一眼，天空安详宁静，花园里阳光灿烂。然后他又不安地朝她表妹脸上看了一眼。

“如果你去伦敦的话我看你最好还是带上一把雨伞，”她以一种不容置疑的口气说，“从去到回来这么长时间谁知道会发生什么事儿呢。”

回来的时候他稍微有点儿兴奋。他买了点东西。他居然这么快就下定决心买了下来，这倒确实罕见，不过他这回确实这么做了。

“那儿有万带兰，”他说道，“还有一种温和一些。”他一边喝着汤一边心满意足地欣赏着他买来的兰花。这些兰花放在他面前一尘不染的桌布上。晚饭期间他都在慢条斯理地东拉西扯，谈着有关兰花的情况。晚上他还会把他以前所有的伦敦之行再讲一遍，这是他的习惯。他这样做是为她找点乐子，对自己也是一种消遣。

“我知道今天会有什么事儿。我不是把这些花都买来了吗。我敢肯定，其中的一些——其中的一些，你知道，其中的一些会很棒的。我不知道是怎么回事儿，但我确实感到非常肯定，好像有人已经告诉我说其中的一些兰花会很棒似的。”

“那一种，”——他用手指着一个枯萎的根茎——“还没有人知道叫什么。有可能是，甚至有可能是一种新品种。这是可怜的巴顿搜集到的最后一个品种。”

“我不喜欢它的样子，”他的房东说，“形状太难看了。”

“在我眼里它就没有什么形状。”

“我不喜欢它那些长出来的根须。”他的房东说，“明天我会把它移到一个花盆里的。”

“它看上去像是一个装死的蜘蛛。”房东说道。

威德伯恩笑了，他偏过头去仔细观察着根部。“这块东西确实不中看。但你可不能光从这些根茎干枯的外表就得出什么结论。说不定会开出一朵非常美丽的兰花呢。明天我会很忙的。今晚我必须想好究竟怎么处理这些东西，这样明天我就可以开始动手做了。”

没过一会儿他又说：“他们发现可怜的巴顿躺在一片红树沼泽地里，死了或是快死了——我记不清是怎么回事了。身下压着我买的这些兰花中的一个。他得了一种当地的发烧病，已经不舒服好几天了，我想他是昏过去了。这些红树沼泽是非常可怕的。他们说丛林血吸虫吸干了他身上的每一滴血。也许他就是为了得到这一种兰花才丧了命。”

“我想确实是这么回事儿。”

“男人必须工作而女人可以哭泣。”威德伯恩非常严肃地说道。

“想一想在肮脏的沼泽地里痛苦地死去！想一想发了烧却无药可吃，只能服用哥罗丁和查宁——如果人孤立无援的话他们还能靠哥罗丁和查宁活下来——想一想你周围除了可怕的土著人之外别无他人！他们说安达曼群岛上的人特别无耻——不管怎么说，他们是不会成为优秀的护士的，因为他们就没有受过必要的培训。想一想吧，这一切就是为了让英格兰人有兰花养！”

“我倒不认为这么做舒服，但有些人似乎乐此不疲，”威德伯恩说，“不过，他那帮人中的土著人倒是够开化的，在他的同事，一位鸟类学家从内地赶来之前，他们懂得照看好他搜集的兰花，但是他们也搞不清楚这种兰花是什么品种，任凭它枯萎了。这样反而使这些兰花更加有趣了。

“这让人对它们感到恶心。我怀疑它们带有疟疾。想一想吧，曾经有一个死尸横在那个难看的东西上。我以前从来没有想到这一点。天哪！我宣布我再也吃不下一口饭了。

“如果你乐意的话我会把这些兰花从桌上拿走放到窗台上的。放在那儿我也一样看得见。”

接下来的几天他真的在他那间蒸气腾腾的小温室里忙个不停，折腾什么木炭啦，柚木块啦，苔藓啦，还有别的养兰花的人需要的神秘玩意儿。他觉得自己过得极为充实。晚上他会向朋友们谈起这些新品兰花。他一再地谈到说他希望有什么奇怪的事发生。

在他的照料下，他的万带兰虽然死了一些，但那株奇怪的兰花很快就开始露出一些生机。他异常高兴，赶忙拉了正在做果酱的房东来看，他一下子就发现了不少东西。

“这是花蕾，”他说，“不久这儿就会长出许多叶子来，这儿长出来的那些小东西叫气生根。”

“我看它们像是从那个黑不溜秋的东西里伸出来的白色小指头，”他的房东说，“我不喜欢这些玩意儿。”

“为什么不喜欢呢？”

“我也不知道。它们看上去像是手指，老是想抓住你。我没法控制自己的好恶。”

“我不是很有把握，但据我所知，别的兰花没有那样的小气根。你看，这些小气根的顶端有些平。”

“我对它们没什么兴趣，”他的房东说道，她突然颤抖起来，转过身。“我知道我很蠢——我也没办法，可你居然会这么喜欢这个东西。但我老是不由自主地想起那具死尸。”

“但这可能并不是那个品种。那只是我的猜测而已。”

他的房东耸了耸肩。“我就是不喜欢它，”她说。

她对这株兰花的态度让威德伯恩感到一丝不快。不过每当他想高谈阔论的时候，这并不影响他向她大谈兰花，尤其是不影响他谈这株兰花。

“兰花有不少奇怪的事，”他说道，“有不少令人惊奇的事情。你知道，达尔文曾经研究过兰花是怎样受精的，他说一朵普通兰花的整个结构造型是为了让蛾虫把花粉在兰花之间相互传送。似乎还有许多已知的兰花的花朵并不能像那样被用来受精。比如说杓兰的一些品种就属于这一类。目前还不知道有哪种昆虫可以给它们受精，有些品种从来没有被发现过有种子。”

“但它们是怎样繁殖的呢？”

“是靠长匐茎植物和块茎，还有那种旁枝。这一点比较容易解释清楚。问题是，它们的花还有什么用呢？

“很可能我这株兰花就是这么一种特别的东西。果真如此的话，我得把它好好研究一下。我经常想像达尔文那样做些研究工作。但我一直没找到时间，总有些别的事让我没法做。叶子现在开始展开了。我真希望你能过来看看！”

但她说花房里太热了，让她感到头痛。她已经看过一次那株兰花了，那些小气根有些现在已经有一英尺长了，那次曾令她联想起伸出去要抓什么东西的触角，这让她感到不舒服。她也会梦见那些小气根在她身后以令人难以置信的速度疯长。因此她只要不再去看那株兰花就已经感到十分满足了，威德伯恩只好独自欣赏兰花的叶子了。这些叶子是一般的阔形叶，呈深绿色，叶根部有一些暗红色的斑点。据他所知，别的兰花没有这样的叶子。他把这株兰花放在温度计旁边的一个低长椅上，附近有一个简单的装置，一个水龙头向热水管上滴水，以使室内空气保持湿润。近来，他常常下午独自沉思，等待着这株奇兰花开。

这一天终于到来了。一走进小玻璃房里他就知道花开了，尽管他那株了不起的花遮住了他的新宠所在的角落。空气里弥漫着一种新的气息，香甜宜人，盖过了那间拥挤不堪、蒸气腾腾的小温室里别的花香味儿。

发现这一点之后他立即跑到那株奇兰花旁。看哪！下垂的花序上结着三个大花团，发出沁人心脾的香甜气息。他驻足在花前，欣喜若狂。

花朵呈白色，花瓣上有金黄色的条纹，沉甸甸的唇瓣卷曲着，造型奇特，一种令人赏心悦目的蓝紫色与金黄色交织在一起。他马上就发现这是一个全新的品种。还有那令人无以言表的香味！

这地方太热了！花朵在他眼前晃动起来。

他想看一看温度是否合适，朝温度计迈了一步。突然，所有的东西都摇晃了起来，地板上的砖在上下跳动。那几朵白色的兰花，花后面的叶子以及整个温室似乎都在左右晃动，然后向上一跳，他晕了过去。

按照老习惯，他表妹在四点半的时候把茶准备好了。但威德伯恩没有过来喝茶。

“他简直对那株恶心的兰花着迷了，”她自言自语道，又等了十分钟。“他的手表肯定已经停了。我得去喊他。”

她径直朝温室走去，把门打开，喊着他的名字。没人回答。她发觉温室内非常闷热，空气里弥漫着一股浓郁的香味儿。接着她看见有什么东西躺在地板上几个热水管之间。

有一分钟的时间她站在那里一动不动。

他脸朝上躺在那株奇兰下。那些像触角一样的小气根不再是在空中飘来飘去了，而是挤在一起，像是一堆缠在一起的灰色的绳子，顶端直直地伸出来，紧紧地抓住了他的下颌、脖子和双手。

她没反应过来这是怎么一回事。然后她看到在他脸上的一只放肆的触角下流着一缕血丝。

她低声叫了出来，向他跑去，想使劲儿把他从那些像血吸虫一样的触角里拉开。她扯断了两个触角，红色的液体滴落下来。

接着那种强烈的花香让她感到头晕目眩。那些触角死死地抓住他不放。她不停地扯着这些结实的绳子，他和那些白花就在她周围晃来晃去。她感到自己要昏过去了，但她知道这万万使不得。她把他放开，赶忙跑去把最近的窗子打开，呼吸了一会儿新鲜空气之后她突然想到了一个好主意。她拾起一个花盆，朝温室上面的窗子砸去，然后她又进到温室里。她的体力恢复了，用劲儿拖着威德伯恩一动不动的身体，把那株奇兰拖倒在了地板上。但它仍然死死地抓着猎物不放。她像发了疯似的连花带人一起拖到了温室外面。

然后她想到应当一个一个地把那些吸血的小气根扯掉，于是很快她就把他解脱开了，使他脱离了这个恐怖的东西。

他脸色苍白，鲜血从十来个环形的伤口中流了出来。

那个打零工的人听到玻璃碎的声音，感到好生奇怪，便朝花园走来。他看到她出来了，拖着一动不动的身体，双手血迹斑斑。一时他还以为发生了什么稀奇古怪的事情。

“去拿点水来！”她嚷道。她这么一喊倒让他回过神来。当他飞一般地把水拿来时，他发现她激动地哭了起来，威德伯恩的头靠在她膝上，她正在把血从他脸上擦去。

“发生了什么事？”威德伯恩问道，同时慢慢地睁开了双眼，然后又立即闭上了。

“去告诉安妮让她到我这儿来，然后马上去把海顿医生喊来，”这个打零工的人把水拿来之后，她立即对他这么说道。看到他犹犹豫豫的样子她又补充道，“你回来后我会一五一十地讲给你听的。”

过了一会儿威德伯恩又把眼睛睁开了。她看到他对他现在这个姿态一副迷惑不解的样子，她便向他解释说："你昏倒在温室里了。"

"那株兰花怎么样了？"

"你就只管交给我好了。"她说。

威德伯恩流失了很多血，但除此之外倒没什么太大的问题。他们让他喝了混了点粉红色肉汁的白兰地，然后把他送到楼上让他歇息。他的房东断断续续地向海顿医生讲述了这一令人难以置信的事情的经过。"到兰花房去看一看吧。"她说。

外面的冷空气从门外吹了进来，将那股令人作呕的香味几乎都吹走了。砖面上有一些暗红色的污点，大部分被扯断的小气根散落在上面，已经枯萎了。那株兰花倒下来时花干给折断了，花瓣的边缘也已经发蔫变成棕色了。海顿医生俯下身去，看到有一个小气根仍在微微地动着，他犹豫了起来。

第二天早晨那株奇兰还躺在那里，已经发黑，开始腐烂了。在清晨的微风中门不时被吹得咣咣直响，威德伯恩所有的兰花都枯萎了，都蔫了下去。而威德伯恩在楼上却是神采飞扬，喋喋不休，沉浸在他的这次奇遇的兴奋之中。

怪物大闹天文台

位于婆罗洲阿武的天文台坐落在山的凸出部位。北边是高耸的老火山口，在神秘莫测的黑色夜幕的衬托下显得黑黝黝的。这座不大的环形建筑有一个蘑菇形的圆顶，陡峭的山坡从这里延伸到山下那片热带雨林中，这片雨林变化无常，神秘莫测。这位天文观测者和他的助手住的小房子离天文台大约有五十码远，再远一些的小屋里住的是他们雇佣的当地人。

天文台的头儿是泰蒂，他因发低烧而病倒了。他的助手伍德豪斯默默地思忖了一会儿该怎么熬过这个酷热难耐的夜晚，然后才开始打发那寂寞无聊的值班时间。夜晚一片寂静。从那几间当地人居住的小屋里不时传来各种说话声和阵阵欢声笑语，偶尔也能听到森林深处有什么奇怪的动物在啼叫。各种专在夜间活动的昆虫像幽灵一样，纷纷从黑暗中冒了出来，在灯周围飞来飞去。也许他在想，天文台下面这片黑压压的森林中可能还会有各种各样的发现，因为对博物学家而言婆罗洲的原始森林仍然是一个奇境，到处都有稀奇古怪的问题，到处都有些什么发现，可这些发现却令人怀疑。伍德豪斯手里提着一盏小灯笼，小灯笼发出的黄光与在蓝紫色和黑色之间不停变幻的背景色调形成了鲜明的对比，整个大地就笼罩在这个色调中。他手上和脸上都抹了软膏，以抵御蚊子的骚扰。

即使是在可以用天文照相技术来观测天象的现代，在除了望远镜之外只有最原始的器材的条件下，在一个纯粹是临时搭起的建筑内观测天象还是需要有人长时间一动不动地做大量烦琐的观测工作的。想到等会儿还要吃那么多苦头，他不禁叹了口气，活动了一下身体，然后走进了观测室。

读者可能对一般的天文台观测室的结构比较清楚。整个建筑大体呈圆筒形，其顶部重量较轻，呈球形，可以从观测室内部操纵来转动。望远镜就架在观测室中间的一个石柱上，一个类似时钟的装置记录着地球自转的情况，这样就可以持续观察以前发现的某颗恒星。除此之外，在其支撑点四周还有一个小转轮和一个螺丝，天文观测者就是通过这些玩意儿来调整望远镜的。当然，在那个可以活动的顶部还有一条开口，在观测天体时望远镜的镜头可以移动。观测者或坐或躺在一个斜的木质装置上面，根据望远镜观测位置的需要，可以将这个装置滑到观测室的任何地方。为了使被观测的恒星显得更亮一些，在观测室内部的光线是越暗越好。

当伍德豪斯走进他的环形小屋时，灯笼闪亮了起来，将房间内的黑暗赶到了大机器后面的阴影里，随着灯火越来越小，黑暗似乎又悄悄地溜了回来，重新笼罩了整个房间。通过那条开口可以看到一片深蓝色的广袤穹宇，六颗恒星闪烁其中，在望远镜黑色的镜筒上留下一道灰白色的闪光。伍德豪斯把房顶转动了一下，然后开始调整望远镜。他先把一个转轮转动起来，然后又转动了另一个转轮，这个庞大的圆筒形器材慢慢地转到了一个新的位置。接着他朝大望远镜上的小寻星镜里瞄了一眼，又把房顶移动了一点点，做了进一步的调整，再把时钟装置启动起来。晚上很热，他把夹克脱了下来，把那把不舒服的椅子放好，他可是要在这椅子上苦熬四个小时呢。他叹了口气，无可奈何地观测起神秘莫测的太空来。

观测室内一片寂静，灯笼的火苗一点点暗了下去。外面偶尔有什么动物发出惊惨的叫声，或是呼叫自己的伴侣，间或也传来马来和迪雅克仆人的声音。过了一会儿，有个男人开始唱一支古里古怪的歌，其他的人每隔一会儿也跟着他一起唱。之后他们似乎都上床睡觉了，因为他们那个方向上再没有什么声音传过来了，四周变得越发寂静了。

时钟嘀嘀嗒嗒地响着。有只蚊子嗡嗡地尖叫着，在房间里飞来飞去，伍德豪斯抹的软膏让它异常生气，于是它叫得越来越响了。随后灯笼熄了，整个观测室内一片漆黑。

过了一会儿，望远镜慢慢地转到了一个令他感到不舒服的位置，他便自己挪了一下位置。

他正在观测银河系里的一小群恒星，他的头儿曾经看到过或是臆想过其中的一颗恒星的颜色变幻无穷。其实这并不是这所天文台日常工作的一部分，也许正是因为如此伍德豪斯才对此有这么大的兴趣。他肯定已将地球上的一切事情都抛之脑后了。他全神贯注于望远镜巨大的蓝色镜头所覆盖的范围，这个区域内看上去星罗棋布着不计其数的恒星，在黑色夜空的衬托下熠熠生辉。看着看着他觉得自己也飘飘然了，似乎正在太空中遨游。他正在观测的那个暗红色的斑点是那么的遥远。

突然间，所有的恒星都黯然失色了。有一道黑光闪过，之后便又可以看这些恒星了。

“真是奇怪，”伍德豪斯嘀咕道，“肯定是有只鸟飞了过去。”

这种情况又发生了一次，紧跟着望远镜的巨大镜筒晃了起来，似乎是被什么东西撞了一下。随后有什么东西接连猛烈地撞击着观测室的圆形屋顶，发出震耳欲聋的回声。恒星似乎被拨到了一边，望远镜由于没有被钳紧而摇晃起来，从屋顶的开口处滑了下来。

“天哪！”伍德豪斯惊呼起来，“这是什么东西？”

一个巨大的黑乎乎的东西，扇动着一双翅膀似的玩意儿，似乎正在屋顶上的那个开口处挣扎着。不一会儿那东西又不见了，银河的光依旧是那么虚无缥缈。

观测室内一片漆黑，只有一个扑腾扑腾的声音才能使人知道那个神秘动物的踪迹。

伍德豪斯已经从椅子上站了起来。这突如其来的事情搞得他浑身剧烈地颤抖着，出了一身冷汗。且不论那是个什么东西，它现在到底是在屋里还是在屋外呢？不管它究竟是什么，它确实很大。什么东西飞过了天窗，望远镜又摇晃了起来。他惊恐万分，赶忙用一只胳膊护住了头部。这么说那玩意儿还和他一起在观测室内。显然它是紧贴着屋顶的。这究竟是什么东西呢？它能看见他吗？

他在那儿站了大约有一分钟，一时竟不知所措。这个不知是什么的家伙用爪子吊在圆形屋顶的里面。然后有东西几乎要扑到他脸上，他看到一道星光照在一层皮肤上，这皮肤像是涂了油的皮革。他的水瓶从桌子上掉了下去，“咣当”一声摔到了地上。

这只怪物隐藏在离他很近的暗处，这种感觉令伍德豪斯无比难受。回过神来之后他琢磨着这可能是只在夜晚活动的鸟或巨型蝙蝠。他决定冒一下险，看看这到底是个什么玩意儿。他从口袋里掏出一根火柴，吃力地在望远镜的座架上擦着了，一缕青烟，一道微弱的亮光。火柴燃了一会儿，然后他发现一个巨大的翅膀向他扑来，忽闪着灰棕色皮毛所发出的光。他的脸被击中了，火柴也被打落了。这一下是冲着他的太阳穴来的，一只爪子从他的太阳穴一直划到脸颊。他感到天旋地转，倒了下去，这时他听到那只已经熄灭的灯笼掉到了地上的声音。他倒下去的时候又挨了一下。他几乎被打蒙了，他感到自己温暖的鲜血流到了脸上。他本能地感到自己的眼睛被打中了，为了保护眼睛，他把身子翻了过来趴着，然后吃力地爬到了望远镜底下寻求庇护。

他的背上又被打了一下，他听到了夹克被撕破的声音，然后那个东西飞回了观测室的顶部。他尽量挪到木质座架和望远镜镜筒之间的地方，把身体蜷了起来，这样就只有脚部还露在外面了。他至少可以用脚来踢了。他仍然处于一种糊里糊涂的状态。那个怪家伙在黑暗中飞来飞去，一会儿它飞到了望远镜上，把望远镜搞得晃来晃去，整个装置吱吱嘎嘎地响。一次它飞近他时，他拼命地用脚朝外踢，竟触到了一个软绵绵的身体。他感到万分的恐惧。能把望远镜搞得那样晃来晃去，这家伙一定很大。在星光下他看到一个头的轮廓，一双尖尖的耳朵以及两耳之间的冠。他觉得它的头跟一种猛犬的头一样大。他开始扯着嗓子高声呼救。

听到他的呼救声，那玩意儿又向他俯冲下来。这时他的手触到了身下地板上的什么东西。他向外踢去，随即他的脚踝被一排尖利的牙齿咬住了。他再次放声大叫起来，拼命用另一只脚去踢，想把腿收回来。然后他发现原来手里拿着的是那个破水瓶，于是他紧紧抓住这个破水瓶，挣扎着坐了起来，在黑暗中摸索着伸向脚边，抓住了一只像大猫耳朵一样毛茸茸的耳朵。他紧握着破水瓶的颈部，用力地向那个怪物的头上砸去。他又砸了一下，然后用砸坏的那一头儿在黑暗中朝着他认为是它的脸部的位置又捅又捣。

小牙齿松口了，他立即把腿抽了出来，并用脚使劲儿地踢。

他感到那一堆令人恶心的皮毛和骨头在他的狠踢之后软了下去。他的胳膊上又被狠狠地咬了一口，他向估计是脸的部位打去，打到了湿乎乎的皮毛上。

在短暂的平静之后，他听到了爪子在地板上抓的声音，还有一个沉重的身体爬离他的声音。然后又是一片寂静，只有他自己带着哭腔的喘息声和一个像是舔伤口的声音打破了这片沉寂。房间内一片漆黑，只有屋顶上的四边形的天窗是蓝色的，在闪耀的星光衬托下，望远镜的终端形成了黑色轮廓像。

那家伙还会再来攻击他吗？他在裤兜里摸索着想找几根火柴，结果发现只剩一根了。他想把这根火柴擦着，但由于地板是湿的，火柴"哧"了一下便熄灭了。他骂了一句。他看不清门在哪儿。在搏斗中他已经失去了方向感。那只怪鸟被擦火柴的声音惊动了，又开始挪动了。"停！"伍德豪斯大声地喊道，此时他突然感到一丝快意，但那玩意儿没有再向他发起进攻。他想它肯定是被他用破水瓶打伤了。他感到脚腕隐隐作痛，估计那儿正在流血。如果想站起来，不知脚腕能不能支撑得住他。外面的黑夜静悄悄的，没有任何人走动的声音。那些笨蛋只顾睡觉了，没有听到翅膀拍打屋顶的声音，也没有听到他的呼喊声。怪物又拍打翅膀了，吓得他摆出了防御的姿势。他的胳膊肘碰着了座架，座架"哗啦"一声垮了，他骂了一句，接着又骂起黑暗来。

突然那块四方形的亮块前后晃动了起来。他要晕过去了吗？那可万万使不得。他握紧双拳，咬紧牙关，使自己保持清醒。门会在哪儿呢？他突然想到，可以通过天窗观察星星来找回自己的方向感。他能看见的那一小片星星是在人马座及其东北方向。门是在北面还是在西北面？他使劲儿地想。如果能把门弄开的话，他就能撤退了。也许这家伙受伤了。这种紧张的气氛令人异常难受。“听着！”他说道，“如果你再不出来的话，我就要找你的麻烦了。”

不一会儿那家伙开始向观测室的墙上爬了，他看到它的黑色轮廓渐渐地把天窗都挡住了。它是在撤退吗？他把门的事都忘了，只是盯着看。屋顶转动着，发出吱吱嘎嘎的响声。不知怎的，他现在倒不觉得特别害怕了，也不怎么激动了。他感到那种好奇的感觉一点点地消失了。那块特别清晰的亮块变得越来越小，上面有个黑影在爬。这倒令人感到好奇。他开始感到特别口渴，但却不想去找点什么东西来喝。他似乎正在顺着一个长长的漏斗向下滑去。

他觉得嗓子里有种烟熏火燎的感觉，然后发现天已经大亮了，一个迪雅克仆人满脸好奇地看着他。泰蒂的脸怎么会是倒着的。这伙计真逗，居然还玩这些把戏。但他马上就反应过来了这是怎么回事，他发现自己的头靠在泰蒂的膝盖上，泰蒂正在给他喂白兰地。然后他看见望远镜的目镜上有许多红色的污点。他开始恢复记忆了。

“你把观测室里搞得是一塌糊涂。”泰蒂说道。

一个迪雅克男仆往白兰地里打了个鸡蛋。伍德豪斯接了过来，坐起身来。他感到一阵钻心的痛。他的脚踝、胳膊还有脸都肿了起来。地板上到处都是打碎的玻璃，玻璃上血迹斑斑。望远镜的底座翻了个个儿，对面那堵墙的附近有一摊黑不溜秋的东西。门开着，他看到了蔚蓝天空下大山灰色的顶峰。

“哇！是谁在这儿宰杀小牛了？快把我从这儿弄出去。”伍德豪斯说道。

然后他记起了那个怪物，记起了还和它干过一架。

“和我干架的那个东西究竟是什么玩意儿？”他问泰蒂。

“这只有你自己最清楚，”泰蒂回答说，“不过不管怎么样，现在别去管它了。再喝一点酒吧。”

其实泰蒂对此也非常好奇。他设法使伍德豪斯平静了下来，然后服侍他上床休息，在喝了大量肉汁——泰蒂认为这对他有好处——之后，他睡着了。这着实让他感到左右为难：一方面照顾好伍德豪斯是他的职责；另一方面他又急于想知道这一切是怎么回事。后来他们才谈起这事来。

“那玩意儿像是个大蝙蝠，”伍德豪斯说，“它有一双又短又尖的耳朵，柔软的皮毛，翅膀像是皮革。牙齿虽然小，但十分尖利，它的腭骨倒不是特别的强壮，否则我的脚腕就会被咬穿了。”

“差不多要被咬穿了。”泰蒂说道。

“我感到这家伙用起爪子来倒是得心应手。对它我也就知道这么多。可以这么说，这是我俩私人间的谈话，但并没有什么秘密可言。”

“那些迪雅克人经常说起有一只大猫猴，他们的土语里叫‘Klang-utang’。它倒并不经常袭击人，但我想可能你吓着它了。他们说有一只大猫猴，一只小猫猴，还有一个叫起来像火鸡一样的东西。它们都在夜间飞出来活动。我只知道这附近有飞狐和飞狐猴，可它们都不是很大呀。”

“天上人间还有许多我们不知道的东西。”伍德豪斯说道——听到这句引语泰蒂哼了一声——“在婆罗洲的森林里就更是如此了，远远超出了我们的哲学所能想象到的范围。不过，如果婆罗洲的动物还要给我来点新花样的话，我希望最好别在晚上我一个人在观测室里忙的时候来。”

隆鸟岛

疤脸人俯下身来看着我的那束花。

“是兰花吗？”

“有些是。”我回答说。

“是杓兰。”他说。

“大部分是。”我说。

“还有什么新品种吗？我想是没有了。我是二十五年前，哦，不，是二十七年前到这些岛上去找兰花的。如果你在这儿发现了什么新东西，那就是一种新品种了。岛上我可是几乎都找遍了。”

“我可不是搜集兰花的。”我说。

“我那会儿还年轻，”他接着说，“喜欢满世界到处游荡，”他好像是在揣摩我，“我在东印度群岛待了两年，在巴西待了七年，然后我去了马达加斯加。”

“我听说过几个探险家，”我说，困得都快要打哈欠了。“你是替谁搜集兰花的？”

“道森公司。我不知道你是否听说过布切尔这个名字？”

“布切尔——布切尔？”这个名字在我脑子里模模糊糊有点印象。过了一会儿，我想起了布切尔与道森打的那场官司。“哦！”我说，“原来你就是那个起诉他们的人，要求他们支付你四年的薪水——你被抛弃到了一个荒岛上……”

“正是鄙人，”疤脸人说，他鞠了一躬，“很有意思的案子，对吧？我呢，就在那个岛上挣点钱，也没想着替他们找什么兰花，他们几乎没工夫注意到我。当我在那儿的时候我一想到这事儿就觉得好笑。我把那个形状漂亮的珊瑚岛都走遍了。”

“这是怎么回事儿？”我说，“我都记不清那场官司了。”

“噢……你听说过隆鸟吗？”

“嗯。安德鲁斯大约一个月前还跟我说起他最近在忙于研究一个新的隆鸟品种，就在我出海前。他们发现了一块大腿骨，看上去几乎有一码长，肯定是什么怪物的大腿骨！”

“你说得没错，”疤脸人说，“这确实是怪物身上的。这种怪物就是辛伯达传说中的那种巨鸟。不过他们是什么时候发现这些骨头的？”

“三四个月前，怎么了？”

“怎么了？因为那些骨头是我发现的——天哪——那几乎是二十年前的事儿了。如果道森公司没有在薪水的问题上犯糊涂的话，他们肯定早就搞成了……那艘该死的船到处乱漂，我也没办法。”

他顿了顿。“我估计那是同一个地方。那是一片沼泽地，离安塔那那利佛大约有九十英里。你知道那个地方吗？到那儿得沿着岸边乘船去才行。也许你不记得了？”

“我不记得了。我记得安德鲁斯说过一个什么沼泽地来着。”

“肯定就是东海岸的那片沼泽地。不知怎么回事，那儿的水中有种物质可以防止东西腐烂，闻起来像是杂酚油。它让我想起了特立尼达岛。他们又找到了一些隆鸟蛋吗？我发现的隆鸟蛋有的长达一英尺半。你知道，那片沼泽地是环形的，有个小缺口。沼泽地里主要是盐。唉……我在那儿的日子是多么快活啊！我是很偶然发现这些骨头的。我和两个当地人一起乘着一艘他们那种古怪的独木舟去找隆鸟蛋，我们同时发现了这些骨头。我们带了一顶帐篷和足够四天吃的食物，找了一个土质较为结实的地方把帐篷搭了起来。一想到这里我似乎就又闻到了那股怪怪的酸味。找隆鸟蛋是一件很有意思的事情。你得用一根铁棍在泥里捣来捣去的。通常情况下，隆鸟蛋总是被打碎了。我不知道这些隆鸟生活的年代离现在有多长时间。传教士们说隆鸟活着的时候当地人是有关于它们的传说的，不过我从来没有听说过这些传说[1]。但不管怎样，我们找到的隆鸟蛋倒是很新鲜，跟刚下的一样，还是新鲜的呢！在把隆鸟蛋往小船上运的过程中，我的一个黑人同伴不小心掉到岩石上一个，摔烂了。我把这家伙臭骂了一顿。不过蛋

1 据我所知，没有哪个欧洲人见过活着的隆鸟，不过也许马可安德烈见过，他曾在 1745 年到过马达加斯加。

闻起来很香，就跟刚下的一样，一点儿异味都没有，而下蛋的这只隆鸟可能在四百年前就死了。他说一只蜈蚣咬了他一口。我怎么越说越偏了。我们整天都在泥里找隆鸟蛋，然后把它们完整地掏出来，搞得我们浑身上下都是令人恶心的黑泥，我的脾气自然很糟糕。据我所知，在目前所有被掏出的隆鸟蛋中，只有我的这些毫无破损。我后来到伦敦自然历史博物馆去过，看到那儿展出的隆鸟蛋中没有一个是完整的，全都是粘起来的，像是一件镶嵌的艺术品，总是有残缺。我的这些隆鸟蛋毫发无损，我是打算回去后再把它们洗干净的。这个蠢货居然因为蜈蚣咬他就打碎了一个，害得我们三个小时的活儿都白做了，我自然很生气了，把他揍了一顿。”

疤脸人掏出了一个陶制烟斗，我把我的烟袋放到他面前，他心不在焉地将烟斗填满了。

“别的隆鸟蛋呢？你把别的隆鸟蛋都搞回来了吗？我不记得……”

“故事怪就怪在这儿。我还有另外三个人，都感到非常新鲜。我把隆鸟蛋装到船上，然后我划船回到帐篷里煮咖啡去了，把那两个异教徒留在了海滩上——其中一个人在手忙脚乱地折腾着他被蜈蚣咬过的伤口，另一个人在帮着他处理伤口。我根本没有料到这家伙会趁我不备的时候来报复我。我估计蜈蚣的毒性和我的拳打脚踢惹恼了他——他这人一向脾气暴躁——而他又说服了另一个人跟他一起做。

“记得当时我正坐着抽烟，用一个酒精炉烧开水——像这种外出的时候我老是带着这个酒精炉——顺便还欣赏着夕阳中的沼泽地。整个沼泽地里都是一道漆黑一道血红的，看上去还是蛮漂亮的。远处地势逐渐升高，隐隐约约地与山峦连成一片了，山后的天空红彤彤的，就像是壁炉的炉口。那个该死的家伙就在我身后五十码的地方，他全然顾不上享受这么安静祥和的氛围，正在策划着偷偷地把船开走，把我一个人扔在这个地方，根本不管我只有够吃三天的食物和一顶帐篷，以及一小桶饮用水。我听到背后有人叫喊的声音，转头看时，他们已经得逞了。这艘独木舟还算不上是船，离岸边大约有二十码远了。我马上就明白是怎么回事儿了。我的枪还在帐篷里，况且没有子弹——只有打野鸭用的弹丸。这他们是知道的。好在我兜里还有一把左轮手枪，我边朝海滩跑边把手枪掏了出来。

“‘回来！’我一边挥舞着枪一边喊道。

“他们兴奋地朝我喊着什么，打碎蛋的那个小子还在讥笑我。我瞄准了另外那个家伙——因为他没有受伤，所以是他在划桨。子弹没有击中他。他们大笑起来，不过我没有气急败坏。我知道我必须保持冷静，我又开了一枪，他应声跳了起来，这回他不笑了。第三枪我瞄准了他的头部，他一头栽下船去，桨也掉了。用左轮手枪能打成这样算是不简单了。我估计距离有五十码远。他直直地栽了下去。我不知道他是被子弹打中了，还是被吓得掉进水里淹死了。然后我就冲着另外那个小子喊，让他回来，但他趴在独木舟里不肯回答我。我一气之下朝着他打光了枪里的子弹，但是连他的皮毛都没伤着。

“老实说，我感到自己是个十足的蠢货。我站在这片恶心的黑色海滩上，身后是平坦的沼泽地和风平浪静的大海。太阳落山之后，海水变冷了，那艘黑色的独木舟一点点地离岸边越来越远了。我大骂道森公司、詹罗奇公司、博物馆以及所有跟隆鸟蛋有关的机构，不是它们我也不会到这儿来。我朝着那个黑鬼大喊大叫，让他回来，直到我声嘶力竭为止。

“我没有别的办法了，只好游泳去追他，上天保佑不要碰到鲨鱼。因此我把折叠刀打开衔在嘴里，脱了衣服，跳进了海里。我一跳进海里就看不见独木舟了，不过我估计了一下方向又向前游去。我希望独木舟里的那个家伙蠢得连独木舟怎么划都不知道才好，而且独木舟最好是一直在朝同一个方向漂流。不一会儿，我看见它又从西南方向上露了出来。夕阳的余晖已经消失了，黑夜悄悄地来临了，星星出现在深蓝色的天幕中。尽管我的四肢很快就酸痛起来了，我仍然像个游泳能手一样奋力地游着。

“不过我追上他的时候天上的星星已经快要消失了。天越来越黑，我渐渐地可以看清海水中的各种各样的发着磷光的东西。这种光让我不时感到头晕目眩。我都搞不清楚哪儿是星光哪儿是磷光了，也搞不清楚我游泳的时候是头朝上还是头朝下了。独木舟一团漆黑，船头处的波纹一起一伏的，就像是一团固体的火在燃烧。我自然得小心一点，还是先不爬到船上去的好。我急于看看他想干什么。他似乎蜷成一团在船头缩着，船尾翘在水面之上。船一边漂一边不停地打着转儿，好像是在跳华尔兹。我游到船尾，把船尾拉了下来，我想这回他总该醒过来了吧。然后我就把刀拿在手里开始朝船上爬，同时做好了搏斗的准备。可他连动都不动。我就这么坐在船尾，任其在波光粼粼的、平静的海面上漂流。天上的星星都在盯着我看，我也在等待着看看要发生什么事情。

“过了很长时间我喊了声他的名字，可他根本没有回答。我累得筋疲力尽，不想再去冒险过去看看他是怎么了。于是我就这么坐着。我打了一两次盹儿。当黎明来临时，我发现他早已经死了，身体膨胀了起来，都变成紫色的了。我那三个隆鸟蛋和那些骨头在船中间放着，那一小桶水、一点咖啡和饼干裹在几张《阿尔戈斯海岬报》里，他身下有一罐酒精燃料。没有船桨，事实上，除了那个酒精罐之外，没有任何东西可以用来划船。我就这么随波漂流着，直到我有了点力气后才把他仔仔细细看了一遍，得出了结论：他可能是被蛇、蝎子或是某种不知名的蜈蚣咬后中毒而死。然后我就把他推到海里去了。

“做完这些事儿之后我喝了点水，吃了几块饼干，朝四下里望了望。我想人在我这个高度是看不到很远的。至少马达加斯加是一点儿也看不见，连一点儿陆地的影子也看不见。我看到有艘船正在向西南方向行驶，看上去像是一艘纵杆式帆船，但我从来没有见到它升起来过。过了一会儿太阳爬上了高空，毒辣辣地照在我身上。老天爷啊！晒得我是头昏脑涨，不知东南西北。我试着把头浸到海水里，过了一会儿我看到那几张《阿尔戈斯海岬报》，于是我便平躺在船上，把这些报纸摊在身上。这些报纸可真是好东西啊！以前我从来没有完完整整地读过一份这种报纸，但当一个人处于我这样的境地时会变得与平时大为不同，这倒是令人奇怪的。我把那份救命的旧报纸反反复复读了大概有二十遍。船板上的漆被太阳晒得都起了泡。”

“我在海上漂流了十天，”疤脸人说，“这事儿说起来倒很容易，对吧？每一天都像是我的末日。除了清晨和傍晚，我从来不四处观望——实在是太热了。前三天我连一艘船都没有看见，后来我看见的船没有注意到我。大约是第六天晚上有一艘船在离我不到半英里的地方驶过。船上灯火通明，舱门大开，看上去好像一只巨大的萤火虫，从船上传来阵阵的音乐声。我站起身来朝着它大喊大叫。第二天我敲开了一只隆鸟蛋，从底部一点一点地把蛋壳剥掉，我欣喜地发现蛋还能吃。味道有点特色——我是说味道还不错——只是有点鸭蛋的味道。在蛋黄的一侧有一块环形物，大约有六英寸见方的样子，上面有血丝和一个呈梯子形状的白色斑点，我觉得这玩意儿很奇怪，当时我也不知道这是怎么回事儿，也没想着去把这事弄个水落石出。就靠这只隆鸟蛋，加上饼干和水，我硬撑了三天。我也嚼咖啡豆，这玩意儿能让人提神。大概是第八天的时候我敲开了第二只隆鸟蛋，可把我吓坏了。”

疤脸人顿了顿。“对，”他说，“这只蛋都快孵出小鸟来了。”

“我敢说你肯定觉得这难以置信。看着这东西在我面前，我当时确实难以相信这是真的。这只蛋在那冰冷的黑泥里已经埋了大约有三百年的光景了。可眼下这事儿可是千真万确的。这个——叫它什么好呢——胚胎，头大大的，背是曲着的，心脏就在喉咙下跳动着。蛋黄已经干了，蛋壳里充满了薄膜组织，蛋黄上也覆盖着这东西。我在茫茫印度洋上的一艘小独木船上孵化着所有已经绝迹的鸟类中最大的鸟。要是老道森知道就好了！这可顶得上四年的薪水啊！你说呢？

"在我发现礁石之前，我不得不把这个宝贵的东西全部吃掉，有几口特别的难吃。第三只隆鸟蛋我放着没吃。我把它拿起来对着阳光看，可蛋壳太厚了，根本看不清里面是怎么回事儿。尽管我好像听到了血液流动的声音，但有可能这是我耳朵里血液流动的声音，就跟在海螺里听到的声音其实并不是海浪的声音，而是耳朵里的血流声是一个道理。

"后来船就漂到了一个环状珊瑚礁岛边，似乎从清晨的霞光中一下子就出现在我眼前了。我径直朝岛上划去，就在我离岸边还有大约一英里的时候——不会再远了——水流转了个弯儿，搞得我不得不使出全身力气用手和蛋壳片拼命地划向岸边。最终我还是划到了。这只是一个普普通通的珊瑚礁岛，方圆大约有四英里，岛上长有一些树，有个地方还有一股泉水，礁湖里到处游弋着鹦嘴鱼。我拿着那只隆鸟蛋上了岸，找了一个潮水冲不着而且阳光充裕的地方放好，我想尽我所能让隆鸟孵化出来。我又把独木舟拖上岸停好，然后就在四处游荡，同时在琢磨着今后该怎么办。珊瑚礁岛上居然如此荒凉，这倒让人好生奇怪。在孩提时代我觉得没有什么事比鲁滨孙漂流记更刺激了，但这个地方极其枯燥无聊，就跟布道用的经书一样索然无味。我四下里寻找可以吃的东西。说实话，第一天还没过完我就已经很烦了。我这还是算运气不错呢——就在我登上岛的那一天天气变了。一场暴风雨向北面吹去，拂过了这个岛，晚上岛上大雨滂沱，狂风怒吼。你知道，掀翻那艘独木舟是不需要费什么劲儿的。

“我当时正在独木舟上面睡觉，幸运的是隆鸟蛋埋在离岸边较远的沙子里，我能记起来的第一件事就是听到好像有几十个小石头同时敲打独木舟的声音，接着水就涌到我身上来了。我正梦见我在安塔那那利佛，我坐了起来问英托西到底发生了什么事儿，然后就伸手去抓那把上面放着火柴的椅子。接着我反应过来这是在哪儿了。闪着磷光的波浪卷起来，好像要把我吞噬掉，四下里一片漆黑。到处都是风浪咆哮的声音。云低压压的，仿佛就在头上，大雨倾盆，仿佛天都要塌了。一个滔天巨浪像一条发狂的蛇一样呼啸着向我扑来，我吓得赶紧逃跑了。然后我想起了那艘独木舟，于是我便朝放船那个地方跑去，这时海浪又咆哮着回来了。可船不见了。我不知道隆鸟蛋怎么样了，等我摸黑找到了放隆鸟蛋的地方后我发现它还好好在那儿，安然无恙，海浪根本打不着它。我便坐下来，紧紧地把它抱在怀里。天哪！这是一个多么可怕的夜晚啊！

“凌晨暴风雨停了。当凌晨来临的时候，天上没有一丝云彩，海滩上洒满了碎木片——这就是我那艘破船的残骸。不过这倒让我有事可做了，我利用这些碎木片在两颗长在一起的树中间胡乱搭起了一个防雨棚。就在那一天，隆鸟孵出来了。

“孵出来了，当时我正枕着隆鸟蛋睡觉呢。我听到‘扑哧’一声，感到有些响动，于是我便坐了起来，蛋的底端被啄破了，一个奇怪的棕色小脑袋看着我。‘天哪！’我说，‘欢迎你。’它吃力地从蛋壳里钻了出来。

“刚开始时它是个讨人喜欢的小东西，有一只小母鸡那么大——样子跟其他小鸟没什么区别，只是块头大一点而已。刚开始时它的羽毛是棕色的，给人的感觉是脏兮兮的，上面还有一种灰色的疤，不过很快就掉了，其实这还算不上是羽毛，只不过是绒毛而已。我简直无法形容我看见它时的那种兴奋的心情。连鲁滨孙都不知道如何打发寂寞无聊的时光。好在我现在有个伴儿了。它看着我，像母鸡一样眨着眼睛，啾啾地叫了一声，然后马上就开始到处乱啄了，仿佛晚出来三百年也无所谓似的。‘星期五，见到你很高兴！’我说，因为当我在独木舟里发现它开始孵化时我已经想好了，如果它能孵化出来的话，我就把它叫作‘星期五’。我急着想给它弄点东西吃，便马上给了它一团生的鹦嘴鱼。它吃完后张开嘴还要，这让我异常高兴，因为在那种情况下，如果它还有这样或那样的毛病的话，我就不得不把它给吃了。

“如果你知道隆鸟是多么有趣的话，你会感到惊讶的。它从一开始就形影不离地跟着我。我在礁湖里钓鱼的时候它就站在我身边看着，不管我钓到什么它都要吃一点。它还很聪明呢。海滩上有一些恶心的绿色疣状物，像腌黄瓜一样，它吃过一次这种东西，没给它留下什么好印象。从那以后它再也没有看过这东西一眼。

“它慢慢长大了。我不是一个爱好交际的人，因此它待我那么好，让我觉得再合适不过了。有大约两年的光景我们在岛上过着逍遥快活的日子。我工作上没有什么操心的事，因为我知道我在道森公司的薪水一直在涨。我们不时看见一两艘船，但没有任何一艘船靠近过我们。我还给自己找点乐子，用海胆和各种各样的漂亮贝壳摆成图案来把这个岛装饰了一番。每隔一段距离我就竖一块用大写字母拼的隆鸟岛的牌子，就跟在英国的火车站里看到的用彩色石头写的站名一样，我还到处写算术算式和涂各种各样的图画。我常常躺着看着这只奇怪的鸟四下走动着，看着它长啊长啊，同时思忖着在我被救离这个岛之后怎样带着它巡回展览，也好混口饭吃。它第一次脱换过羽毛之后开始变得好看了，长着一个头冠，嘴下有一对蓝色的肉垂，身体后部长有许多绿色的羽毛。后来我就在想，道森公司是否有权声称这只隆鸟是属于他的。每到暴风雨天和雨季来临时，我们就舒舒服服地躺在我用独木舟的碎片搭成的小棚子里，我常编些朋友的事儿来逗它。暴风雨过后我们总是一起在岛上转转，看看有没有什么船偏离了航线被吹到这儿来了。恐怕你要说这是一种田园生活了吧。如果我有点烟草的话，那这儿简直就是天堂了。

“大约是在第二年年底的时候我们的小乐园出事了。那时‘星期五’已经有十四英尺高了，头很大，像是丁字镐的底部，两只棕色的大眼睛的边缘是黄色的，是像人眼一样并排长着的，而不是像鸡眼那样长在两侧。它的羽毛漂亮极了——根本不像鸵鸟的羽毛，跟丧服一样——就颜色和质地而言更像是食火鸟的羽毛。这时它开始对着我竖起头冠，一副自命不凡的样子，并且有脾气暴躁的迹象……

“后来我钓鱼时运气就没那么好了，它开始在我身边来回转悠，一副心事重重的样子，让人觉得怪里怪气的。我还以为它一直是在吃海参或别的什么东西呢，不过它确实是不高兴了。我也饿呀，有一次我好不容易钓上来一条鱼，自己还想吃呢。那天早上我俩脾气都很大。它把那条鱼叼过去想独吞了，我在它头上狠狠敲了一下，想让它把鱼留下来。这下可好了，它冲着我就来了。天哪……”

“我脸上这条疤就是它留下的。”他指了指脸上的疤。“然后它又踢了我一脚。这一脚劲儿好大，就像是拉车的马踢的。我站起身来，看到它还没有就此作罢的意思，便连忙用胳膊护住脸逃跑了。可它撒开那两条笨腿就来追我，跑得比赛马还快，不停地踢我，像是用打铁用的大锤在打我，还不停地用头撞我的后脑勺。我跳到了礁湖内，水一直漫到我的脖子。它在水边停住了，因为它不喜欢把脚搞湿了。它叫了起来，声音有点像孔雀的叫声，只是比孔雀的叫声要沙哑些。它在岸边趾高气扬地走来走去。我得承认看到这个宝贝化石那副趾高气扬的样子我感到自己渺小极了。我头上脸上到处都在流血——我浑身上下已经没一块好地方了。

“我决定游到湖对岸去，让它独自待会儿，等到它的气消了我再回来。我爬到一棵最高的棕榈树上，坐在上面翻来覆去地琢磨这事儿。在那之前和打那以后我好像从来没有觉得那么伤心过。这个东西太没有良心了。我对它可比对亲兄弟还好呢。我把它孵了出来，调教了它。这个又大又笨的鸟早就被自然界淘汰了！我可是人啊，而人是经过自然选择生存下来的。

“我想过一会儿它自己就会从这个角度看问题了，就会为自己的行为感到害臊了。我想如果我抓着鱼的话，我会马上走到它面前，把鱼喂给它吃，我想它也会知道该怎么做的。过了好一阵儿我才发现这只已经绝迹的鸟是多么不肯原谅人，脾气是多么坏了。它分明是恩将仇报啊！

“我耍了许多小手段，想让它回心转意，这些我就不提了。我简直没法儿说。该死的好奇心害得我好惨，就是现在，一想起当时受的冷落和打击，我的脸就发烧。我也试过给它点颜色瞧瞧。我远远地用珊瑚砸它，可它居然把珊瑚给吃了。我把刀子打开，朝它扔去，它差点没把刀子都给吞了，不过刀子太大，它吞不下去。我想饿饿它，不给它鱼吃了，可它就在岸边的浅水里自己找虫子吃，还乐此不疲呢。一半的时间我都在湖水里待着，让湖水浸到我的脖子处，另一半时间我就待在棕榈树上。有一棵棕榈树不够高，当它发现我在这棵树上的时候，它就不停地来啄我的小腿，并以此为乐。我实在受不了了。我不知道你是否在棕榈树上睡过觉。我在上面是做了不少噩梦。再说了，你想想吧，这多让人感到耻辱啊！这个已经绝迹的动物在我的岛上像一个公爵似的不紧不慢地转悠着，而我却连脚沾一下地面都不行。我累得不行，又极端恼火，因此我老是哭。我就直截了当地告诉它说，我可不想让已经绝迹的动物在这个荒岛上赶来赶去的，还是去啄它生活的那个时代的海员吧。可它就是要啄我。这只丑陋的巨鸟啊，它的腿和脖子多丑啊！

“我都不想提这种僵局持续了多长时间。如果早知道会有这么长时间，我早就把它杀了。不过最后我找到了一个解决它的方法，这是南美洲人玩的把戏。我把所有的鱼线海草杆什么的拧在一起，做成了一股大概有二十码的非常结实的绳子，然后往绳子两头各拴了一块珊瑚礁。这玩意儿让我费了不少时间，因为我得一会儿浸到湖水里，一会儿爬到树上待着。我把这玩意儿在头顶上甩了几圈，然后朝它扔去。第一次没套中，第二次绳子恰好套住了它的腿，在它腿上缠了好几圈。它翻倒在地上。我是站在齐腰深的水里甩的，它跌倒之后我立即跳出水去，冲到它身边，用刀子来回割它的脖子……

“即使到现在我还是不愿意想起这事。当时我感觉自己是个凶手，不过我实在是忍无可忍了。它跌倒在地，我看着它的鲜血流到了白色的沙滩上，它发出临死前的呻吟，它那双结实粗壮的腿和脖子抽动着……呸！

“这场悲剧结束之后寂寞便死死缠住了我。天啊！你简直想象不出来我是多么想它啊。我坐在它的尸体旁，对着它黯然神伤。当我环顾这个荒凉沉寂的礁岛时，不禁浑身发抖。我想起了它刚刚孵化出来时那可爱的样子，想起了它在此之前玩的那些恶作剧。我在想如果我只是把它打伤了就好了，这样我就可以好好照顾它，我们就可以加深了解了。如果我能有办法在珊瑚礁上挖个洞，我就会把它给埋葬了。我就感觉它是个人似的。我不忍心把它吃了，因此便把它放到了湖里，那些小鱼把它吃得干干净净。后来有一天，有个驾着游艇在海上玩的伙计一时心血来潮，想去看看这个珊瑚礁岛还在不在了。

“他来得正是时候，我已经受够了岛上的荒凉，都在犹豫着是不是走到海里淹死得了，要不就躺倒在那些绿色的疣状物上等死算了……

“我把骨头卖给了一个叫作文斯洛的商人，他就住在大英博物馆附近。他说他又把骨头卖给了老海沃斯。他好像没有注意到这些骨头比一般的骨头要大，直到他死后这些骨头才引起了人们的注意。他们把它叫作隆鸟——什么来着？”

“巨隆鸟，”我说，“真有意思，这名字还是一个朋友告诉我的呢。当他们发现一只大腿骨有一码长的隆鸟时，他们就认为不会有比这再大的隆鸟了，因此把它叫作‘最大号隆鸟’。后来又有人发现了一根有四英尺六英寸长的大腿骨，便把它命名为‘超大号隆鸟’。你说的那个巨隆鸟是在老海沃斯死后在他的收藏品中发现的，后来在他的收藏品里又发现了比巨隆鸟的大腿骨还要长的腿骨。”

“文斯洛就跟我说了这么些，”疤脸人说，“如果他们还能再找到隆鸟的话，他想肯定会有哪个极有才能的科学研究者也会去的，他会兴奋得不得了的。但这事儿发生在一个普通人身上还是挺怪的，对吧？”

天外来客撞击地球

新年的第一天，三家天文台几乎同时宣布海王星的运动变得极不规则。在所有围绕着太阳运行的行星中，海王星是离太阳最远的。奥吉维早在12月份就曾提醒说海王星的运行速度似乎变慢了。这条消息原本就没指望全世界都产生兴趣，因为这个世界上的大多数居民根本就不知道还存在着海王星，后来又在这颗出了问题的行星运行范围内发现了一个模糊的亮点，这在天文学界外也没有引起太大的轰动。科研工作者却认为这条消息很有价值。当时还不知道那个亮点正迅速地越变越大，越变越亮，而且它的运动同行星的规则运动大为不同。海王星及其卫星的运行轨迹产生偏差可是前所未有的。

没有经过科学培训的人无法意识到太阳系是多么广袤无垠。太阳以及不计其数的行星、彗星在太空中运行着，运行空间之大超乎人的想象。在海王星的运行轨迹之外有一块两千万英里长、一百万英里宽的区域。据天文观察这个区域内空无一物，没有热量，没有光线，没有声音，什么都没有。在 20 世纪初这颗奇怪的流浪者出现之前，除了几个比最细的火苗还细的彗星之外，还没有任何人类所知道的物质穿越过这么宽阔的空间。这颗行星体积庞大，重量也大，从神秘的太空黑处突如其来，闯进了太阳的照耀范围之内。第二天的时候就可以用任何一架精细的望远镜看见它了，在望远镜中它只是一个小亮点，几乎谈不上有什么直径，处于轩辕十四附近的狮子座上。用看戏用的望远镜一会儿就可以找到它。

新年的第三天，全球的报纸读者第一次意识到了太空中出现这么一颗不寻常的行星究竟意味着什么。伦敦的一家报纸以《行星相撞》为题报道了这一事件，并且援引杜什那的观点称这颗奇怪的行星可能会同海王星发生碰撞。那些著名作家趁机抓住此事大做文章，以至于在 1 月 3 日，世界上大多数国家的首都里，人们都等待着天空中将要发生的事情，尽管人们并不清楚到底是什么事情。太阳下山之后，世界各地的人们都把目光转向了天空，发现天上那些熟悉的星星同往常相比没有什么特别之处。

伦敦的黎明来临了，双子座 B 星和其他星星都变暗了，还是没有什么事情发生。这是个冬日的黎明，天空是慢慢地亮起来的，窗子里透出煤气灯和蜡烛的黄光，人们开始起床了。但是有一个打着哈欠的警察看见了这颗星星，集市上忙碌的人们停了下来，惊奇地看着；提早上班的工人、送牛奶的人、开着车送报纸的人、在外面鬼混了一夜脸色苍白正往家里赶的人、无家可归的流浪汉、正在巡逻的哨兵看见了；在乡村，拖着沉重的步子去地里干活的农夫、偷着赶回家的偷猎者看见了；夜色即将褪去，黎明即将来临，在全国各地都可以看得见；在海上值班等待天亮的水手也看见了。有一颗又大又亮的星星突然出现在西方的天空上！

这颗星星比天上任何星星都要亮。天亮了一小时之后它还在发着耀眼的光芒，不是一小块忽闪忽闪的亮斑，而是一个小而清晰的闪着光芒的圆盘。由于科学还无法解释这种现象，人们看到这种情形心中充满了恐惧，传说这是老天爷发火的征兆，战争和瘟疫就要来了。结实的布尔人、黑黝黝的霍屯督人、黄金海岸的黑人、法国人、西班牙人以及葡萄牙人都站在暖洋洋的阳光下看着这颗奇怪的新星究竟是怎么回事。

在一百家天文台内，人们异常激动，当这两颗相距遥远的行星快要接近时，人们兴奋得叫了起来，其声音不亚于呼喊声。他们匆匆忙忙地跑来跑去，找来摄像仪器和分光镜等仪器，以便记录这个不同寻常的场面，记录这个世界是如何毁灭的。这颗星星是我们地球的姊妹，比地球要大得多，这么快就一闪而逝了。海王星被这个奇怪的太空来客结结实实撞了一下，撞击产生的热量将这两个固体行星熔为了一体，变成了一个巨大的火球。就在那天天亮前两小时，这颗巨大的发着淡白色光的行星就一直围绕着地球运行，直到它在西面落下去的时候，光芒才慢慢减弱了，然后太阳就升到了这颗行星之上了。人们到处都在称奇，但在所有看到这颗行星的人中间，没有人比水手们更为惊奇了。他们经常观测天象，由于他们是在海上，因此没有听说将有奇怪的行星光临的消息，他们只是看见它像月亮一样升起来了，越爬越高，然后就挂在空中了，黑夜过去之后，它落到西面去了。

当它再次在欧洲上空升起时，山坡上、屋顶上、开阔地带到处都是人，他们盯着东方看着这颗巨大的新星升上天空。它的前方有一团白光，就像是一团白色的火苗，那天晚上看到过这颗星星的形成过程的人看到这团光便喊了起来。“它比以前大了，比以前亮了！”弯月如钩，落到西边去了，比这颗新星可要小多了，不过即使是满月的时候，它的亮度也不如这颗奇怪的新星周围那个小光环亮。

“它越来越亮了！”聚集在街上的人们喊道。但是在幽暗的天文台里，观测者们都屏住了呼吸，面面相觑。“它越来越近了，”他们说，“越来越近了！”

“它越来越近了！”这句话从一个人传到另一个人那里，嘀嘀嗒嗒的发报声发出了这句话，电话线传送着这句话，在许多城市里，排版员神情严肃，忙着排版。“它越来越近了。”正在办公室工作的人突然意识到这事情颇为蹊跷，忙扔下手中的笔撒腿就跑了；各地闲聊的人们突然意识到“它越来越近了”这几个字中预示着将要发生什么怪事。这句话传遍了刚刚从沉睡中醒来的大街小巷，传遍了宁静的乡间小道，从电报中得知这条消息的人们站在门口昏暗的灯光下朝着行人大声喊着。“它越来越近了。”

容光焕发的漂亮女人在跳舞的时候听人闲聊起这事，装出一副很感兴趣的样子。“越来越近了！啊，是吗？好怪呀！谁能发现这样的事，那他肯定是非常聪明的了！”

在冬夜里徜徉的孤独流浪汉嘴里也念叨着这句话，好给自己带来一点安慰，他们也朝天上望去。“最好它再近一点，这晚上实在太冷了。不过就算它越来越近了，可怎么不见暖和一点呢？”

“新星能给我带来什么好处呢？”一个女人跪在她死去的亲人旁边哭着喊道。

一个早起复习功课准备考试的男孩透过布满霜花的窗子看着这个巨大的白星发出耀眼的光芒，琢磨着这是怎么回事。“离心力，向心力，”他说，用手托着腮帮，“使正在运行的行星停下来，使它失去离心力，那会怎么样呢？向心力就会起作用，它就会落到太阳里面去的！这颗行星！”

“是这么回事儿吗？”

那一天，这颗新星所到之处到处都是一片光明。到了晚上，天寒地冻的，这颗奇怪的新星又升了起来。它是如此之亮，以至于月亮跟它一比就像是一个昏暗的鬼影似的，高悬在夜空之上，显得那么大。在南非的一个城市里，有个重要人物的婚礼正在进行，街道张灯结彩迎接他和新娘从教堂里归来。“连老天爷都给您道喜呢。”一个溜须拍马的家伙说。在摩羯座下有一对黑人男女依偎着躺在一片甘蔗丛中，情话绵绵，什么野兽和鬼魂早就抛之脑后了，萤火虫在他们头顶上盘旋。“那是我们的幸运之星。”

他们轻声说道，温柔的光芒给了他们一种莫名的安慰。

数学大师坐在他自己的房间里，把一大堆纸推开，他已经演算完了。在一个白色的小瓶子里还剩一点儿药，他就是靠这种药才一连四个晚上没有睡觉忙着搞运算的。每天他都跟往常一样从容不迫，耐心地给学生把课讲得清清楚楚，然后便马上回到家来忙着搞这个很重要的运算。他神情严肃，但由于过度疲劳，他的脸显得有点儿变形，脸色潮红。他沉思了一会儿，然后走到窗前，“吧嗒”一声把百叶窗拉开了。那颗行星就悬挂在一群群屋顶、烟囱和尖塔之上的半空中。

他看着这颗星星，如同盯着一个敌人的眼睛。“你可以杀死我，”他静静地想了一会儿说，“但我可以用我这小小的头脑控制住你以及整个宇宙。我是不会动摇的，即使是现在。”

他看了看那个小瓶子。“再没有睡觉的必要了。”他说。第二天中午，他准时走进了课堂，按照老习惯将帽子放在讲桌边上，仔细地挑了一支长粉笔。不在手中玩弄这支粉笔他就没法讲课，有一次学生们把这支粉笔藏了起来，他居然就张口结舌地讲不了课了，这在他的学生中已经传为笑谈。他走上讲台，抬起灰白眉毛下的一双眼睛，看着阶梯教室中一排排充满青春朝气的脸，然后用他已经习惯了的听似随便实则经过精心准备的语言说：“由于出现了某些情况，某些我无法控制的情况，我准备好的课没法上完了。学生们，如果我直截了当地说出来的话，那就是人类一直在徒劳地生活。”

学生们面面相觑。他们该不会是听错了吧？他疯了吗？学生们开始交头接耳了，大多数人不以为然，但有一两个人却认真地看着他那张平静的脸，他的两鬓和满脸的络腮胡都已经斑白了。“今天早上我将尽我所能给大家演示一下我是如何推导出这个结论的。咱们假设……”他说。

他转向黑板，对着黑板上的一幅图形沉思着，这是他的老习惯了。“他说的‘徒劳地生活’是什么意思？”有个学生低声问另一个学生。“听听他怎么说。”另一个学生朝讲课的人努了努嘴回答道。

没过多久他们就开始明白了。

这天晚上这颗星星升起得有点晚，因为在沿着正常的轨迹朝东运行的过程中，它穿过了狮子座，向处女座运行而去。它非常亮，以至于它升起来后整个天空都变成了蓝色，除了天顶附近的木星、御夫座中最亮的那颗五车二星、金牛座 A 星、天狼星及大熊星座中的两颗指极星外，别的星星都看不见了。它亮闪闪的，看上去非常漂亮。那天晚上在世界上许多地方都可以看到这颗星星被一个灰白色的光环环绕着。人们发现它越来越大了。在热带地区的晴天上空，由于大气折射的原因，它看起来有月亮的四分之一那么大。英格兰的土地上仍然覆盖着冰霜，但四下里亮得就像月朗星稀的仲夏夜。在这个冷飕飕的夜晚，借助这么好的光线都可以看书读报了，城市里的灯火相比之下则显得昏昏暗暗的。

那天晚上没有人睡觉，在整个基督教世界，乡下到处都是一片低低的祈祷声，好像蜜蜂在草丛中嗡嗡叫，到了城里就变成了叮叮当当的声音了，这是无数的钟楼上的钟在响，提醒人们不要睡觉了，不要做坏事了，赶快到教堂去祈祷吧。随着地球的转动，那颗耀眼的星星正在上升，体积越来越大，亮度越来越强了。

城市里所有的房屋里和街道上都是亮晃晃的，船坞里灯火通明，所有通向高地的路都被照亮了，整个晚上一直挤得水泄不通。在文明世界周围的海上，不论是发动机突突作响的轮船，还是张着满帆的帆船，甲板上到处都挤满了人和各种动物，正在朝北方驶去。这是因为那位数学大师的警告已经被电报发送到了全世界各个地方，而且被翻译成了各种文字。这颗新星已经同海王星融在了一起，越来越快地向太阳冲去。现在这个巨大的火球已经在以每秒一百英里的速度运行了，而且速度还在加快。它就以这种状态运行已经横跨地球一亿英里了，可并没有对地球造成什么影响。巨大的木星就在它的运行轨道附近运行着，也没有受到太大的影响，木星的卫星也跟往常一样在围绕着太阳运行。每秒钟，这个火球同最大的行星之间的引力都在增大。这会造成什么后果呢？木星必然会被撞出自己的运行轨道，落到一个椭圆形的轨道上去，这个巨大的火球在太阳引力的作用下“运行轨迹将产生偏移”，然后会运行到离地球很近的位置，这样就有可能与地球发生碰撞。“一系列灾难就会接踵而来：地震、火山爆发、龙卷风、海啸、洪水，气温也会逐渐上升，上升到什么程度我也不知道。”这就是数学大师的预言。

那颗即将带来灾难的行星还在燃烧着，在天空中显得孤零零的，发出灰白色的光芒。

那天晚上许多人的眼睛都看酸了，他们觉得它确实在接近地球。当天夜里，覆盖在中欧、法国和英格兰大地上的冰霜也解冻了。

我是说过有人整夜都在祈祷，有人乘船逃往海上，有人逃往山区，不过你不要就此以为全世界的人都被这颗星星吓破了胆。实际上，生活还在照常进行着，除了闲聊和谈谈这天晚上是多么明亮之外，大多数人还是在忙着做他们平时的事儿。在所有的城市里，除了个别商店之外，大部分商店还是正常营业的，医生和殡仪员照常工作，工人们还是去工厂上班，士兵们照常训练，学者们继续做学问，恋人们照常约会，小偷藏起来逃之夭夭了，政客们接着搞他们的阴谋诡计。报纸印刷机彻夜响个不停。许多牧师都不愿意打开教堂大门接纳到此避难的人群了，因为在他们看来这是一场盲目的恐慌，他们不想为此推波助澜。报纸坚持说人们应该汲取公元 1000 年的那个教训，因为那一年人们也事先就预料到后果了。这颗行星已经不是行星了，它只是一团气体，变成了一颗彗星，因为如果它还是行星，那它就不会与地球发生碰撞了。以前从来没有发生过这种事情。在各个地方，大多数人都很清醒，他们嘲笑那些惊恐不安的人，对他们不屑一顾，还有点想整整他们。那天晚上格林威治时间七点十五分，这颗星星就要运行到离木星最近的位置了。然后人们就可以看到接下来要发生什么事了。许多人认为那位数学大师的严重警告是经过精心炮制的，不过是想借此沽名钓誉而已。争来争去人们反而更加相信从平时生活中得来的判断力了，说别的他们都不相信，纷纷上床睡觉去了。动物们早已对这种奇怪的现象感到厌倦了，也忙着做各自的事儿去了，所以除了狗还偶尔朝着这颗行星叫几声之外，已经没有什么动物理会它了。

第二天，欧洲国家的人们就发现这颗行星比第一天迟升了一小时，但大小却没有什么变化，可还是有许多人从睡梦中醒来后就开始嘲笑那位数学大师，他们都以为危险已经过去了。

可没过多久嘲笑声就停止了。那颗星星逐渐变大了，每过一小时就更大一些，而且慢慢地越来越接近午夜的天顶了，同时也越来越亮了，最后黑夜竟变得跟白昼一样了。如果它是直直地而不是绕着曲线朝地球运动过来的话，如果说它在和木星撞击后速度没有降低的话，那它只需花一天的时间就可以到达地球，但实际上它用了五天的时间才到达地球附近。又过了一天，当它在英格兰人的眼前落下去之前就已经有月亮的三分之一那么大了，地上的霜冻融化了。在美洲上空升起时它就变得跟月亮差不多大了，让人看了刺眼，并且很热。就在它上升起来积蓄力量的时候刮起了一股热风。在弗吉尼亚、巴西以及圣劳伦斯河谷下游一带的天空中，片片雷云飘过，这颗星星从云缝里射出光芒，一时间，紫光闪过，雷声大作，下起了冰雹，这在以前可是从来没有过的。在加拿大马尼托巴省冰雪融化了，引起了洪水泛滥。那天晚上地球上所有高山上的冰雪都开始融化了，所有从山上流下的河流里的水都变得浑浊黏稠，很快上游地区就充满了被连根拔起的树以及人和动物的尸体。河水还在不断上涨，最后终于溢出了河岸，追赶着正在逃难的原本住在河谷地区的居民。

在阿根廷和南大西洋沿岸地区，海浪之高达到了有史以来的最高纪录，在很多地方风暴把几十米高的巨浪吹到陆地上，把不少城市整个都淹没了。那天晚上气温越升越高，以至于太阳升起来反倒像是带来了一片阴凉。从北极圈一直到霍恩角的美洲地区发生了地震，震极不断增强，山崩地裂，房屋倒塌。科托帕希山剧烈震动了一下之后，整个一侧都被掀开了，熔浆猛地喷了出来，冲得老高老高，喷速如此之快，喷量如此之大，以至于熔浆在一天之内就到达了海边。

就这样，这颗星星后面跟着惨淡的月亮，从太平洋上空飞过，紧紧地跟着暴风雨不放，它运行到哪里，哪里就会有惊涛骇浪，海浪冲上一个个岛屿，把岛上的人全都吞噬了。随着一道耀眼的闪电，一堵高达五十英尺的水墙咆哮着在亚洲长长的海岸线上激荡着，在中国登陆后横扫过平原地区。现在这颗星星比太阳最热、最大、最亮的时候还要热，还要大，还要亮，令人恐怖的光芒照亮了这个地域广阔、人口稠密的国家，照亮了城市和乡村，以及塔、树木、道路、大片的农田，成百万的人都没有睡觉，都在盯着白昼一般的天空，极度恐惧，但又束手无策。紧接着洪水就开始泛滥了。那天晚上成百万的人开始了大逃亡，气温那么高，他们累得四肢跟灌了铅一样沉重，上气不接下气，洪水就像一堵白墙，在他们身后穷追不舍。

中国被照得如同白昼一般，而在日本、爪哇和东南亚的岛屿上空，由于火山爆发所引起的蒸气、烟雾和火山灰充满了天空，因此这颗巨星看起来像是一个红色的火球。天空中到处都是熔浆、高温气体和火山灰，整个地球都在肆虐的洪水中颤抖，地震发出阵阵的隆隆声。很快，西藏和喜马拉雅山上终年不化的积雪融化了，顺着千百万条越来越深的沟沟壑壑汹涌而下，汇成巨流，倾泻到缅甸和印度平原上。在印度丛林中，树木的顶端都烧着了，树根下湍急的洪水中有一些黑乎乎的东西在无力地挣扎着，血红的火舌照射在它们身上。一群男男女女像无头的苍蝇一样乱哄哄地顺着宽阔的河道向人类最后一个避难之所——大海仓皇逃去。

现在这颗星星以惊人的速度越变越大，越变越热，越变越亮。这片热带海洋已经不再波光粼粼了，黑色的海水不停地翻滚着，不时还能看见被风暴打翻的船出没在浪花里，一缕缕蒸气盘旋着升上天空，随即就被风吹散了。

接着怪事出现了。欧洲那些一直在观察这颗星星上升的人觉得地球肯定已经停止转动了。在许多开阔地带聚集了大量逃离洪水泛滥、房屋倒塌和山体滑坡的人，他们只能眼睁睁地看着这颗星星上升。时间一点一点过去了，人们的心都提到了嗓子眼儿，可它却不往上升了。于是人们又一次将目光投向了灾难爆发之前各个星座所在的位置上，他们以为再也看不见这些星座了呢。在英格兰，气温很高，天空中什么星座也看不见，不过地震还是很频繁，但在热带地区透过一层蒸气却还可以看见天王星、御夫星座中的五车二星和金牛座中的A星。后来这颗巨星升起来了，比平时晚了近十个小时，太阳升了起来，和它重叠了，于是在太阳中间有了一个圆形的黑斑。

在亚洲上空，这颗星星的运动速度和其他天体的运动速度慢了下来。当它运行到印度上空时，它的光线突然被遮住了。那天晚上，印度河河口和冈第斯山山口之间的印度平原上是一片汪洋，水面泛着光芒，寺庙、宫殿以及大小山峰的顶露出水面，上面黑压压的全是人。每个尖塔上都挤满了人，由于热得受不了，加上惊慌害怕，他们一个接一个地掉到了混浊不清的水中。整个大地似乎都在恸哭。突然有一片阴影从这个炼狱上空拂过，给绝望的人们带来了一线生机，气温开始下降，刮起了一股凉风，云聚集到了一起。人们抬起几乎要被刺瞎了的眼睛，发现有一块黑色的圆斑慢慢地在光线之中穿行。原来是月亮运行到了这颗星星和地球之间。就在人们还在感谢上帝给他们带来了这短暂的阴凉时，太阳以惊人的速度从东方跳了出来。这颗星星和太阳、月亮一起在天空中运行了起来。

没过多久，欧洲的观测者们就发现这颗星星和太阳重叠了，就这么一起向前运行了一会儿，然后速度慢了下来，最后停了，这颗星星和太阳融在了一起，变成了一个巨大的火球停在了高空中。月亮再也遮不住这颗星星了，在耀眼的天空中反而看不见月亮了。活着的人已经被饥饿、疲劳、炎热和绝望折磨得奄奄一息了，大多数人看到这种情形也没什么反应，但还是有些人明白这些现象意味着什么。这颗星星离地球最近了，它们相互围绕着对方运转，接着它就飞走了。它正朝着太阳飞去，越来越快，眼看就要飞到太阳里面去了。

就在这时，乌云密集，挡住了人们的视线，闪电和雷雨交织成一件外套，把地球遮住了。地球上大雨滂沱，雨量之大，前所未见，大股的泥石流从通红的火山上汹涌而下。洪水到处泛滥，所过之处房倒屋塌，一片泥泞，大地就跟狂风暴雨肆虐过后的海滩一样到处都是人和动物的尸体。几天后大水才退去，土壤被冲走了，树木和房屋被冲倒了，在乡村，大水冲出了一道道深深的沟壑。此后几天是一片漆黑。之后的好几个月内地震还是接连不断。

但是这颗星星消失了，饥饿不堪的人们才慢慢地不再感到害怕了，他们可以回到已经是一片废墟的城市里，去寻找被埋在地下的粮仓，回到被水浸透的农田里。几艘侥幸逃脱风暴的船只惊魂未定，小心翼翼地在他们曾经熟悉的港口和浅滩探路。风暴退去后，人们发现天气比以前要热，太阳也比以前大了，而月亮却只有先前三分之一那么大了，满月的间隔变成了八十天。

很快人们之间就有了一种新的情谊，一些法律法规、书籍和机器保存了下来，冰岛、格陵兰岛以及见芬湾海岸发生了奇怪的变化，到那儿去的水手发现这些地方一片碧绿，幽雅宜人，他们几乎不敢相信自己的眼睛，不过本故事就不谈这些了，也不谈靠近地球南北两极的地方要比以前热这码事了。本故事讲的只是这颗星星的来去过程。

天文学家——火星上确实有天文学家，只不过他们与人类有很大的差别而已——自然对这些事情非常感兴趣。当然他们是从自己的角度来看待这些事件的，其中一人写道："鉴于那个横穿过我们太阳系飞进太阳的飞行物的质量如此之大，速度如此之高，地球差点就被这个飞行物撞着了居然才遭受了这么一点儿破坏，这真是令人惊奇。所有我们熟悉的大陆标记和海洋边界仍然保持完整，事实上，唯一的变化似乎就是地球两极处的白色斑点（估计是冰）变小了。"这仅仅表明，即使人类蒙受了最大的灾难，在离地球几百万英里的外星人看来，这种灾难实在是太微不足道了。

食人海怪

一

在锡德毛斯的怪事发生之前，科学上只知道这种海怪属于头足纲动物，就这点了解还是靠在亚述尔群岛附近发现的一个已经消化了一半的触角和由詹宁斯先生在1896年初在兰德角附近发现的一具正在腐烂的尸体得来的，而且这具尸体已经被鸟和鱼吃得不成样了。

事实上，在动物学中，我们对深海头足纲动物了解得最少。在一个极其偶然的机会，摩纳哥王子于1895年夏天发现了十来种新的种类，我们刚才提到的那个触角就是这次发现的。碰巧当时有几个捕鲸人在特尔赛拉岛附近捕杀了一条抹香鲸，抹香鲸垂死挣扎，直朝王子的游艇冲来，所幸没有撞到。然后它的身子就翻了过来，死在离王子的游艇不到二十码的海面上。在痛苦挣扎的过程中，它喷出了不少大块大块的东西，王子觉得这些东西很奇怪，估计还有什么用途，便连忙在它们沉到海里之前打捞上来。他开动螺旋桨，让它不停地转动着，这样就形成了漩涡，然后他放下一只小船，把这些东西打捞了起来。这些东西是头足纲动物，有些是完整的，有些是残肢的，有些非常之大，而且几乎所有这些东西在科学上都没有记载！

似乎这些生活在海洋中层的大型灵活动物永远也不会被我们所知，因为它们在海里十分灵活，用渔网根本捕不着，只有通过这种极其偶然的机会才能得到它们的标本。就拿这种海怪来说吧，我们至今仍然对它栖息在何处一无所知，对青鱼在什么地方产卵以及鲑鱼的行踪也一样毫无所知。动物学家根本无法解释为什么它会突然出现在我们的海岸上。也许它是在觅食的过程中由于找不到食物才游到海面上的。不过我们还是最好不要做所谓的讨论，还是赶紧讲讲我们的故事吧。

第一个看到一条活海怪的人是第一个活下来的人，因为5月初在康沃尔和得文岛海岸已经发生了一系列游泳事故和翻船事故，现在可以确认是这种海怪在兴风作浪。此人名叫费森，是一名退休的茶叶商，当时正住在锡德毛斯的一个供应伙食的寄宿宿舍里。当时是下午，他正在锡德毛斯和莱德姆海湾之间的悬崖小道上散步。这个地方的悬崖很高，但在红色的悬崖下面有个地方砌好了台阶。马上就要走到这个地方了，突然他的注意力被一个声音吸引住了，起先他还以为是一群鸟在争夺一块食物，这块食物在阳光的照耀下发出一种微微泛红的光。这时还没有涨潮，但这东西不仅离他站的地方很远，而且与大海之间还隔着一大片礁石，礁石上覆盖着黑色的海草，还有潮水退去时留下的水洼，在阳光下闪闪发光。另外，远处的海水也很耀眼，因此他什么也看不清楚。

过了一会儿，他又仔细看了看，这才发现他刚才的判断是错的。其实是有一群鸟在那个正在挣扎的东西上空盘旋，大部分是穴鸟和海鸥。当阳光照射到它们的翅膀上时，它们整个的身体就发出耀眼的光芒，和那个东西相比，这些鸟显得特别小。正是因为他起初的判断不正确，所以这会儿他的好奇心更强了。

反正他也闲着没事儿做，不如找点乐子呢，于是他决定这天下午散步时看看这东西，管它是什么呢，也不去莱德姆海湾了，他想这东西可能是某种大型鱼类，不知怎么搁浅了，正在痛苦地挣扎呢。于是他便赶忙从陡峭的阶梯上往下走，每走大约三十英尺停下来歇一歇，看看那不知名的东西有什么动静。

他来到了悬崖脚下，离这个东西越来越近了，但它现在仰起身子了，加上阳光这么好，它反而显得不清楚了。它身体上粉红色的部分被一堆长满海草的礁石挡住了。不过他还是可以看得出来它的身体是由七个圆圆的部分组成的，有的是连在一起的，有的不是。那些鸟不停地叫着，但好像不敢靠它太近。

费森先生的好奇心越来越重了，他小心翼翼地在因被海水拍打而磨去棱角的礁石间择路而行。他发现礁石上面长满了湿漉漉的海草，走在上面滑溜溜的，于是他停下来把鞋袜脱了，把裤腿挽到膝盖上面。他这么做只是为了避免陷到礁石中间的水洼里去，他同时也很高兴能有机会重温孩提时代的欢乐，哪怕是暂时的，人不都是这样的吗？不管怎么说，他活着不就是为了找乐子吗？

他毫无顾忌地走近了那个东西，因为这个地方绝对安全，这儿的居民从来不担心有什么危险。那个东西身上圆圆的部分前后蠕动着，他登上了那堆礁石后才意识到他发现的这个东西实在太恐怖了。它突然就朝他扑了过来。

当它看到他爬上来时，那些圆圆的部分就分开了，他这才发现那粉红色的玩意儿是个被吞了一半的人的尸体，他分不清楚是男是女。那些圆圆的部分是几个丑陋不堪的动物，形状有点像章鱼，都有又大又长并且非常灵活的触角，在地上盘成一大堆。这些动物的皮肤发着光，看上去很不舒服，像是发光的皮革。它们的嘴向下弯曲着，四周都是触角，弯曲处还长着一种瘤子，另外还长有一些触角，一双大眼贼溜溜的，就好像是一张怪模怪样的脸。它们的块头跟一头半大的猪差不多，他估计这些触角有几英尺长。现在他想来当时那儿至少有八只这种动物。在离它们二十码开外的地方又有两只从回潮的浪里冒了出来。

它们的身体平卧在礁石上，不怀好意地看着他。但费森先生似乎并不感到害怕，也没有意识到他处于危险之中。他这么自信可能是因为这些动物是一副懒散的样子。但是他自然感到非常震惊和气愤，这些丑陋的动物居然在吃人。他以为它们不过是碰巧撞着了一个淹死的人。他朝它们大声吼了起来，想把它们赶走，可他发现它们没有动，于是他便四下看了看，捡起一大块圆形礁石，朝着其中的一个动物掷去。

这一掷不要紧，这些动物慢慢伸开了触角，全都朝着他这边爬了过来。刚开始还不紧不慢地爬着，边爬边相互发出一种低沉的连续颤动的呜呜声。

费森先生这会儿才明白他现在的处境非常危险了。他又吼了一声，把两只鞋都扔了，跳起身来就跑。跑了二十码之后他停了下来，回过头看了看，他想它们爬得肯定很慢。这一看倒让他大吃一惊！领头的那个家伙已经把触角搭在他刚才站着的礁石顶上了！

看到这种情形他又吼了一声，不过这回不是威胁，而是被吓慌了。他马上跌跌撞撞地跑过横在他和海滩之间的那一片崎岖不平的开阔地。那高高的红色悬崖怎么一下子变得那么远了呢？他看见有两名工人正在修理阶梯，看上去小小的，仿佛他们是另外一个世界的动物，一点儿也没有发觉下面有人在逃命。有一次他都听到那些动物在他身后十英尺左右的水洼里扑腾的声音了。在跑的过程中他滑了一跤，差点儿摔倒。

它们一直追到了悬崖脚下，直到那两名工人赶下来把他拉上了通向悬崖顶部的阶梯它们方才罢休。他们三个人朝它们掷了一阵子石块后便赶紧爬到悬崖顶上去了，他们沿着通向锡德毛斯的小路去找人和船，想把那个被咬得不成样的人从这些恶心动物的触角下解救出来。

二

尽管惊魂未定，但费森先生那天还是跟着船一起去了，以便告诉他们他的历险记发生的准确位置。

由于潮水降位了，他们得绕很大一个弯才能来到那个地方。当他们终于从阶梯上下来时，那具被咬得不成样的尸体已经不见了。海水拍打着礁石，淹没了一块小礁石，接着又淹没了另一块小礁石，那两名工人、船夫还有费森先生把注意力从岸边转移到了船下面的海水上。

起初他们只能看见海水里有一团黑乎乎的昆布属植物，不时有鱼蹦出水面。他们本来是想来寻求冒险刺激的，这让他们很扫兴。但没过多久他们就发现有一只那种怪物在朝海里游去，一边游还一边左右摇来摇去的，费森先生觉得这动作就像是一只拴着绳的气球在摇动。接着漂在水面上的那团海草被什么东西搅乱了，被拱开了一会儿，模模糊糊地可以看见三个怪物正在争抢着什么，估计是那个被淹死的人的尸体碎片。没一会儿，那一大团橄榄绿色的海草又重新把这群你争我抢的怪物给盖住了。

看到这种情形他们感到非常兴奋，他们开始用桨拍打水面，边打边大声地喊，很快就看见海草底下剧烈地动了起来。他们停了下来，想看得清楚点儿，当海面平静下来之后，他们便马上发现海草下似乎都是眼睛。

“真叫人恶心！”其中一人喊道，“瞧，有十来个呢！”

这些怪物从他们四周的海水里冒了出来。费森先生向我描述过这些怪物突然从漂动的海草底下冒出来是多么的恐怖。他觉得这好像应该花不少时间，可实际上也就是几秒钟的事儿。有一会儿他们除了怪物的眼睛外，其他什么也看不到。过了一会儿，触角从海草里伸了出来，把海草拨开了。这些怪物慢慢地冒了出来，越来越大了，最后它们缠绕在一起浮出了海面，他们连它们身下的海面都看不见了，触角尖从海里伸出来，黑乎乎的，到处都是。

有个怪物不顾一切地游到船边，用三只长着吸盘的触角抓住船沿，又用另外四只触角抓住船舷，好像是想把船掀翻，又好像是想爬到船上来。费森先生马上抓起钩篙使劲儿朝那些软软的触角打去，怪物被迫把触角收了回去。他背上挨了一下，差点掉水里，原来是船夫在用船桨打想从船的另一边向他们发起进攻的怪物时不小心打着他了。抓在船两边的触角突然都放开了，怪物纷纷游走了，只能听到它们在水中“哗哗”的游泳声。

“我们最好还是离开这里。”费森先生说，他全身剧烈地颤抖着。他朝舵柄走去，船夫和其中一个工人坐下来开始划船了。另一个工人在船头站着，手里拿着钩篙，时刻准备击退触角的进攻。他们再没有说什么，费森先生已经把他们想要说的全都说了，不需要再补充了。气氛严肃庄重，他们面色苍白，脸都变形了，想尽快逃离这个他们冒冒失失就闯进来的是非之地。

但桨还没有划到水里就被像蛇一般的触角给缠住了，触角黑乎乎的，逐渐向一头变细，舵也被缠住了。那些带着吸盘的触角又从船两侧悄悄地爬了上来。他们抓住桨往回拉，可他们感觉就像是在一片浮在水上的海草中间划船。“快来帮帮我！”划船的那个工人喊道。于是费森先生和站在船头的那个工人赶紧跑过去帮他把桨拉回来。

拿着钩篙的那个工人伊万，骂了一声，跳了起来，然后把胳膊伸得老长，用力朝在船下聚成一堆的触角打去。同时，划船的两个人也站起身来把桨拉回来。船夫把他的桨递给费森先生，他在拼命地往回拉，船夫打开了一把大折叠刀，然后弯下身去，用刀猛砍缠在桨柄上的触角。

船一起一伏地摇摆着，费森先生也摇摇晃晃地站不稳。他紧咬牙关，气喘吁吁的，在把船桨往回拉的时候手上青筋暴出。他突然朝海上看了一眼，就在离他们不到五十码的地方，在涨潮的海水卷起的长长的波浪边，有一艘大船正朝他们这边驶来，船上有三个女人和一个小孩儿。一名船夫在划船，一个戴着系有粉红色丝带的稻草帽，穿着一身白衣的小个子站在船头上朝他们大声喊着。很自然，他一开始想到的就是向他们求救，可他接着就想起了那个孩子。于是他把桨扔了，狂舞着双臂，朝船上的人大叫，让他们快点离开。在这种情形下这么做他似乎也没觉得自己是英雄，这倒让我们看出费森先生是多么朴实、多么勇敢。他扔掉的那个桨马上就被拖到水下去了，没过一会儿又在离他们大约二十码的地方浮了上来。

就在这时，费森先生感到他们的船猛地倾斜了，接着便听到一声嘶哑的尖叫，这是船夫希尔发出的惊叫，尖叫声拖得老长，这尖叫声让他把这些开着船游玩的人抛到了九霄云外。他转过身来，发现希尔蹲在桨架旁边，吓得脸都变形了，他的右胳膊搭在船舷外，被什么东西用力地向下拽着。他发出一连串短促的尖叫声。费森先生现在认定当时他肯定是在用刀砍船下的那些触角时被触角给缠住了，但是现在也没法断定当时是怎么回事儿。船身倾斜了，船舷的上缘没到水里有十英尺，伊万和另一个工人分别在希尔胳膊的两侧用桨和钩篙拼命地朝水里打。费森先生本能地站到了船的另一侧，以保持船的平衡。

希尔用尽了全身的力气想把他的胳膊从水里抽回来，他几乎快站起身来了。他终于把胳膊从水里抽了出来，上面还吊着一大团缠绕在一起的棕色触角。有个刚才缠住他胳膊的怪物把眼睛在水面上露了一下，发着亮光，目光直勾勾的。船倾斜得越来越厉害了，绿棕色的海水哗哗地从船沿上涌进了船里。希尔滑了一跤，摔倒的时候肋骨跌到了船沿上，他的胳膊和吊在胳膊上的触角又掉到水里去了。他打了个滚儿，靴子踢到了赶来救他的费森先生的膝盖上，马上就又有触角把他的腰和脖子缠住了，希尔拼命挣扎，船都差点儿被弄翻，挣扎了一会儿就被拖下水去了。船猛地晃了一下，差点儿把费森先生从船的那一边给晃下去，然后船身正了过来，不倾斜了，他也看不见希尔在水里怎么挣扎了。

他摇摇晃晃地站了一会儿，等站稳了，这时他发现在他们与怪物搏斗的过程中，回潮的海水又把他们送回了那些长满海草的礁石附近。就在离他们不到四码远的地方有一块礁石，潮水有节奏地拍打着它。他马上从伊万手里把桨夺过来，狠狠地在水里划了几下，然后把桨扔到一边，跑向船尾，向前跳去。他感到他的双脚从那块礁石上掠过，接着又奋力朝远处的一块礁石上跳去，结果被这块礁石磕了一下，跪在了地上，可他马上就站了起来。

“小心！”有人喊道。一个黑乎乎的很大的身体撞到了他身上，是其中一个工人把他撞倒在一个潮水形成的小水洼里。就在他倒下的时候，他听到了含糊不清的叫喊声，当时他以为是希尔发出的。不过他觉得很奇怪，希尔的嗓音没这么高啊，况且他也不会有这么多种嗓音啊。有人从他头上跳了过去，充满泡沫的水淋了他一身。他挣扎着爬了起来，跟落汤鸡似的，他没来得及朝海上看一眼，吓得拔腿就朝岸上拼命跑去。在他前面，那两名工人一前一后相距十来码，在那片散布着礁石的平地上跌跌撞撞地跑着。

跑了一会儿他掉过头去，发现没有什么东西追他，又把头转了回来。这倒让他感到十分惊讶。从那些怪物从水里冒出来的那一刻起，他就一直是手忙脚乱的，哪有工夫去想一想他在干些什么。他感觉就像突然从一场噩梦中醒来。

天空那么晴朗，没有一丝云彩。午后的太阳火辣辣地照着，海面上一起一伏的，海水卷起层层轻柔的乳白色的泡沫，黑乎乎的山脊不高，但延绵起伏。船身不再倾斜了，随着海浪缓缓地一起一伏，离岸边只有十来码远了。希尔和那些怪物以及那场惊心动魄的搏斗此时都烟消云散了，好像根本没有发生过。

费森先生的心狂跳不止，浑身都在颤抖着，呼哧呼哧地喘着粗气。

好像缺了什么东西。他想了几秒也没想起来是什么。太阳，天空，大海，礁石是什么呢？然后他才想起来怎么没见那些驾着船游玩的人。它不见了。他心里嘀咕，难道是他臆想出来的？他转过身去，看见那两名工人肩靠肩站在那高高的粉红色悬崖的一块凸出的岩石下。他犹豫着该不该再做最后一次努力，把希尔救回来。他突然感到浑身疲软了下来，没有一点儿力气了，不知做什么好，感到孤立无援。他转过身跌跌撞撞地朝岸边走去，向他的两个同伴走去。

他又扭过头去看了一眼，这回他看见海面上浮着两只船，离他较远的那只船底朝天，在海面上一晃一晃地。

三

其实这是这种海怪首次在德文郡海边亮相。迄今为止，这还是它最严重的一次袭人事件。费森先生讲的故事，加上我先前说过的一系列航行事故和游泳事故，再者，那一年康沃尔郡海滨没有鱼出没，这些都无可辩驳地说明有一群来自深海的吃人怪物潜行于海岸线一带。有人说过它们到这儿来是为了寻找食物，不过我还是倾向于海姆斯利提出的说法。他认为这群动物在一次偶然的机会吃到了沉船上的人之后便上瘾了，于是便游出了它们通常的活动海域去寻找人肉吃。起初它们伏击并跟踪船只，于是跟着在大西洋航行的船只来到了我们的海滨。海姆斯利的观点清晰，令人信服，但这儿不是讨论他的观点的地方。

它们总共吃了十一个人，因为就目前可以断定的数目来看，第二条船上有十个人，而且那一天它们肯定没有再在锡德毛斯海滨出现过。那天傍晚和夜里有四艘事故预防部门的船只在西顿和布德雷萨特顿之间的海岸边巡逻，船上的人员都装备了用来捕捞大型海洋生物所用的鱼叉和水手专用的单刃短刀。夜幕降临之后，有一些由私人组织的巡逻船只也加入了巡逻队列，他们的装备跟事故预防部门的差不多。费森先生没有参加任何巡逻活动。

大约是在午夜时分，从锡德毛斯东南方几英里的船上传来了兴奋的叫喊声，有人以一种奇怪的方式让一只灯笼舞动着。离它较近的船只看到这种情形后马上向它驶去。这条船上有一个水手，一个助理牧师，两个学生，他们都有点儿冒险精神。他们确实看见怪物从他们的船底下游过。看来这些怪物就像大多数深海动物一样发着磷光。它们就在海面下大约五英尺的深度游着，就像是一片月光照在黑乎乎的海水里，它们的触角都是收起来的，仿佛睡着了，不停地侧转着，它们列成楔形慢慢地朝东南方向游去。

这些人用手比画着，断断续续地讲述着他们的经历。有两条船靠在一起了，最后总共有九艘船靠在了一起，他们就你一言我一语地议论开了，像集市一般热闹，在静悄悄的夜里声音传得很远。没有人想去追这些怪物了，他们既没有武器也没有经验去追踪这些怪物，而且谁也不敢确信就一定能追上，很快他们就掉头朝岸边驶去，甚至还有一种如释重负的感觉。

现在我来说说这场搏斗中最令人惊讶的事情。后来这群怪物去了什么地方我们就一无所知了，不过整个西南海岸都接到了警报，做好了准备。不过，在6月3日，有一条抹香鲸在萨尔克海滨搁浅了，这件事倒值得一提。在锡德毛斯事件发生了二十四天后，一只活的海怪冲到上加莱的海滩上。它确实是活着的，因为有几个人亲眼看见它的触须在痛苦地颤抖着。但很有可能它当时已经濒临死亡了。一个名叫卜什特的先生取来一杆步枪把它打死了。

这就是人们最后一次看见活的海怪了。在法国海滨再没有人发现过这种动物了。6月15日，一个几乎完整的海怪尸体被海水冲到了托基附近的海滩上，几天后，海洋生物站的一艘船在普里毛斯附近进行打捞作业时捞起了一个正在腐烂的海怪，它身上有深深地被水手专用的单刃刀刺伤的痕迹。第一只海怪是怎么死的就不得而知了。6月的最后一天，一位名叫埃德加·凯恩的艺术家正在纽伦附近游泳，突然他张开双臂，尖叫起来，然后就被拖到水下去了。和他一起游泳的一个朋友根本没敢去救他，而是立即朝岸边游去。这件事算是给深海怪物袭击人类的怪事画上了句号。也许现在说这是最后一次还为时过早。但我们相信，而且我们也希望，它们已经回去了，永远地回到了没有阳光的海洋深处，它们就是从那儿来的。

紫色的蘑菇伞

库姆斯先生感到生活索然无味。他不仅厌倦自己的存在，而且对别人的存在也感到厌烦。他离开令他不愉快的家，避开喧闹的小镇，拐入盖斯沃克大街，穿过横跨运河、通往斯达林别墅的木桥。库姆斯先生置身于潮湿的松林里，四周荒无人烟，与世隔绝。他再也忍受不下去了。他一反常态，不断高声咒骂着“我再也受不了了”，以宣泄心中的郁闷。

库姆斯先生身材矮小，脸色苍白，但眼睛乌黑发亮，胡子黝黑迷人。他稍有磨损的衣领挺括，让人产生双下巴的错觉。他的大衣尽管破旧，但却是用俄罗斯羔皮镶的边。他戴着一副亮褐色的手套，指关节的背面带有黑色的条纹，但指尖处有些开裂。库姆斯夫人在嫁他之前曾说过他具有军人的容貌。但现在，她却称他为“可怜虫”，夫妻之间这么称呼似乎太糟糕了，而且这只不过是妻子对他诸多称呼中的一个而已。

他们夫妻间的争吵是由那令人讨厌的詹妮引起的。詹妮是库姆斯夫人的朋友。每逢星期天，她都不请自来，登门做客，吵闹一下午。詹妮体态肥胖，爱咋咋呼呼，喜爱热闹，常发出刺耳的笑声。这个星期天，她更是有点过分，竟然带来一个与她一样爱炫耀的小伙子。

身穿节日礼服、衣领干净挺括的库姆斯先生默默地坐在自己的桌前，生着闷气。此时，妻子和朋友们正漫无目的地聊着一些愚蠢的事情，不时地纵声大笑，但他强压住心头的怒火。

晚饭后（通常已经很迟），詹妮小姐所做的唯一的事情就是走到钢琴前，弹起那烦人的《斑卓琴曲》，星期天也不让人清静，不仅隔壁邻居能听见，街上的行人也能听到。这简直是在公开宣扬他们夫妻之间的不和。他不得不说句话了。

当库姆斯先生开口时，他感到自己的面色变得苍白，一种强烈的震颤让他感到呼吸急促。他一直坐在窗旁的一张椅子上，而新来的客人却占据了他习惯坐的扶椅上。库姆斯先生转过头去。“今天是星期天！”他转过头来发出了警告声，“今天是星期天！”用一种威胁的口吻说道。

詹妮继续弹着钢琴，正在翻看堆在钢琴顶上的乐谱的妻子狠狠地瞪着库姆斯先生。“怎么啦？”她说，“难道大家娱乐一下都不行吗？”

“我根本不介意合理的娱乐，”可怜的库姆斯先生说，“但我无法忍受星期天在我的家里弹那些烦人的曲子。”

“我弹的曲子怎么啦？”詹妮停了下来，像一头暴怒的野兽迅速地从琴凳上转过身，气愤地问道。

眼看麻烦将至，闹得不可开交，像世界上所有胆小怯懦的男人，库姆斯先生说：“小心琴凳！它承受不住太重的东西。”

“不用你操心我的体重，”詹妮发怒道，“你究竟在背后说了一些什么关于我的坏话？”

“库姆斯先生，你肯定不会无法容忍在星期天听听音乐吧？”那位新来的客人说。他坐在扶椅上，吐着烟雾，脸上带着怜悯的微笑。与此同时，库姆斯夫人却安慰詹妮说：“不要理他。继续弹，詹妮。”

“我的确无法忍受。”库姆斯先生对那位新客人说。

“我可以问一下为什么吗？”新来的客人说。很显然，他对自己的香烟和眼前的争论十分感兴趣。顺便介绍一下，他是一个精瘦的年轻人，穿着时髦的浅褐色西服，系着白色的领带，戴着镶有珍珠的银饰。如果配上黑色的大衣将会更有品位，库姆斯先生想。

“因为，”库姆斯先生开始说，“它不适合我。我是个生意人。我得琢磨我的生意。合理的娱乐……”

“他的生意！”库姆斯夫人讽刺道，“他总是这么说，我们应该这样做，应该那样做……”

“如果你不想琢磨我的生意，”库姆斯先生说，“那你为什么跟我结婚？”

“莫名其妙。”詹妮说着又转向钢琴。

“我从未见过你这样的男人，”库姆斯夫人说，“自从我们结婚以来，你完全变了。以前……”

这时，詹妮又开始“铛，铛，铛”地弹了起来。

“喂！”库姆斯先生最终被迫进行反抗。他站起来，提高嗓门说：“我告诉你们，我是不会继续容忍下去的。”由于愤怒他的大衣上下抖动着。

“千万不要动粗。”那穿着褐色西服的高个年轻人说着，站了起来。

“你算是什么东西？”库姆斯先生气愤地说。

这时，他们都开始争论起来。新来的客人说他是詹妮的未婚夫，想要保护她。库姆斯先生说，他有权在自己的家中这样做。库姆斯夫人说，他应该为侮辱客人而感到羞愧，而且他变成了一个十足的“可怜虫”（前面我已经提到过）。结果库姆斯先生下了逐客令，但他们就是不肯走，库姆斯先生只好说他自己走。库姆斯先生走进走廊，脸涨得通红，眼中充满了愤怒的泪水。当他使劲儿地穿上大衣（大衣的袖子缠住了他的胳膊）和拍打他的丝帽时，詹妮又开始弹起了钢琴。库姆斯先生伴着杂乱的琴声走出了自己的家门。“当，当，当”，他用力地关上店门，整座房子都震颤了起来。所有发生的一切使他的心情一落千丈。你现在也许开始理解他对自己的存在是多么厌恶了吧。

那是10月初秋，地面上铺满厚厚的松叶，松叶中丛生着五颜六色的野蘑菇，甚是好看。当库姆斯先生在松树下沿着泥泞的小路踱步时，他回忆起自己伤感的婚姻。他们结婚没多长时间，婚后生活平淡无奇。他现在清楚地意识到，妻子嫁给他是出于自然的好奇心，同时也是为了逃避那令人辛苦、朝不保夕的作坊生活。像她那个阶层的绝大多数人一样，她太愚蠢了，居然没有意识到在生意上助他一臂之力是她的责任。她贪图享乐，喋喋不休，热衷于社交活动。但她失望地发现贫困的阴影仍然缠绕着她。他的担心激怒了她。稍想约束她的行动就会招来一阵抱怨。她总是想，他为什么不能像过去一样好呢？库姆斯先生是一个不会伤害任何人的“可怜虫”，精神上相信“自助”，缺乏“自我否定”和“竞争”的野心，沉湎于“自足”。詹妮却是女魔鬼的化身，像伐木机一样喋喋不休。詹妮总是约他的妻子去看歌剧和做诸如此类的事情。此外，妻子的姨妈们和外甥、外甥女们白吃白喝，污辱他的人格，打乱他的生意计划，得罪忠实的顾客，总之是毁了他的生活。这已经不是愤怒、绝望和恐惧的库姆斯先生第一次离家出走了。他疯狂地大声发誓：他再也不会容忍这一切了。他就从这种最软弱无力的反抗中发泄着自己的情绪。但是他从来没有像这个星期天下午一样如此厌倦生活。星期天的晚餐和灰暗的天空也许增添了他的绝望感。他也许开始意识到婚姻造成了他生意上的挫折。不久，他将会破产。之后，她也许会悔悟，但到那时就为时已晚了。命运（如我前面已经提到过的）沿着这条林间小路种下了散发着邪恶气味的蘑菇，密密麻麻的，各种各样的，不仅路的右边有，而且路的左边也有。

如果他的妻子是一个不忠实的伴侣，那么这个小店主的处境就十分可悲了。他的财产都已投到生意里去了，离她而去就意味着在世界上某一个陌生的地方加入失业者的行列。因此离婚对于他来说是个下下策。无论结果是好是坏，婚姻的古老传统都不可抗拒地紧紧套着他，直到发展为一场悲剧。泥瓦匠们可以踢死他们的妻子，公爵们可以背叛他们的妻子。但如今对于小职员和店主们来说，常常只能选择割喉自尽。在这种情况下，库姆斯先生的脑海中掠过一个念头：反正希望已经落空了，不如死了算了——你应该尽可能宽容地看待他这个想法——这其实是很平常的。他想到用剃刀、手枪、面包刀，甚至给验尸官写一封感人肺腑的信，上面列出他仇人的名字，并且虔诚地祈求宽恕他们。过了一会儿，他的愤怒转化成了忧郁。他就是穿着这件大衣结婚的，大衣里面是他的第一件也是唯一的一件礼服。他开始回忆起他们沿着这条小路卿卿我我的情景，想起他节衣缩食拼命存钱的日子，以及结婚时对未来充满美好憧憬的那段时光。现在却变成这样！难道世界上就没有仁慈的主吗？他又想到了死。

他想起了刚刚走过的运河，怀疑是否应该在河的中间把头探出去。当投河自尽的想法在脑中闪过时，一簇紫色的小伞映入了他的眼帘。他呆望了一会儿，然后停下来，弯腰摘了一朵。那紫色的小伞给人的印象酷似一只小巧的皮革钱包。细看时，发现那小伞原来是紫色的蘑菇盖。那是一种看上去剧毒无比的紫色蘑菇：

黏泥般黏滑，富有光泽，散发着酸味。他犹豫了一下，微微缩回了手。吃毒蘑菇自杀的想法在他脑中闪过。想到这儿，他又拾起了那朵蘑菇伞，用手掌捧着，站起身来。

那肯定是一种辛辣的味道，但一点儿也不令人恶心作呕。他掰开一片来。新鲜的蘑菇表面呈乳白色，但几秒钟后就神奇地变成了黄绿色。这种变化让人很感兴趣。他掰开另外两片，颜色发生了同样的变化。库姆斯先生想，这些蘑菇真是神奇的东西，正如父亲经常说的，所有的野蘑菇都是最致命的毒药。致命的毒药！

没有什么时候比现在更需要快速下定决心了。为什么不是现在就在这里结束生命呢？库姆斯先生想。他尝了一小块，其实只有一丁点儿——仅是一点儿碎屑。那味道是如此的辛辣，以至于他差点吐了出来，然后他只感到辛辣和浓烈的味道——很像加入一点辣根的德国芥末——棒极了，野蘑菇。他激动地吞了下去。喜欢它吗？他对此不在乎。他要再尝一口。味道的确不错——好极了。他一时忘记了自己的烦恼。他这是在与死亡游戏。他又咬了一口，故意把满口的蘑菇吞下了。他的手指和脚尖开始有一种奇特的震颤感。他的脉搏开始加速跳动。他耳中的血流声听起来像是水车推动的声音。“再来一口。”库姆斯先生说。他转过身，看看四周，感到脚底有些不稳。当看到十多尺外有一小堆紫色的蘑菇时，他挣扎着向那边走去。“令人快乐的东西，”库姆斯先生说，“再多来点。”他一头栽了下去，摔了个嘴啃泥，两手还伸向那堆紫色的蘑菇，不过他再没有吃。他立刻忘掉了一切。

库姆斯先生翻身坐起，满脸惊奇。他那小心刷过的丝帽已经滚向水沟。他用手按住自己的额头。一定发生了什么事，但他不能肯定。不管怎样，他已不再感到空虚——相反，他感到心情舒畅极了。他的喉咙有种烟熏火燎的感觉。他的心里突然涌起一阵快感，不禁放声大笑起来。他曾经空虚过吗？他不知道，但至少现在不再空虚。库姆斯先生站起来，脚下有些不稳。他面带惬意的微笑环视着这个世界。他开始回忆过去，但记不太清楚，因为一股热气正在他的脑中迂回游荡。他知道自己在家惹人讨厌，只是因为他们想要开心。他们说得没错，活着就应该尽可能地开心。他要回家弥补过去，消除他们的疑虑。为什么不带一些令人开心的蘑菇回去让他们尝一尝呢？得带满满一帽子，少了不行。摘一些带有白点的红蘑菇，再来一些黄色的。他以前太迂腐了，老是扫别人的兴，他要弥补这一切。现在，对他来说，卷起大衣的袖子并在背心口袋里装点黄荆豆都成了一件非常开心的事。他要一路唱着歌回家——过一个快乐的夜晚。

在库姆斯先生离开之后，詹妮停止了弹琴，再次从琴凳上转过身。“真是乱发脾气。”詹妮说。

“你瞧，克莱伦斯先生。我得受多少罪。”库姆斯夫人说。

“他有点暴躁。”克莱伦斯先生审慎地说。

“他根本不替我们设身处地想想，”库姆斯夫人说，“我对此感到非常不满。他除了自己的旧店铺之外对其他任何东西都漠不关心。如果我用店里的钱交一些朋友，或者买一些令我体面的东西，甚至买一些我想要的小东西，那就会发生争执。‘节省点，’他说，‘活着可不容易啊！’诸如此类的话。他会为此而整夜失眠，盘算怎样从我身上抠出一个先令。有一次，他竟想让我们吃多塞特黄油。如果这次我向他屈服的话——哼！”

“那当然不行。”詹妮说。

“如果一个男人珍惜一个女人，”懒散地躺在扶椅里的克莱伦斯说，“他必须准备为她做出牺牲。就我而言，”克莱伦斯注视着詹妮继续说道，“在我没有能力举办体面堂皇的婚礼之前，我是不会考虑结婚的。那完全是自私的行为。一个男人应该自己经历苦难，而不应拖累自己的妻子。”

“我不完全同意，”詹妮说，“只要一个男人好好地对待一个女人，她怎么会不帮他呢？这一点我就不明白。你知道，这是因为他对她太抠了……”

“你们不会相信，”库姆斯夫人说，“我太蠢了，居然嫁给了他。其实我早就应该知道的。如果不是我父亲帮忙，我们结婚时恐怕连辆马车都没有。”

“天哪！他不会这样吧？”克莱伦斯震惊地说。

“他说需要钱买股票。唉，如果不是我据理力争的话，他根本就不会雇个女佣每周帮我收拾家务。他常为钱而小题大做，冲着一叠单据几乎是对我大发雷霆。‘如果我们能够熬过今年，’他说，‘明年生意一定会好起来。’‘如果我们能够熬过今年，’我说，‘那会……如果我们能够熬过明年。我算是看透你了。’

我说，‘你根本不在乎我变得又瘦又丑。如果你想要的不是一个受人尊敬的姑娘而是一个奴隶的话，’我说，‘那你为什么不娶个奴隶呢？’”

库姆斯夫人这样喋喋不休地说着。但我们无须继续听这些毫无教益的谈话，只要知道库姆斯先生被他们很解恨地踢出了家门，而他们正围着壁炉享受一小段舒适的时光就足够了。之后，库姆斯夫人去沏茶了。詹妮坐在克莱伦斯先生的椅子扶手上卖弄风骚。突然外面响起茶具撞击的声音。“我听到什么啦？”库姆斯夫人走进客厅，故弄玄虚地问道。随后又是一阵打情骂俏。当他们正坐在椭圆形的小茶桌前饮茶时，传来了库姆斯先生回来的声音。

前门的门锁上响起一阵摸索声。

“我的主人回来了。”库姆斯夫人说，“我敢打赌，他出去时像头狮子，回来时像只羔羊。”

店里有东西被撞倒了，听起来像是一张椅子。然后，走廊里传来一阵杂乱的脚步声。门开了，库姆斯先生站在那里。但那是经过脱胎换骨的库姆斯先生。他干净的衣领不小心从颈前部撕破了；那顶精心刷过的、装满野蘑菇的帽子仍然夹在他的胳膊下；他的大衣往外翻着，背心上镶着几枝开着黄花的荆豆。然而与他脸上的变化相比，这套节日礼服的奇异之处就显得黯然无光了：他的脸色灰白，眼睛又大又亮，极不自然；苍白发紫的嘴唇在毫无喜色的脸颊上咧得很大。“开心！”他说着停止了舞步，打开房门。“合理的娱乐。跳舞。”他跨出三个神奇的舞步跳进房间，站着鞠了一躬。

“吉姆！”库姆斯夫人尖叫了一声。克莱伦斯先生坐在那里，充满恐惧，嘴张得老大。

“茶，”库姆斯先生说，“茶，令人开心的东西。”

“他醉了，”詹妮轻声说。她从未见过一个醉汉有如此激动苍白的脸色和如此明亮凸张的眼睛。

库姆斯先生抓了一把猩红的野蘑菇递给克莱伦斯先生。“令人快乐的东西。”他说，“吃一点儿。”

此时，库姆斯先生显得和蔼可亲。但当看到他们面露吃惊的神色时，他突然变得歇斯底里起来，发出了一声压抑已久的怒吼。他似乎突然记起了离家时的争吵。他用妻子从未听过的声音吼道：“这是我的家。我是这里的主人。我给你的东西必须吃。”他喊出这些话，毫不费力，甚至没有一个粗暴的举止，像是一个人在低声轻语似的静静地站在那里，手中仍捧着一堆蘑菇。

克莱伦斯先生承认自己是个懦夫。他不敢正视库姆斯先生眼中的怒火。他往后推了推椅子站了起来，转过身就想溜。库姆斯先生见状冲了过去。詹妮见机会来了，就魔鬼般尖叫着冲向门口。库姆斯夫人紧跟着她。克莱伦斯先生试图躲开库姆斯先生。但当他跌跌撞撞地跑过茶桌时，库姆斯先生一把抓住了他的衣领，使劲儿地把蘑菇往他嘴里塞。好在他把衣领挣断了，他狂叫着冲进走廊，脸上粘着一团红色的蛤蟆菌。“把他关在里面。”库姆斯夫人大叫着，并想关门，但她的支持者们都弃她而逃了。詹妮见店门开着，就从那里溜了出去，并把店门反锁了。这时，克莱伦斯急急忙忙跑进厨房。库姆斯先生重重地撞向大门。库姆斯夫人发现钥匙仍在屋里，就飞奔上楼，把自己关在一间空房间里。

一场人生闹剧就这样在走廊里上演了。尽管库姆斯先生身上的饰物有些散乱，但那一帽子令人敬畏的蘑菇仍夹在他的胳膊下。他面对三个方向迟疑了一下，然后决定先去厨房。克莱伦斯正在那里摸索钥匙，但他还是放弃了锁住屋子主人的努力而逃进洗碗间里，可在打开通往院子的后门之前被库姆斯先生抓住了。克莱伦斯至今对此后所发生的细节一直缄默不语。库姆斯先生一时的愤怒似乎又消失得无影无踪了。他又变回了一个彬彬君子。因为到处都是刀具，克莱伦斯先生决定顺着库姆斯先生的性子来，以免发生什么悲剧事件。毫无疑问，库姆斯先生心满意足地把克莱伦斯先生戏弄了一番。即使他们相识多年，也不可能比这次玩得更加尽兴了。库姆斯先生高兴地坚持让克莱伦斯尝尝他的蘑菇。在一阵友好的推让之后，库姆斯先生满怀内疚地发现客人的脸已被弄得乌七八糟了。显然，克莱伦斯先生在洗碗池中饱受折磨。他的脸被黑鞋油刷刮得伤痕累累——但他仍决心无论如何都得顺着那个疯子的性子来——最后库姆斯先生帮头发凌乱、身心憔悴、满脸乌七八糟的克莱伦斯穿上大衣，把他从后门送了出去，因为通往店门的路已经被詹妮堵住了。詹妮开始无法锁住门，但她插上了插销，库姆斯先生手中有钥匙也无可奈何。就这样，詹妮在店铺里度过了一夜。

库姆斯先生后来又回到厨房，还想再找点什么乐子。尽管他是个虔诚的禁酒徒，但他喝了至少五瓶库姆斯夫人以保持身体健康为由坚持饮用的烈性黑啤酒（他的第一件也是唯一的一件礼服的前襟被溅湿了）。他用妻子陪嫁来的几个餐盘敲断了瓶颈，发出悦耳的声音。在狂饮开始时，他唱了很多首快乐的民歌。一块玻璃在他手指上划了深深的一道口子——这也是该故事中唯一的血腥场面。喝了库姆斯夫人的烈性黑啤酒之后库姆斯先生全身抽搐，这种感觉他还从来没有经历过，或许是由于酒的作用，蘑菇的毒性竟然被化解了。但我们最好还是给这个星期天下午后来发生的事情蒙上一层神秘的面纱。库姆斯先生后来在放煤的地窖里沉沉地睡了一觉，醒来之后便没事了。

五年过去了。又是 10 月的一个星期天下午，库姆斯先生再次走过运河那边的松树林。与故事的开头一样，他仍然是黑眼睛、黑胡子的小矮个，但现在真的长出了双下巴，不是像以前那样只是看上去是双下巴。他那带有天鹅绒翻领的大衣是新的，考究时髦的翻领代替了以前的圆领。他的皮帽子光亮平滑，手套也是新的——尽管一个指套曾裂开过，但已经被精心地缝好了。一个漫不经心的旁观者也会发现库姆斯先生昂首挺胸，腰杆笔直，这意味着他对自己信心十足。他现在已是一个有三个助手的老板了。走在旁边的是他刚从澳大利亚回来的兄弟汤姆。兄弟俩长得很像，只是汤姆更加高大些，皮肤晒得黝黑。他们又回忆起早年的奋斗历程。库姆斯先生一直在发表对金融的看法。

"你的生意很红火，库姆斯先生，"汤姆说，"在这些年的竞争中，你能取得这样的成绩真是太幸运了，而且你还真有福气，有这样一位愿意帮助你的贤内助。"

"我俩之间，"库姆斯先生说，"并非总是这样。事情并非总是这样。最初，老婆有点不好对付。女人真是有趣的东西。"

"真的！"

"是的。你可能难以相信，但她过去很过分，经常欺负我。我过去对她太好了，什么事都顺着她来，搞得她认为一切都应当以她为中心。她把家变成了一个娱乐中心，总是用生意上的钱来招待她的亲戚和女性朋友以及她们的男友。整个星期天都在我家里又弹又唱的，把生意都赶走了。她还和那些小伙子们挤眉弄眼的。汤姆，那简直都不是我自己的家了。"

"你不应该这样想。"

"是的。当然——我和她理论过。我说：'我不是把妻子当作宠物的达官显贵，我娶她是想在生意上有个帮手，在生活中也算有个伴儿。我说，'她应该帮我渡过生意上的难关。'她对此置若罔闻。'很好，'我说，'别惹着我，否则我是不会客气的。'我说，'我的忍耐快到头了。'但她根本不听我的警告。"

"是吗？"

"女人就是这样。她认为我根本不会发怒。她这样的女人（这事只在我俩之间说一说，汤姆）只有对男人有点害怕之后才会尊重他。因此，我就冲她发火了，给她点颜色瞧瞧。这时，一个名叫詹妮的姑娘和她的男友走了进来。詹妮过去和我妻子一起工作过。我们吵了一架，然后我就到这里来了——那天就像今天一样——经过一番思考之后，我终于大彻大悟了。之后，我回到了家，向他们大发雷霆。”

“真的？”

“是的。可以告诉你，我简直是疯了。如果我能够控制得住自己，我是不打算揍她的。我回到家，教训了那小子一顿，也好让她明白我可不是吃干饭的。那小子也是个大块头，但被我打得落荒而逃。我东摔西砸，把她吓坏了，吓得她跑上楼把自己锁在一间空屋子里。”

“真的？”

“事情就是这样。第二天，我对她说，‘现在你知道，’我说，‘我发怒时是什么样了吧。’我就没有必要多说什么了。”

“从那以后，你就一直很快乐，是吗？”

“可以这么说。再没什么事值得让我对他们吹胡子瞪眼。如果不是因为那天下午，我可能还要在这条路上徘徊，而她依然会对我指手画脚，她的亲戚们还会埋怨我让她受穷——我看透他们了。但现在我们过得很好。正如你所说的，生意也不错。”

他们继续往前走，沉浸在冥想之中。“女人真有趣。”汤姆说。

“得对她们厉害点才行。”库姆斯先生说。

“这里的野蘑菇真多啊！”汤姆随后说道，“我看不出它们在这个世界上有什么用处。”

库姆斯先生环视了一下。“它们是为某种明智的用处而降临到这个世界上的。”库姆斯先生神秘地说。

真得感谢这些紫色的蘑菇伞。它们令这个荒唐可笑的小人物发狂，变得独断专行，从而改变了他一生的命运。

水晶蛋

一年前，在七日晷街附近有一家看上去非常脏的小店，招牌上写着“C. 凯伍，博物学家与古董经销商”，经过风吹雨打字已经发黄了。橱窗里陈列着一些稀奇古怪、五花八门的东西。这里有一些象牙，一副不全的象棋，珠子和武器，一盒眼珠，两个老虎头骨和一个人类头骨，几个破旧的猴子标本（其中一个拿着一盏灯），一个老式的箱子，一只长满蛆的鸵鸟蛋，一些钓鱼用具，还有一个脏兮兮的空玻璃鱼缸。故事发生的时候还有一大块水晶，表面被打磨得闪闪发光，加工成鸡蛋的形状。橱窗外站着的那两个人正在看这个水晶蛋，其中一个又高又瘦，是个牧师；另一个是个长着黑胡子的年轻人，面色黝黑，穿着倒并不引人注目。这个面色黝黑的年轻人说话时手势很多，似乎是在急于说服他的同伴买下这个东西。

正在这时凯伍先生走了进来，吃茶点时蹭上的面包屑和奶油还在胡子上晃悠着。当看到这两个人和他们正在观察的目标时，他的脸色沉了下来。他不安地朝身后瞅了一眼，然后轻轻地把门关上了。他是个小个子老人，脸色苍白，两只蓝眼睛出奇的水灵；头发灰白，脏兮兮的；身上穿着一件破旧的蓝色礼服大衣，头上戴着一顶旧绸帽，脚上穿着一双后跟几乎被磨掉了的拖鞋。那两个人谈话的时候他就一直盯着他们。那个牧师把手伸进裤兜里，掏出一把钱看了看，开心地咧开嘴笑了。当他们来到店里时，凯伍先生似乎更加难受了。

牧师没说什么客气话，直接问这只水晶蛋卖多少钱。凯伍先生紧张地朝通向阳台的门那边看了一眼，然后说卖五英镑。牧师向他的同伴以及凯伍先生抱怨说这个价格太高了——这确实比凯伍先生当时进这个货时的价格高出许多。然后他们就开始讨价还价了。凯伍先生走到门边，拉开门。“我就卖五英镑了。”他说，似乎嫌这种毫无意义的争执太麻烦，想就此打住。就在这时，一张女人脸的上半部出现在通往阳台的门的玻璃遮帘上边，好奇地看着这两个顾客。“我就卖五英镑了。”凯伍先生用颤抖的声音说。

那个面色黝黑的年轻人一直在一旁仔细地盯着凯伍先生，一句话也没说。这时他说话了：“给他五英镑好了。”牧师看了他一眼，看看他是不是在开玩笑。当牧师再次把目光转向凯伍先生时，发现他脸色苍白。“这太贵了。”牧师说。他把手伸进裤兜里，开始点钱了。他只有三十先令，便向同伴求助，他们俩的关系看上去相当密切。这给了凯伍先生一个理清思绪的机会，他开始焦躁不安地解释说这块水晶实际上并不完全是卖的。这自然让这两位顾客感到奇怪，便质问他为什么没有在开始还价之前把这一点说清楚。凯伍先生变得更稀里糊涂了，但还是不肯松口，说什么这块水晶今天下午不卖，已经有人来过说要买了。这两个人还以为他是想把价格再抬高一点，便做出要走的样子。但就在这时，阳台的门开了，那个留着深色刘海、长着一双小眼睛的女人出现了。

这个女人面容粗糙，体态肥胖，比凯伍先生年轻得多，也魁梧许多。她嗵嗵地走过来，脸涨得通红。“那块水晶是可以卖的，”她说，“五英镑是个不错的价钱。你居然不答应这位先生的条件，我不明白你在搞什么名堂，凯伍先生！”

凯伍先生对她插进来一杠子感到极为恼怒，他从眼镜框上边气愤地看着她，声称有权以自己的方式来管理生意，他说这话时倒不是十分理直气壮。随后他俩吵了起来。这两位顾客在一旁幸灾乐祸，还不时地帮凯伍太太出主意。凯伍先生被逼急了，一口咬定说那天上午有人来问过这块水晶。他说得颠三倒四，让人无法相信。他急躁不安，痛苦不堪。但他仍然坚持己见，就是不肯松口。还是那个年轻的东方人结束了这场争论。他提议他们在两天之内再来一次，以给凯伍先生所说的那位顾客一个公平的机会。“到那时得说定是五英镑了。”牧师说。凯伍太太替丈夫向他们道了歉，她解释说他有时就是“有点怪”。两位顾客离开之后，这两口子便开始毫无顾虑地讨论起这件事的来龙去脉了。

凯伍太太和丈夫说起话来毫不留情。这个可怜的老头儿情绪激动，说话时嗓音都在颤抖，一会儿说什么已经有人想买这块水晶了，一会儿又说什么这块水晶实际上值十点五英镑，说来说去自己都糊涂了。“那你为什么只要五英镑呢？”妻子问。“我想怎么样是我自己的事，不要你管！”凯伍先生说。

凯伍先生有一个继女和继子，并且和他住在一起。当天晚上吃饭时又提起了这件事。他们都对凯伍先生的生意经不以为然，尤其是这回，他们认为凯伍先生简直愚蠢至极。

“我想这种事儿他干了不止一次了。”他的继子说。他十八岁，是个细胳膊细腿的蠢小子。

“可他们出价五英镑呢！”他的继女说。她二十六岁，是个能言善辩的年轻女子。

凯伍先生招架不住他们的狂轰滥炸，只能嘟囔说只有他才最清楚怎样才能管好自己的生意。他们把他从吃了一半晚饭的桌前赶走，让他去把店门关了。他耳根发热，恼怒的泪水在眼镜后打转。为什么把那块水晶在橱窗里放了那么长时间呢？真是愚蠢至极！他现在满脑子里想的都是这件事。有一会儿他都觉得这块水晶是卖定了。

晚饭过后他的继子和继女打扮一新出去了；妻子上楼歇着去了，她一边喝着热糖水泡柠檬，一边想着那块水晶的买卖。凯伍先生来到店里，在那儿一直待到很晚。表面上看他是在做金鱼缸里用的假山，但实际上却是在做一件不可告人的事情，具体是什么事我们以后再说。第二天，凯伍太太发现有人把水晶从橱窗里拿走了，放到了几本斜着放的二手书的后面，于是她又把它放到橱窗中一个显眼的位置。她不想再为这事费脑伤神了，因为她头疼得厉害，无法再与凯伍先生争来吵去了。这天就这样挨了过去。凯伍先生比平时更加心不在焉了，而且一反常态，显得焦躁不安。等到他妻子按习惯午睡时，他又把那块水晶从橱窗里拿走了。

第二天，凯伍先生要去给一所医学院送星鲨供解剖用。他走后凯伍太太的脑筋又转到了那块水晶上，她在想怎样才能把这五英镑的意外之财花到点子上。她已经想好了：用这笔钱给自己买一件绿绸上衣，去里士满旅游一趟。正在这时门铃响了，她赶紧跑到了店里。这位顾客是一名辅导学生准备考试的教师，他埋怨他们为什么没有把前一天订购的几种青蛙送过去。凯伍太太不赞成凯伍先生开办这项业务。这位顾客来的时候气势汹汹的，但说起话来却彬彬有礼，与凯伍太太说了几句话就走了。之后凯伍太太自然而然地把目光转向了橱窗，因为只有看到这块水晶她才觉得五英镑马上就要到手了，她的梦想才会实现。令她大吃一惊的是，水晶不翼而飞了！

她到柜台上的那个抽屉后面去找，上次就是在那儿找到的，结果没有。她在店里焦急地四下找了起来。

当凯伍先生送完星鲨回来时已经是下午一点四十五了。他发现店里乱成一团，妻子极其焦躁不安，正跪在柜台后面在那些动物标本里翻来翻去。她听到声响知道是丈夫回来了，便满脸怒容地从柜台里抬起头来，不分青红皂白地说他把水晶藏起来了。

“把什么藏起来了？”凯伍先生问道。

“那块水晶！”

听到这句话凯伍先生显得非常惊奇，连忙跑到橱窗前。“它不在这儿了吗？”他说，“天哪！它到哪儿去了？”

就在这时凯伍先生的继子从里屋进到店里来了——他就比凯伍先生早回来一两分钟——满嘴不干不净，骂骂咧咧的。他正在给街上的一个二手家具经销商当学徒，但在家里吃饭。他发现饭还没有做好，自然感到不满了。

但当他听说水晶不见了之后，就把吃饭的事给忘了，把一肚子怨气从母亲身上转移到了继父身上。当然他们首先想到的就是凯伍先生把水晶藏了起来。但凯伍先生坚决说自己对水晶的下落一无所知，与此事毫无关联。最后他被逼急了，把妻子和继子先后骂了一通，说他们把水晶藏了起来，目的是想私自把它给卖了。于是双方开始了一场激烈的唇枪舌剑，结果凯伍太太方寸大乱，一会儿歇斯底里，一会儿怒气冲天，还搞得继子下午去家具店上班迟到了半个小时。凯伍先生躲到店里，以避开情绪激动的妻子。

在继女的主持下他们晚上又重提此事，这回少了许多火药味，是在一种慎重的气氛下进行的。晚饭吃得很不愉快，最后又造成了一种令人不快的局面。凯伍先生最后再也受不了了，猛地把前门“咣”的一摔，愤然而去。剩下的人趁他不在好好把他给数落了一番，然后把整幢房子都仔仔细细地搜索了一遍，希望能找到那块水晶。

第二天那两位顾客又来了。凯伍太太接待他们的时候几乎都要哭出来了。他们这才知道简直没有人能够想象她在和凯伍先生结婚后的日子里受了多少委屈。她还断章取义地讲述了水晶失踪的情况。牧师和那个东方人默默地相视而笑，说这确实十分离奇。当发觉凯伍太太似乎要把生平经历都讲给他们听时，他们便离去了。而凯伍太太仍存有一丝希望，请牧师把地址留下来，以便能够通知他——如果她能从凯伍先生嘴里套出些什么话。于是他们便把地址留了下来，但后来显然地址又不知扔哪儿去了。凯伍太太现在根本记不得这码事了。

当天晚上凯伍夫妇似乎都没劲儿再吵了。凯伍先生独自一人吃着晚饭，黯然神伤。这与前几天那种闹哄哄的场面形成了鲜明的对比。有一段时间凯伍家的气氛很紧张，因为水晶一直没有出现，也没有顾客登门。

现在我们也没必要对此事遮遮掩掩了，必须承认凯伍先生撒了谎。他完全清楚水晶在什么地方。它在威斯特伯恩大街上圣·凯瑟琳医院的助理示教讲师杰克比·威斯先生的房内，在餐具柜上一个美国威士忌开瓶器旁边，一部分用黑色的天鹅绒盖着。这个故事的细节就是从威斯先生身上引出来的。凯伍先生把水晶装到盛星鲨的袋子里带到了医院，极力劝说这位年轻的研究人员替他保管好这块水晶。威斯先生开始时还有点半信半疑的。他同凯伍先生的关系有点特别。他对性格古怪的人有一种好感，曾不止一次邀请过这位老人到他房间里抽烟喝酒，听他调侃对生活有趣的看法，尤其是对妻子的看法。威斯先生也碰到过凯伍太太几次，都是在凯伍先生不在店里没法来应酬他的时候。他知道凯伍先生经常横遭干涉，考虑再三之后决定给这块水晶一个藏身之地。凯伍先生许诺说以后有机会再详细解释为什么对这块水晶情有独钟，但他毫不含糊地说在水晶里看到过幻影。当天晚上他就来拜访威斯先生了。

凯伍先生讲了一个曲折复杂的故事，说这块水晶是在一个强制拍卖会上和其他一些零散物品一起买来的，拍卖的是一个古玩商的财产。凯伍先生并不知道这块水晶值多少钱，于是只标了十先令的价格。这块水晶以这个价格在他手里待了几个月，在他想“降价”的时候发现了一件奇怪的事情。

那时他的健康状况很差（必须记住，他的身体状况一直在恶化）。妻子和继子、继女对他不闻不问，甚至有意虐待，这让他感到无比难过。妻子爱慕虚荣，出手阔绰，冷酷无情，并且越来越爱偷偷喝上一杯。继女吝啬小气，横行霸道。继子十分讨厌他，而且一有机会就表现出来。生意上的事又压得他喘不过气来，所以威斯先生认为凯伍先生恐怕偶尔也会放纵自己一把。凯伍先生从小就不缺衣少食，又受过良好的教育，因此这搞得他一连几个星期都受着忧郁和失眠的折磨。他害怕打扰家里人，因此当难受得受不了时，就会从妻子身边悄悄溜走，在家附近四处游荡。在8月底某一天的凌晨三点，他不知怎的就转到了店里来。

除了一个地方之外，这个肮脏的小店里一片漆黑，他看见那里有奇特的光在闪。他走近一看，发现原来是那个水晶蛋在闪闪发光，它在橱窗对面的那个柜台的角上放着。一束微光透过窗板的缝隙射到那块水晶上，似乎要充满整个水晶。

凯伍先生在年轻的时候学过光学，发现这种现象不符合光学原理。他知道光线进入水晶经过折射之后会在其内部形成一个焦点，但这种漫射原理与现在亲眼所见的现象并不一致。他又往前凑了一下，把水晶里里外外看了一遍。探究科学的好奇心一下子被激活了，就是因为有这种好奇心他才选择了这个职业。他惊奇地发现水晶蛋里的光线并不稳定，而是在蛋内的物质里扭动着，似乎水晶是空心的，里面充满了发光的气体。他绕着水晶转来转去，从不同的角度观察它，突然发现自己站到了水晶和光线之间，但水晶仍在闪闪发光。他感到万分惊奇，于是把它从那束淡光下拿走，拿到店里最暗的地方。它仍然熠熠生辉，三四分钟后光线才慢慢减弱，直至消失。他又把它拿到微弱的自然光下，它立即又开始发光了。

至少目前威斯先生可以证实凯伍先生讲的这个离奇的故事。他自己也曾好几次把这块水晶拿到光线下（光线的直径必须小于一毫米）。在完全没有光线的状态下，譬如说在被天鹅绒裹起来的情况下，这块水晶看起来的确微微发光。但它发的光似乎有点特别，并不是所有人都能看见。就哈宾格先生（这个名字对与巴斯德研究有关的科学书籍的读者都很熟悉）而言，他一点都看不见。威斯先生对此的欣赏能力比凯伍先生要强出许多。即便是对凯伍先生本人而言，这个本领也有很大的差别：只有在极度虚弱和疲劳的时候才能看得特别清楚。

从一开始水晶里的光就让凯伍先生莫名其妙地着迷。这就说明他灵魂孤独，这比写一本伤感的书还能说明他灵魂深处是多么孤独。他从来没有向任何人说起过观察到的这些奇怪现象。他似乎一直生活在一种被人怨恨的气氛之中，似乎只要一承认有什么高兴的事，就得冒着失去这种快乐的危险。他发现随着黎明的到来，漫射的光线量不断增多，水晶不再发光了。有一段时间，他发现水晶里什么都没了，只有晚上在店里黑暗的角落才能看到里面有点什么东西。

但他想到了一个办法：把一块旧的天鹅绒布（用来垫在搜集的矿石下作为背景装饰的）对折一下，盖在头上和手上，这样即使是白天也可以看到水晶内部光线的运动情况了。他非常小心谨慎，唯恐被妻子发现了，只能趁她在楼上午睡的时候才这样看看水晶，再想看的话就只能躲藏到柜台下的空处了。一天，他把水晶拿在手里转着，突然发现了什么东西。这个东西来去如闪光，但给他的印象是让他看到了一大片奇怪的田园风光。他又把水晶转着看来看去，当光线减弱时，确实又一次看到了同样的景象。

从这一点凯伍先生又发现了不少怪事，细说起来没什么意思，也没这个必要，只把结果说一下就行了：当把这块水晶放到与光线方向呈 137 度角的位置时，就会看见水晶里面有一大片奇特的田园风光。这一点儿也不像是在梦里看到的那些东西：给人的印象是这一切完全是真的，光线越好看起来就越真实。这个景象还在不停地变来变去，也就是说，里面有一些物体在慢慢地、有条不紊地运动着，就跟真实的物体一样，而且当光线和视线变化时，景象也随之变化。这就跟看万花筒一样，把它转一下，看到的图案就不一样了。

威斯先生向我保证说凯伍先生的说法极其详尽，根本没有幻觉才有的那种情感因素在里头。但必须记住的是，尽管威斯先生也曾试过想看看在水晶发出的微光里的那种同凯伍先生看到的同样清楚的景象，却一次也没有成功过。这俩人对这件事的印象深浅不一，差别很大，因此完全可以理解在凯伍先生看来是一片景象的东西对威斯先生来说不过是一团模糊不清的东西而已。

据凯伍先生说，这片景象总是一片广阔的平原，而他似乎一直从很高的地方往下看，仿佛是从塔顶或是杆子顶端往下看。平原的边界远远的，是由发红的悬崖构成的，这些悬崖让他想起了在哪幅画里看到过，但那幅画画的是什么他就记不清了。悬崖呈南北走向——他能在夜晚根据星星判断方位——连绵不绝，一直延伸到远方才连在一起，最后消失在雾中。他离东边的悬崖近一些。他第一次看到这个景象的时候，太阳正从悬崖上方升起。有一大群东西飞来飞去，在阳光的映衬下显得发黑，在悬崖的映衬下显得发白。凯伍先生认为这是一群鸟。他下方是一大片房子，他似乎在鸟瞰这些房子。当这些房子延伸到景象模糊不清的边缘时就看不清楚了。在一条宽阔闪亮的运河边还有各种各样奇形怪状的树木，这些树呈现出一种深苔藓绿色和赏心悦目的灰色。有一些色彩艳丽的庞然大物从画面上飞过，但当凯伍先生第一次看到这些情景时它们一闪就过去了。他的手在颤抖，头在晃动，这个景象来来去去，变得越来越模糊不清了。开始时他还搞不清楚那幅景象在什么方向，要费很大的劲儿才能找到地方。

他第二次清楚地看到那幅景象是在一星期之后。在这期间没发生什么事，他只是短暂地看了几次，同时获得了一些有益的经验。这一次他看到的是峡谷底下的景象。这个景色与以前不同，但他有一种奇怪的感觉，感觉自己是在同一个地方观察这个奇怪的世界，尽管在从不同的方向看。他后来所观察到的现象证实这种感觉是完全正确的。那幢巨大建筑物（他以前曾从高处看到过这幢建筑物的房顶）的正面很长，正从画面中消失。他认出了那个房顶。在这幢建筑物的正前方有一个宽阔的平台，平台中间每隔一段距离就有一个粗大漂亮的杆子，上面挂着一些闪闪发光的小东西，反射着落日的余晖。他开始一直搞不清楚这些小玩意儿有什么用，直到后来有一次向威斯先生说起这事儿的时候才明白过来。平台下是一片郁郁葱葱的植被，再那边有一片宽阔的草坪，有几个很大的动物在上面歇息。这些动物形状像甲虫，但要比甲虫大得多。草坪那边有一条用粉红色石头砌成的小道，装饰得富丽堂皇。与小道相连的是一大片像镜子一样平坦的水域，四周长着茂密的红色野草，水从峡谷中流过，正好与远处的悬崖平行。天空中似乎到处都有鸟儿在潇洒地飞来飞去，运河对面有许多金碧辉煌的房子，坐落在一片像苔藓一样的长满地衣的树丛中，房子的金属凸线和窗花格发着光。突然有什么东西不停地在画面中扑闪扑闪的，像是一把镶有珠宝的扇子在摇来摇去或是像翅膀在扑腾。一张脸，更准确地说是一张长着一双大眼睛的脸的上半部凑到他面前，好像是在水晶的那一边。这双眼睛可是千真万确的。凯伍先生吓了一跳，同时也感到好生奇怪，不禁把头收回来去看水晶的那一面。他看水晶入了迷，惊奇地发现自己一人待在小店里，店里又冷又黑，充满着熟悉的霉烂味。就在他环顾四周的时候，水晶发出的光渐渐变弱，最后消失了。

这就是凯伍先生开始时总的印象。故事就是这么直来直去的，非常详细，这倒让人感到奇怪。从一开始，当他第一次感觉到峡谷闪过时，他的想象力便莫名其妙地受到了影响。当开始琢磨景象的细节时，他的好奇心达到了狂热的地步。他做起事来心不在焉，激动异常，整天想的就是什么时候能再去看看那块水晶。在他第一次看到峡谷的几个星期之后那两位顾客就来了，他们讨价还价得很厉害，出价之高令他激动，差一点儿就让他们给买走了。这些事我已经说过了。

尽管这是凯伍先生的秘密，不过是个奇事而已，只能是偷偷摸摸地来看一看，就像一个孩子眼巴巴地望着一个禁止随便入内的花园。但作为一名年轻的科学工作者，威斯先生的思维特别清晰、连贯。他听到这块水晶的故事后，便先睹为快，亲眼看到了水晶发出的微光。他发现凯伍先生的话确实没错，然后就进一步系统地来思考了。凯伍先生按捺不住要来看一看自己发现的这块奇妙之境的迫切心情，他每天晚上都过来，从八点半一直待到十点半。有时白天威斯先生不在的时候他也来。星期六下午他也过来。一开始威斯先生就记了不少笔记，多亏他采用了科学方法，他们才搞清楚了进入水晶的光线的方向与看到的景象方位之间的关系。他把水晶放到一个只开了一个小孔的盒子里，使得光线只能从小孔射入，并且用黑色的棉布窗帘换掉了米黄色窗帘，这样就可以看得更清楚了。一会儿的工夫他们便可以从任何方向来观察峡谷了。

做了这么多铺垫之后，我们可以简单地说一说水晶里那个虚幻的世界了。每次凯伍先生只是观察，他的工作方法就是观察，然后报告他都看到了些什么，而威斯先生（当他还是学科学的学生时就学会了在黑暗中做笔记的技巧）则把凯伍先生的话做以简单的记录。当水晶的光线消失后，威斯先生便把水晶放进盒子里，然后打开灯。威斯先生提问题，并提出一些看法来解决难题。再没有什么事这么虚幻同时又这么真实了。

凯伍先生的注意力很快就转向了以前每次都看到的许多像鸟一样的动物。他很快就改变了第一次看到时的印象，认为这些动物可能是一种昼行性的蝙蝠。可不知为何他又觉得它们可能是小天使。它们的头是圆的，特别像人头。他第二次看的时候看到了其中一只的眼睛，这把他给吓坏了。它们长有宽大的银白色翅膀，但不是羽毛的，而是像刚刚被宰的鱼一样发着光，颜色也跟刚被宰的鱼一样微妙。这些翅膀不是长在鸟或蝙蝠的翅膀所在处，而是由体内长出的环形翅脉支撑着（用长着弯曲翅脉的蝴蝶翅膀来形容它似乎最为恰当）。凯伍先生对威斯先生就是这么说的。这些动物体形不大，紧挨着嘴的下面长有两束能够卷缠抓东西的器官，像是长长的触角。尽管威斯先生觉得不可思议，但后来他不得不相信就是这些动物拥有那些像人居住的漂亮房子和那个美丽的花园，就是那个花园才使得那个宽阔的峡谷显得如此迷人。凯伍先生发现那些房子和别的建筑物都没有门，但都有宽大的打开的环形窗，那些动物可以通过窗子进进出出。它们先用触角着地，把翅膀收成几乎只有一根树枝那么小，然后跳进房子里。混杂于它们之间的还有许多长着稍小翅膀的动物，像是巨型蜻蜓、蛾子和会飞的甲虫；颜色鲜艳的巨型甲虫懒洋洋地在草地上爬来爬去。在小道和平台上还有很多头很大的动物，看上去有点像那些翅膀稍大的动物，但没长翅膀，用像手一样的触角不停地蹦跳着。

刚才已经提到过，近处那片建筑物的平台上有不少杆子，杆子上挂着一些闪亮的玩意儿。在一个特别晴朗的日子里，凯伍先生盯着一根杆子仔细看了好一会儿，突然明白那些闪亮的玩意儿同他正看着的水晶其实一模一样。他又仔细地观察了一遍，发现背景中的二十根杆子上挂的都是同样的东西。

那些稍大一些的飞行动物偶尔会落到杆子上，把翅膀收起来，把一些触角缠到杆子上，然后盯着挂在上面的水晶看，有时竟长达十五分钟。在威斯先生的建议下，他们又做了一系列观察，这使得他们两人都相信：就这个虚幻的世界而言，他们正盯着的这块水晶实际上是在平台最顶端的杆子上，而且至少曾有一次这个世界里的某个居民在凯伍先生正在观察的时候朝他脸上看了一眼。

这件怪事大致就是这样，除非我们认为这一切全是凯伍先生天才地捏造出来的，那么我们就不得不相信这两点：要么是凯伍先生的那块水晶同时在这两个世界里，当它在一个世界里被拿来拿去时，在另一个世界里保持不动，这似乎有点荒诞不经；要么是它同另一个世界里的另一块完全一样的水晶有一种奇特的感应，在这个世界里的水晶内部看到的景象在适当的条件下另一个观察者在另一个世界里相应的那块水晶里也看得见；反过来也是一样。目前我们尚不清楚这两块水晶怎么会有这样的关系，但现在我们了解了足够的信息，知道这种事情并不是完全不可能的。威斯先生认为水晶之间有感应关系这个说法站得住脚，而至少我也认为这个说法还是相当可信的。

但另外那个世界在哪儿呢？威斯先生敏锐的思维又一次很快地给出了解释。太阳落山后天色很快就暗了下来——其实期间还有一段很短暂的日暮期——然后星星才开始闪亮。它们处于与我们这个世界一样的星座里，就跟我们看到的一样。凯伍先生认出了熊星座、昴星团、毕宿五以及天狼星。因此另外那个世界肯定是在太阳系的什么地方，离我们的星球最多不过几亿英里。根据这个线索，威斯先生发现那里午夜天空的蓝色甚至比我们这儿隆冬时还要深，而且太阳看起来似乎还要小一点。那里天上居然有两个月亮！跟我们的月亮有点像，但要稍小一点，而且斑点也不一样。其中一个月亮运动得很快，可以看得清清楚楚。这两个月亮在天上一直升不高，一升起来就消失了。也就是说每次旋转时它们就被挡住了，因为离主行星很近。所有这些与火星上的情况完全吻合，尽管凯伍先生对此一无所知。

当凯伍先生朝水晶里看时，看到的实际上是火星和火星上的居民，这个结论还是相当可信的。如果确实如此的话，那么在那个遥远的景象中闪烁的夜星正是我们十分熟悉的地球。

看起来火星人——如果他们是火星人的话——暂时还没有发觉凯伍先生已经看到过他们。有一两次有火星人凑过来看，一会儿就飞到另一根杆子那边去了，仿佛看到的景象不是很清楚。凯伍先生趁此机会观察了一下这些长着翅膀的火星人的行为举止，也没有引起他们的注意。尽管他说的含含糊糊的，前言不搭后语，不过也给人不少启发。想一想一个火星人观察者对人类会有怎样的印象吧。在做了十分麻烦的准备工作之后，接着又不顾眼睛极度疲劳，从圣马丁教堂的尖塔上连续不停地盯着伦敦，最长的一次竟达四分钟之久。凯伍先生不确定那些长着翅膀的火星人是否就是那些在小道和平台上蹦蹦跳跳的火星人，他也搞不清楚后者能否随意添上翅膀。好几次他看到几个笨手笨脚的长得略微有点像猿人的两足动物，浑身都是白的，有的地方还是半透明的，消失在那些长满地衣的树丛中。有一次有一个这种动物一看到一个蹦蹦跳跳的长着圆头的火星人就逃窜而去。一个火星人用触角抓住一个这种动物，就在这时画面突然变暗了，搞得凯伍先生急得要命。还有一次，一个庞然大物（凯伍先生起先还以为是个特大型昆虫）沿着运河边上的小道飞快地跑着，等它跑近之后凯伍先生才发现这是一个由闪闪发光的金属做成的极其复杂的机械装置。当他再看时，这东西已经不见了。

过了一会儿，威斯先生想吸引火星人的注意。当下一次一个火星人把怪眼睛凑到水晶跟前时，凯伍先生叫了一声，一下子跳开了。然后他们立即打开灯，开始做手势，好像在发出什么信号似的。可当凯伍先生再次观察水晶时，那个火星人已经离去了。

11 月初他们的观察就进行到了这个程度。凯伍先生觉得家人对水晶一事已经淡忘了，便把水晶带在身上来来去去的，以便在白天或晚上有机会的时候拿出来好好欣赏。这块水晶正在迅速地成为他生命中最为真实的东西。

12 月份考试即将来临，威斯先生忙着做有关的工作，不得不暂时将和凯伍先生的会谈中断一星期。有十天或十一天——他自己也记不清楚了——他连凯伍先生的影子都没见着过。他急于恢复调查工作，于是在季节性工作缓下来之后便去了七日晷街。他在拐角处看到一个养鸟行家的窗前有一块窗板，在一个皮匠的窗前又看到了一块窗板。凯伍先生的店已经停业了。

他敲了敲门。凯伍先生的继子开了门，他穿着一身黑衣。他马上喊来了凯伍太太。威斯先生发现凯伍太太穿着一身廉价宽大的寡妇丧衣，丧衣的样式十分扎眼。因此当威斯先生得知凯伍先生已经去世并已经安葬时，倒没有感到特别震惊。她泪流满面，嗓子都有点沙哑了。她刚刚才从海格特墓地回来，似乎满脑子想的都是自己今后怎么办，以及葬礼上那些隆重的琐事。威斯先生最后还是了解到了凯伍先生去世的详细情况。凯伍先生是一大早被人发现死在店里的，也就是在他最后一次拜访威斯先生的第二天，他已经冰凉的手里还握着那块水晶。凯伍太太说他面带微笑。那块用来垫矿石的天鹅绒布在他脚边的地板上。他肯定是在被发现前五六个小时就已经死了。

这让威斯先生感到非常震惊，他开始严厉地责备自己当初怎么就没有注意到这位老人身体不好呢？其实老人的症状是很明显的。但威斯先生想的主要还是那块水晶。他小心翼翼地谈起了这个话题，因为知道凯伍太太的毛病。当他得知水晶已经被卖掉时不禁目瞪口呆。

凯伍先生的尸体被抬上楼之后，凯伍太太的第一个冲动就是马上给那个出价五英镑的疯狂牧师写封信，通知他水晶找到了。她在女儿的帮助下发了疯般地找他的地址，但就是找不到，这才相信地址被搞丢了。由于他们没有钱像一位七日晷街老居民的尊严所要求的那样来大操大办凯伍先生的丧事，只得求助于大波特兰街一位好心的商人。他大发慈心，估过价之后便买了一部分库存。这是商人自己估的价，那个水晶蛋就在其中的一摊货里。威斯先生说了几句节哀顺变之类的话，恐怕只是随便敷衍一下而已，便连忙向大波特兰街奔去。到了那儿他才得知水晶蛋已经卖给了一个高个黑肤、身着灰衣的男人。到这儿这个奇怪的至少对我而言颇有启发的故事就突然结束了。大波特兰街的那个商人不认识那个高个黑肤、身着灰衣的男人，也没有仔细看过他，因此没法准确地描述到底长什么样，甚至连他离开之后朝哪个方向走了都不知道。威斯先生在商人的店里待了一会儿，不厌其烦地向商人问了一些毫无意义的问题，同时也是在发泄自己的情绪。最后他突然意识到已经无力回天了，整个事情已经像夜晚的梦幻一样消失了。他回到自己房里，在那张一片狼藉的桌子上发现以前做的笔记居然还认得出来。

当然他感到非常恼怒和失望。他又去拜访了大波兰特街的那个商人，结果还是无功而返。他在一些古玩收藏家可能会读的杂志上登了广告，还向《每日消息》和《大自然》杂志社写了信。但这两份杂志都怀疑他是在恶作剧，请他再仔细考虑一下这个举动，还建议他说，这样一个缺乏有力证据的故事会有损于他作为研究人员的名声。加之他还有许多工作要做，于是在一个月后，除了偶尔还向一些商人提起这件事外，他不得不很不情愿地放弃了寻找那个水晶蛋的努力。水晶蛋至今仍然下落不明。不过他告诉我说，偶尔一来情绪他还是会把自己较为紧迫的工作搁到一边儿，继续去找那块水晶。

是否永远也找不着了？它是什么材料做成的？从哪儿来的？是否这些问题也将永远不为人所知了呢？目前这些都只是猜测而

已。如果现在的这个买主是个收藏家，人们估计威斯先生一直在找这块水晶的事已经通过商人传到了他耳中。威斯先生已经搞清楚了到凯伍先生店里的那个牧师和那个“东方人”不是别人，正是爪哇的詹姆斯·派克牧师和年轻的波索·库尼王子。他们给我提供了一些细节，我对此表示感谢。王子只是好奇而已，同时也想挥霍一把。他之所以想买这块水晶是因为凯伍先生执意不肯卖。也有可能第二次那个买主只是随便买了而已，根本不是收藏家。据我所知，这个水晶蛋目前也许就在我方圆一英里之内，在一间画室里当作摆设，或是被用来当镇纸。它的特别用处还根本没有被发现。就是出于存在这种可能性的考虑我才把这个故事写了出来，以便让一般的小说读者能有机会读到。

在这件事上我的想法与威斯先生几乎一致。我认为在火星的杆子上挂着的水晶同凯伍先生的水晶蛋有某种物理感应，但目前还无法解释清楚。我们俩还认为地球上的那块水晶也许是很久很久以前从火星发送来的，目的是想让火星人从近处看一看我们地球人的情况。也许其他杆子上那些水晶的同伴在我们地球上还有。没有什么有关幻觉的理论能够解释清楚这些现象。

能够创造奇迹的人

这个本领是否是与生俱来的令人怀疑。就我而言，我认为他是突然获得这个本领的。事实上，在他三十岁以前，他还是个怀疑主义者，并不相信存在着什么神奇的力量。在这儿说说他是再合适不过的了。他个子不高，有一双深褐色的眼睛，满头红发根根竖起，嘴上的胡须两端向上翘着，他是有意搞成这样的，脸上长有雀斑。此人名叫乔治·麦克沃特·福特林基——这样的名字绝对不会让人把他和奇迹联系到一起——他是高姆肖特公司的职员。他特别热衷于同别人争辩出个输赢来。就在他声称不可能有什么奇迹时他才头一回显示出他有了不起的本领。这场奇特的辩论是在长龙酒吧进行的，和他对阵的是托德·比米希，他老是不停地说“你是说”，但这一招却很有效，搞得福特林基先生实在是忍无可忍了。

当时酒吧里除了他俩之外还有一个满身灰尘的自行车手，他是地主考克斯；另一个是梅布里奇小姐，她举止端庄，绝无半点轻佻，体态丰盈，是长龙酒吧的服务生。梅布里奇小姐背对着福特林基先生，正在洗盘子。其他人都在看着他，多多少少都觉得眼下他束手无策的样子有点好笑，怎么他的那种舍我其谁的方法不管用了？比米希先生的这一手让福特林基先生感到下不了台，他决心动用三寸不烂之舌给对方点颜色瞧瞧。“瞧这儿，比米希先生，”福特林基先生说道，“咱们来搞清楚奇迹是什么。奇迹是与自然规律相反的事物，是由意志力促成的，除非特别动用了意志力，否则是不会出现奇迹的。”

“是你这么说的。”比米希先生反驳道。

福特林基先生向考克斯求援。此前考克斯一直坐在那儿听他俩争辩，而自己则一言不发。他踌躇不安地咳嗽了一声，扫了比米希先生一眼，算是同意助福特林基先生一臂之力。但考克斯却不愿表明自己的观点，福特林基先生只得再去与比米希先生一争高下，而比米希先生部分同意了福特林基先生对奇迹下的定义，这个让步确实是出乎福特林基先生的意料。

“譬如说，”福特林基先生说，“这就是个奇迹：按照自然规律，那盏灯是不会像那样倒着烧的，对吧，比米希先生？”

“你说是不会的。”比米希先生说。

“那么你呢？”福特林基先生问道，“你该不会是要说……嗯？”

“是的，”比米希不情愿地说，“是的，它是不会那样倒着烧的。”

“那好，”福特林基先生说，“现在来了一个人，也可能是我，也许就站在这儿像我这样动用所有的意志力对着这盏灯说——倒过来烧吧，不要摔到地上，继续好好烧着——喂！”

只要随便有什么人说一声“喂”就足够了，不可思议的事情就在他们眼前出现了。那盏灯倒了过来，静静地烧着，火苗向下。这可是实实在在的一盏灯，这一点毫无疑问，就是长龙酒吧里普普通通的一盏灯。

福特林基先生伸着食指站在那儿，双眉紧锁，那样子好像是在等待着那盏灯会稀里哗啦地掉下来。考克斯就坐在那盏灯的旁边，赶紧俯下身子，跳到了酒吧那边。所有的人也或多或少地跳了一下。梅布里奇小姐转过身来，放声尖叫起来。那盏灯就这样一动不动地倒挂着大约有三秒的时间。福特林基先生感到难受，便低声喊道：“我撑不住了。”说完便摇摇晃晃地向后退去，那盏倒挂着的灯突然很旺地烧了起来，掉到了酒吧的角落里，弹到了一边，接着又摔到了地板上，然后就熄灭了。

幸亏这盏灯有个金属灯罩，否则整个酒吧就是一片火海了。第一个说话的考克斯先生，他直言不讳，大概意思是说福特林基先生是个傻瓜。福特林基先生甚至对这么一个原则性的说法都无暇与他争辩！刚才发生的事让他目瞪口呆。在福特林基先生看来，后来他们说的话根本就无法解释清楚这到底是怎么回事。只要考克斯先生怎么说大伙儿就怎么说，而且情绪都很亢奋。所有的人都指责福特林基先生要了个愚蠢的把戏，说他愚蠢至极，破坏了大家的闲情惬意。福特林基先生的脑子里一片混乱，连自己都要认为他们说的不无道理了。他们让他赶快离开，他表示不满，但根本没有人理会，只是催他快点走。

福特林基先生离开酒吧回家了。他满脸通红，浑身燥热，大衣领子皱成了一团，双眼剧痛，两耳发红。在大街上走的时候他紧张不安地把十个路灯都看了一遍。直到回到他的小卧室后才定下神来把刚才发生的事情仔仔细细地想了一遍，这时他自言自语道："这到底是怎么回事？"

他把大衣和靴子脱了坐在床上，把手插在兜里，不停地为自己辩护说："我并没有想让这个鬼东西倒过来"，这话他都说了十七遍了。就在这时他突然意识到，就在命令那盏灯倒过来的时候，就已经无意识地把自己的意志力加到了他说的那个东西上，而且当看到那盏灯挂在空中的时候，就感到让它在那儿挂着得由他说了算，但他自己也搞不清楚该怎么做才好。他考虑问题不够深入细致，否则在想到"无意识地把意志力加到……"时应该停下来想一想，考虑一下这是不是与有意识行为的最复杂的问题有关，但实际上，他想到这个问题的时候自己也是稀里糊涂的，不过这也情有可原。就这样，也不知他是怎么想的（我不得不承认这一点），就想到了用实验来验证一下。

福特林基先生用手指着一支蜡烛，集中精力，定下神来，不过他感到自己在做一件非常愚蠢的事情。"升起来。"他说道。

但那种感觉在一瞬间就消失了。蜡烛升了起来，在空中悬了一会儿，惊得福特林基先生倒吸了一口冷气，然后蜡烛“哗啦”一声掉在了他的洗漱桌上，顿时房间陷入了一片黑暗之中，只有蜡烛芯还在发出一点余光。

福特林基先生在黑暗中坐了一会儿，一动不动。“不管怎么样这确实发生了，”他自言自语地说，“可我说不清楚这是怎么回事。”他深深地叹了一口气，然后在衣兜里摸索着找火柴，但兜里没有，于是便站起来在洗漱桌周围摸来摸去。“要是有根火柴就好了。”他说。他又在衣兜里找了找，结果也没有，然后突然想到奇迹对火柴也可能起作用。于是他伸出一只手，在黑暗中对着它怒目而视。“让我手中有一根火柴吧。”他说道。他感觉到有个什么轻轻地东西滑过他的手掌，他把手指并拢，发现手里真的有了一根火柴。

福特林基先生擦了几次都没把火柴点着，这才发现这是一根安全火柴。他把它扔到了地上，然后又想到可能已经给它施加了意志力让它真着起来。事实正是如此，他发现那根火柴正在他的那堆洗漱桌垫中间燃烧着。他赶紧把它捡了起来，可它已经熄灭了。啊！原来确实会发生许多以前他认为不可能发生的事情。他摸索着找到了烛台，把蜡烛重新放了上去。“注意！着起来吧。”福特林基先生说道，话音刚落蜡烛就着了起来，他看到洗漱桌的桌布上有一个小黑洞，有一缕烟从洞里冒了出来。他盯着这个小黑洞和小火苗看了一会儿，然后抬起头，看到了镜子里自己的目光。他就借助于这种方式沉思默想了一会儿。

“现在再出现几个奇迹怎么样？”福特林基先生对着镜子里自己的影子说道。

至于后来福特林基先生都想了些什么说起来很简单，但很难说的清楚。到目前为止，他发现这些奇迹纯粹就是他的意志力促成的。从以往的经历来看，至少在他再次考虑做实验之前，他是不会再动手做什么实验了。但他还是拿起了一张纸，把一杯水先搞成粉红色然后又搞成绿色，他做了一只蜗牛，然后动用意志力把它给弄坏了，接着又如此这般地给自己变出一把新牙刷来。在午夜到凌晨四点的这段时间里，他发现他的意志力具有一种非常罕见而且非常敏锐的特点，这事他以前也隐约感觉到一点，只是不是很有把握而已。第一次发现这种情况时，他既感到恐惧不安，又感到迷惑不解，但现在他对自己有这种与众不同的本领感到自豪，暗暗觉得这是一个优势。他听到教堂的时钟敲了一下，由于没想到可以通过动用他的本领就可以将他在高姆肖特公司的日常工作轻而易举地完成，接着脱衣服，好快点上床睡觉。正当他把衬衣拉过头时，突然想到了一个绝妙的主意。“让我上床吧，”他说道，结果真的在床上了。“把衣服脱了。”他命令道。他发现床单很凉，便匆忙地说道，“让我穿上我的睡衣吧——哦，不，让我穿上一件漂亮柔软的羊毛睡衣吧。哈哈！”他欣喜异常地说。“现在让我舒舒服服地进入梦乡吧……”

他在跟往常一样的时间醒了，整个早饭时间他都显得心事重重，老是在想昨天晚上的经历该不会是场特别逼真的梦吧。最后他又想到了还是再谨慎地实验几次再说吧。就拿这次早饭来说吧。早饭他吃了三个蛋，其中两个是他的房东做的，味道是不错，只可惜是他花钱买来的；另一个是新鲜的鹅蛋，是由他动用非凡的意志力变出来然后做好最后端上来请他享用的。他匆匆忙忙地赶往龚述特教堂，整个人都处于一种极度兴奋的状态之中，但他很小心，以防人看出来。当天晚上他的房东跟他说起这事的时候，他只能记起第三个蛋的蛋壳是什么样子的了。由于他才知道自己有如此惊人的本事，因此整天根本无法安下心来工作，不过这倒没有给他造成什么不便，因为在最后的十分钟内奇迹般地把这件事掩盖了过去。

随着时间的推移，他逐渐从好奇变得兴奋起来，尽管他一想起被从长龙酒吧赶出来的情形就感到羞耻，而且这事越传越离奇，搞得同事们都拿他寻开心。有一点很明显，他在拿易碎的小物件时必须多加小心才行，但在其他方面，他的这个本领却会给他带来不少好处，他越琢磨越觉得确实是这么回事。他打算通过施展本领让自己的腰包鼓起来，但他不想将此举搞得沸沸扬扬的。他变出了一对特别漂亮的钻石领扣，但又随即把它们给变没了，因为这时小高姆肖特走过账房来到他桌子这边来了，他担心小高姆肖特会怀疑他是怎么会有这样的东西的。他清楚地发现施展这个本领时需要特别小心谨慎才行，但据他判断，掌握要领所花的力气不会比他研究骑脚踏车花的力气多。也许就是这样一比较，再加上他觉得长龙酒吧不会再欢迎他了，因此晚饭过后他就去了煤气厂那边的草坪上，准备悄悄地练一练创造奇迹的本领。

他就这么试来试去的，缺乏创造性，这是因为除了具有特殊的意志力之外，福特林基先生并无别的过人之处。他想变一根摩西的魔杖出来，但是晚上太黑了，不利于他把那些魔蛇牢牢地控制住。接着他又想起了他在由爱乐团体主办的音乐节目单背面所读到的汤豪泽的故事。这似乎对他有特别的吸引力，并且也没什么不便之处。他将拐杖——这可是用浦那的槟榔树枝做的——插入人行道边上的泥土里，同时命令这根干木棍开花。于是空气中便马上充满了玫瑰花香，借助火柴光他亲眼看见这个美丽的奇迹确实实现了。正当他陶醉于其中的时候传来了脚步声，这让他清醒了过来。担心别人会过早发现他的本领，便赶紧对开着花的拐杖说：“回去。”他的本意是让拐杖“变回去”，但是他自己都糊涂了。拐杖以飞快的速度变短了。有人越走越近了，这人忍不住很生气地喊了一声，骂了出来。“你在朝谁身上乱扔草刺，你这个智障者？”有个声音叫道，“都扎到我小腿上了。”“对不起，老兄。”福特林基先生说道，可他马上就意识到自己说漏了嘴，紧张地摸了摸胡子。他看到温奇走了过来。温奇是三个巡逻警察之一。

“你这么说是什么意思？”这位警察问道，“哦！原来是你呀！就是在长龙酒吧把灯打碎的那位先生呀！”

“我这么说并没有什么意思，”福特林基先生说道，“没什么意思。”

“那你这么做是想干什么？”

“真讨厌！”福特林基先生说道。

“确实很讨厌！你知道拐杖会伤人的吗？你这么做是想干什么啊？”

这会儿福特林基先生都想不起来他这么做是为了什么了。他沉默不语，这让温奇感到恼火。“年轻人，你这回是在袭击警察，知道吗？”

“温奇，你瞧，”福特林基先生说。他非常恼火，脑子里是一团糟。“对不起，事实是……”

“是什么？”

他不知道该说什么好，只好说实话了。“我刚才正在创造一个奇迹。”他尽量用一种很随便的语气说，但尽管费了好大的劲，他还是随便不起来。

“创造一个……我说你就别胡说八道了，还创造奇迹呢！奇迹！真是太可笑了！你不就是那个不相信有什么奇迹的伙计吗……事实上你又在玩什么愚蠢的魔术了——就是这么回事儿。现在，听我说……”

但福特林基先生压根儿就没听到温奇要跟他说些什么。他意识到他把自己给暴露了，搞得所有人都知道了他这个了不起的秘密。他心中升起一团怒火，决定采取行动了。他很快就让这位警察先生感到异常兴奋。“我算是受够这窝囊气了，受够了！我来让你看看我玩一个愚蠢的魔术，我会的！去阴间见鬼去吧！现在就去！”

警察不见了，只剩他一个人了。

那天晚上福特林基先生没有再创造什么奇迹，也没有去费神看一看他那根开着花的拐杖怎么样了。他回到镇上，心里感到很害怕，老老实实地回到卧室里去了。“上帝啊！”他说道，“这真是个了不起的本领——太了不起了。我原本并不是那么想的，真的不是……我在想阴间是个什么样子！”

他坐在床上把靴子脱了。不知怎的，他想起了一个好主意，于是便把温奇变到旧金山去了，他没有再去想想这在一般情况下会造成什么后果，然后便很清醒地上床睡觉了。晚上他梦到温奇发火了。

第二天，福特林基先生听说了两条有趣的新闻。一条新闻是说有人在老高姆肖特先生私宅的墙上种了一株特别好看的玫瑰，玫瑰爬满了墙面。第二条新闻是说有人准备在河里打捞温奇的尸体，一直要打捞到罗林家的磨坊那边呢。

那一整天福特林基先生都是心不在焉的，一副心事重重的样子，他施展本领，给温奇变了一些吃的东西，并且把他自己一天的工作按时完成了，尽管他的脑子里是一团糟，像有一群蜜蜂一样嗡嗡地吵了他一整天，除此之外他没有再施展他的本领。他像是丢了魂似的，行为举止那么的温顺谦和。有几个人注意到了他这副模样，便纷纷开他的玩笑。他满脑子里想的都是温奇的事儿。

星期天晚上他去了礼拜堂，令他感到奇怪的是，梅蒂格先生正在宣扬什么“与规律不符的本领”，他这人对玄奥的事情有一定的兴趣。福特林基先生并不经常去礼拜堂，但他所信奉的过分自信怀疑主义的体系——我以前提到过这一点——却摇摇欲坠了。这位牧师的话让福特林基先生对这些奇特的本领有了新的认识，突然他决定在这个仪式结束后马上向梅蒂格先生求教。这么定下来之后，他就问自己怎么以前就没这么做呢。

梅蒂格先生身材瘦高，容易激动，手腕和脖子都特别长，他很高兴这个年轻人要求跟他私下里谈一谈，而这个年轻人对宗教事务一向是满不在乎的，镇上的人经常谈论起这件事。在走过场般地询问了一番之后，梅蒂格先生把福特林基先生带到自己住宅里的书房内。他的住宅就在礼拜堂隔壁，他让福特林基先生坐得舒舒服服地，他站在欢快跳动着的炉火前——他的双腿在对面的墙上投出一个像是罗德岛上的拱形门的影子——他让福特林基先生说说他有什么事。

起初福特林基先生还有点局促不安，觉得难以张口说起此事。“你恐怕不会相信我，梅蒂格先生……”他就这样磨蹭了一会儿。最后他问了一个问题，他问梅蒂格先生对奇迹是什么看法。

梅蒂格先生还没来得及表态，只是说了一声“这个问题嘛……”，可还没等他说完，福特林基先生就把他打断了：“我估计你是不会相信有些普通人——譬如说我吧——就像现在坐在这儿，体内会发生某种失常现象，使他们可以运用自己的意志力来做事。”

“这是可能的，”梅蒂格先生说，“这种事情是可能的。”

“如果我能随便用一下这里的某个东西，我想我可以通过某个实验来向你展示一下我的本领，”福特林基先生说道，“那好，就用桌子上的那个雪茄烟盒来试试吧。我想知道的是，我准备变它的这种做法算不算是奇迹。梅蒂格先生，请等一会儿，只要半分钟就行了。”

他紧锁双眉，用手指着那个雪茄烟盒，口中说道：“变成一碗紫罗兰花。”

雪茄烟盒果然如其所言，变成了一碗紫罗兰花。

看到这种情形梅蒂格先生吓了一大跳，他站在那儿，一会儿看看这位创造奇迹的人，一会儿看看那碗花。他什么也没说。过了一会儿他斗着胆子俯下身去闻那些紫罗兰花。这些紫罗兰是刚刚采来的，是上好的花朵。然后他又盯着福特林基先生看了起来。

“你是怎么把它变成这样的？”他问。

福特林基先生捋了捋胡子。“我刚才不是说过了吗——你瞧，就是这样。这是奇迹还是巫术，这到底是什么？你看我这是怎么了？这就是我想问的。”

“这件事简直太离奇了。”

“就在上个星期的这一天，我也还和你一样不知道怎么会有这个本领。它突然就来了。我估计我的意志力有点问题，我也就知道这么多。”

“你就只能做这件事吗？除此之外你还能干些别的什么事儿吗？”

“向主起誓，我可以！”福特林基先生说，“什么事都行。”他想了想，突然记起他以前曾经看到过有人玩过一种魔术。“听着！”他指着那碗紫罗兰花说道，“变成一碗鱼——不，不是那样——变成一只玻璃碗，碗里盛满水，而且有金鱼在里面游。这就对了！看见了吗，梅蒂格先生？”

“真是奇怪，简直不可思议。你要么是一个了不起的……但不对……”

“我可以把它变成任何东西，”福特林基先生说，“什么都行。听着，变成一只鸽子好吗？”

转眼间就有一只蓝色的鸽子扑腾着翅膀在屋里飞来飞去，每当它飞近梅蒂格先生时，他都吓得赶紧弯下身子。“停在那儿，好吗？”福特林基先生说。果真鸽子就一动不动地停在了空中。“我可以把它再变回一碗花，”他说。他把鸽子放回到桌子上，然后把它变成了一碗花。“我想你等会儿就想抽雪茄了吧，”他说，接着又把这碗花变成了雪茄盒。

后来这一连串的变来变去让梅蒂格先生看得目瞪口呆，说不出话来。他盯着福特林基先生，小心翼翼地把雪茄盒拿起来，仔细检查了一遍，又把它放回到桌子上。“噢！”他只能用这个字来表达他的感受。

“现在比较容易解释我这是怎么回事儿了吧。”福特林基先生说。接着他就不厌其烦地从长龙酒吧里的那盏灯讲起，还不时地提到温奇的事儿，把他所经历的怪事统统讲了一遍。就在他讲的时候，梅蒂格先生的惊愕给福特林基先生带来的短暂的自豪感一点点消失了。他又变成了日常生活中那个普普通通的福特林基先生了。梅蒂格先生聚精会神地听着，手里拿着雪茄盒，姿态随着福特林基先生的叙述还在不停地变化着。过了一会儿，就在福特林基先生讲他是怎样给第三只蛋施展本领的时候，这位牧师伸出手挥了挥，把他打断了。

“这是可能的，”牧师说，“你的话是可信的，不过这还是很奇怪，但这恰好解释了许多令人感到奇怪的难题。能创造奇迹是个天生的本领——就像有人生来就是天才或有预见力一样。迄今为止，这种事情还很少发生过，即使发生，也只是发生在一些特别的人身上。但这次……我一直就在想穆罕默德、瑜伽功师和布拉瓦茨基所创造的奇迹是怎么回事儿。不过，当然了，这就是个与生俱来的本领！这就给那位伟大的思想家”——说到这儿时他的声音低了下去——“阿尔盖公爵的论点提供了强有力的证据。我们现在正在探索更深层次的规律。没错——是这样。你接着说，接着往下说！”

福特林基先生接着就把他和温奇之间不愉快的事儿说给梅蒂格先生听了。梅蒂格先生不再感到过分敬畏恐惧了，他开始活动四肢，不时插入一两句表示惊讶的话。“就是这事搞得我心神不宁，”福特林基先生接着说，“就是这事儿我特别需要你的建议。

当然，他现在还在旧金山——且不管旧金山在哪儿——但这自然让我俩都很难受，你待会儿就知道了，梅蒂格先生。我不清楚他知不知道这是怎么回事儿，我敢说他还以为自己吓坏并惹恼了什么法力无边的东西，现在正在找我呢。我敢说他一直在千方百计地想办法回来。每隔几个小时，当我想起这事儿的时候，我就施展本领把他搞回去。当然他是搞不明白这究竟是怎么回事儿，这肯定会让他感到恼火的。当然，他每买一次票都会花好多钱的。为了他我已经竭尽全力了。不过他自然也很难站在我的角度上替我想。后来我想他的衣服在我把他搞到旧金山之前可能已经被烧坏了，你知道——如果阴间跟人们想象的是完全一样的话，他们可能把他关在了旧金山的监狱里。当然我一想到这事儿时我就会施展本领给他变上一套新的衣服。但是，你瞧，我怎么处处都倒霉呢……”

梅蒂格先生神情严肃。“我知道你思绪很乱。不错，你的处境很艰难。你怎么才能从中摆脱出来呢……”他开始变得不着边际了，说的话根本解决不了什么问题。

“不过，咱们暂时先别去谈温奇的事儿了，还是谈谈这个问题吧。我认为这不是什么巫术之类的问题，也不是什么犯罪的问题——根本不是，除非你还有些事瞒着我没有说。是的，这就是奇迹——纯粹的奇迹——是最高层次的奇迹，如果我可以这么说的话。”

他开始在壁炉前的地毯上走来走去，做着手势，而福特林基先生坐在那儿，一只胳膊放在桌上，头放在胳膊上，看上去一副忧心忡忡的样子。“我不知道怎么很好地处理温奇这件事儿。”他说。

“能够创造奇迹显然是个了不起的本领，”梅蒂格先生说，“它会帮你找到解决温奇这件事儿的方法的——不要害怕。我亲爱的先生，你是一个非常重要的人物，最奇怪的事情都会发生在你身上。比方说要证据吧！在其他方面，你可能做的那些事情……”

“是的，我曾经想起了一两件事，”福特林基先生说，“但有些事比较怪。你刚才看到那些鱼了吧？碗和鱼都跟我想要的不一样。我当时就想找人问问来着。”

“你这么做就对了，”梅蒂格先生说，“这样做太对了——完全正确。”他停了下来，看着福特林基先生。“有了这个本领几乎没有什么事情做不成的。比方说，咱们来试一试你有多大的法力。如果它们真的……如果它们真的是像它们看起来那么厉害的话。”

就这样，尽管这事说起来令人难以置信，在公理会礼拜堂后面的这幢小屋子的书房内，在 1896 年 11 月 10 日的晚上，在梅蒂格先生的怂恿和启发下，福特林基先生开始施展法力创造奇迹了。读者请特别注意这个日期。你可能会——恐怕已经——提出反对了，指出这个故事中的有几处是不可能发生的，因为如果上面说过的这类事情确实发生过的话，当时的报纸肯定都会报道的。你会发现接下来的一些细节特别令人难以置信，因为这些细节会让人得出这样一个结论：读者你早在一年多前肯定已经惨遭杀害了，而且被害方式前所未闻。即使奇迹是可能的那现在也不算什么了，事实上，你确实在 1896 年就惨遭杀害了，而且被害方式确实是前所未闻的。在这个故事后来的发展过程中这一点就会变得清清楚楚，令人信服了，任何一位理智清醒、思维正常的读者都会承认这一点。但故事不能到此结束了，到这儿才刚刚进行了一半。刚开始时，福特林基先生胆子还小，变的尽是些茶杯和居室里的家具，就跟通神论者创造的奇迹一样都是小打小闹而已。尽管如此，牧师还是感到敬畏有加。他原本想马上就把温奇这事儿解决掉算了，但梅蒂格先生不让他这么做。但是在他们变了十来个小的家用物品之后，他们觉得自己越来越了不起了，想象力出现了兴奋的迹象，野心开始膨胀起来。他们创造了第一个比较大的奇迹是因为他们饿了，而梅蒂格先生的房东明清太太忘了做饭。牧师请福特林基先生入座吃饭，但饭桌摆放得没有什么讲究，对辛辛苦苦创造奇迹忙得这么累的两个人来说，这样的饭菜显然让人没有一点胃口，但他们还是坐在了饭桌前。梅蒂格先生说起他这个房东的缺点时并不生气，只是感到难过。就在这时，福特林基先生的脑子里突然闪过一个念头，眼下不就有个机会吗。“梅蒂格先生，如果这样做不过分的话，难道你不认为我……”

“我亲爱的福特林基先生！当然不了！不——我认为不过分。”

福特林基先生挥了挥手。“我们要些什么呢？”他问，口气很大，似乎想要什么便唾手可得。在梅蒂格先生的吩咐下，他把这顿晚餐彻底换了个样。“我向来就特别喜欢来上一大杯最烈的黑啤酒和一块香喷喷的烤乳酪，我就来点这些东西吧。我不太喜欢喝勃艮第葡萄酒。”他一边说着，一边看看梅蒂格先生都要了些什么。在他的命令下，黑啤酒和烤乳酪马上就出现在了餐桌上。这顿晚餐他们吃了很长时间，相互之间称兄道弟的，这一点福特林基先生很快就发觉了。他们既惊奇又高兴，大谈他们待会儿还要创造一些奇迹。“随便说一句，梅蒂格先生，”福特林基先生说，“我也许可以帮你的忙呢——在家务事上。”

“我不太明白你的意思，”梅蒂格先生边说边给自己又倒了一杯刚才变出来的陈年勃艮第葡萄酒。

福特林基先生又给自己变了一块烤乳酪，咬了一大口。“我在想，”他说，“我可以——施展本领——把明清太太——变成一个勤快点的女人。”他边嚼着乳酪边说。

梅蒂格先生放下酒杯，显得将信将疑的。“她……她非常讨厌别人打扰她，你知道，福特林基先生。现在已经十一点多了，她很可能已经睡着了。你认为，总的说来……”

梅蒂格先生开始的时候还反对这个主意，不过后来同意了。福特林基先生发出了命令后又接着吃饭了，不过好像没有刚才那么悠闲了。梅蒂格先生信口开河，希望第二天早上他的房东变化越大越好，尽管福特林基先生装出胃口很好的样子，但梅蒂格先生硬装出来的乐观情绪甚至还有过之而无不及。就在这时，楼上传来一系列乱七八糟的声音。他俩面面相觑，不知是怎么回事儿，梅蒂格先生立即起身离开了餐桌。福特林基先生听到他在朝楼上喊他房东的名字，然后又听到他蹑手蹑脚地上了楼。

大约一分钟后梅蒂格先生回来了，他迈着轻快的步伐，一脸喜悦的表情。“太妙了！”他说，“让人感动！太让人感动了！”

他在壁炉前的地毯上走来走去。“她悔改了——真让人感动——我是透过门缝看到的。可怜的女人！这种变化太妙了！她已经起来了。她醒来后便把藏在箱子里的一瓶白兰地给摔碎了。她还坦白了呢……这件事让我们感到我们可以做成许多令人不可思议的事情。如果我们能让她发生这样奇妙变化的话……”

“我们似乎想做什么都行，”福特林基先生说，“关于温奇先生嘛……”

“根本没问题。”梅蒂格先生在壁炉前的地毯那边，他认为解决温奇的事儿根本不费什么劲儿，接着他又提出了一系列奇妙的建议——这些建议是他一边走一边想出来的。

这些建议具体是些什么内容与本故事的要点无关。只要知道这些建议是想大行善事就够了，这种善事过去常被称作餐后善事。此外还需要知道温奇的事仍然没能解决。也不必描述这些建议进行到了什么地步。总之是发生了不少令人惊奇的变化。凌晨三四点钟的时候，梅蒂格先生和福特林基先生飞快地跑过冰冷的市场广场，月光静悄悄地洒在广场上，他俩处于一种因为能够创造奇迹而极度兴奋的状态之中。梅蒂格先生手舞足蹈，福特林基先生说话不多，异常激动，不再为自己有这么大的本领而感到不安了。

他们让国会里的酒鬼全都脱胎换骨戒了酒，把所有的啤酒和烈酒变成了水（在这一点上梅蒂格先生的意见占了上风）。他们还大大改善了当地的铁路通信状况，将弗林德沼泽地的水抽干了，改善了独树山上的土壤质量，治愈了教区牧师的疣病。他们正想去看看能不能把南桥那儿撞坏的码头修好。“这个地方明天就要焕然一新了，”梅蒂格先生喘了口气说道，“大家会感到特别奇怪的，同时也会非常感激的。”就在这时，教堂的钟敲了三下。

“现在都凌晨三点了！”福特林基先生说，“我得回去了。我八点钟还得上班呢。另外，威姆斯太太……”

“我们才刚刚开始，”梅蒂格先生说，他对这个无所不能的本领迷恋不已。“我们才刚刚开始。想想我们在做的好事吧。当人们醒来时……”

“但是……”福特林基先生说。

突然梅蒂格先生紧紧地抓住了他的胳膊。梅蒂格先生两眼发亮，目光变得疯狂了。“亲爱的老弟，”他说，“不要着急嘛。你瞧……”他用手指着高悬在空中的月亮。“约书亚！”

“约书亚？”福特林基先生问。

“约书亚，”梅蒂格先生说，“怎么不行？让月亮停下来。”

福特林基先生看着月亮。

“有点儿高。”停了一会儿他说。

“为什么不呢？”梅蒂格先生说，“当然它是不会停的。你得让地球停止转动，这样时间就会停止的。我们这样做似乎也不是什么坏事。”

“嗯！”福特林基先生说，“那好吧，”他叹了口气，“我来试试吧。注意了！”

他把夹克的扣子扣好，尽其所能地让自己充满信心，然后对居住着人类的地球说：“停止转动，好吗？”

不由自主的他整个身体倒了过来，在空中以每分钟几英里的速度飞了起来。尽管他在数每秒钟能转多少圈，他的脑子仍然在思考。因为思考是很奇妙的东西——有时候像沥青一样黏黏糊糊的，有时候又像闪电一般来去迅速。他想了一会儿，然后施展本领了。“让我安安全全地停下来。不管发生什么事情，让我安然无恙地下来吧。”

他这么做正是时候，因为他的衣服在他快速飞行时已经发热了，都开始着起来了。他猛地掉到了地上，但没有受伤，地上好像是一个刚刚才翻过的土堆。好大一块金属和石头混合物——特别像市场广场中间的那个钟塔——掉到了他旁边，弹起来后从头上掠过，像一个炸弹似的崩裂成石头、砖块和水泥。一头奶牛飞驰而下，撞到一块较大的碎片上，摔得稀烂，就像鸡蛋掉到石头上一样。有一个撞击声音如此巨大，他以前听到过的最为强烈的撞击声和这次比起来不过像是灰尘落地而已，接着又传来一系列的撞击声，不过声音越来越小了。一阵强风在咆哮着，搞得他几乎抬不起头。有好一会儿他都喘不上气来，惊慌失措，甚至都顾不上看看自己在哪儿，都发生了什么事儿。他的第一个动作就是摸了摸头，看到飘来飘去的头发仍然是自己的，这才放心。

“主啊！”福特林基先生喘着气说道，风那么大，吹得他几乎说不出话来，“我险些丧了命！出什么事儿了？又是打雷又是风暴的。一分钟前还是一个宜人的夜晚呢。是梅蒂格先生让我这么做的。多大的风啊！如果我老是这么傻乎乎的，我肯定是要倒大霉的！”

“梅蒂格在哪儿？”

“一切都乱了套！”

福特林基先生朝四周看了看，风把夹克吹得乱飘。所有东西都显得异常奇怪。“不管怎么样，天空倒还没出什么问题，”福特林基先生说，“就只剩天空还没什么问题了。但即使是那儿看起来似乎要起一阵狂风了。头上月亮还在，就跟刚才一样，像正午时的太阳一样亮。但别的东西——村子哪去了？所有的东西怎么都不见了！到底是为什么刮起了风？我没有让刮风呀。”

福特林基先生挣扎着想站起来，可他站不起来，之后他就这么趴在地上。他顺着风环视了一下这个充满月光的世界，夹克的下摆被风吹了起来，在他头上飘动着。“出大麻烦了，天晓得是怎么回事儿。”

到处都是一片白茫茫的，狂风呼啸着，吹起的灰尘把一切东西都遮住了，除了被吹来在地的一堆堆土和刚刚开始形成的废墟之外，什么也看不见。看不见树木，看不见房屋，看不见家的样子，只有一片乱七八糟的荒野。一场暴风雨马上就要来临了，天空中有柱子和长布条在盘旋，一时间电闪雷鸣。黑暗渐渐笼罩了这片荒野，周围一片灰蒙蒙的。他身边有个什么东西，以前可能是棵榆树，现在已经是一堆木渣了，从树枝到树根都在颤抖，再远处有一堆扭曲的铁桁翘出在废墟之上，很明显这是天桥。

你瞧，福特林基先生命令地球停止转动的时候并没有让地球表面上那些乱七八糟可以动的东西也同时停下来。地球快速转动着，赤道表面以每小时一千多英里的速度转动着，在他们所在的纬度上，地球表面正以每小时五百多英里的速度转动着。

因此，所有的人和东西都被以大约每秒钟九英里的速度猛地掼了出去。摔坏了，完全被毁掉了。这个速度甚至比把他们从炮膛里射出去的速度还要快。

当然，福特林基先生并不能完全搞明白这些事情。但他发觉他的奇迹失败了，这时一种对奇迹的强烈厌恶涌上了心头。他周围一片漆黑，因为云都聚集到一起，把月亮挡住了，他刚才还能时不时地看见月亮，现在什么也看不见了，空中到处都传来阵阵痛苦的挣扎声。天地间到处都是风和水的咆哮声，他用手遮着眼睛，逆着风向透过灰尘和雨雹看去，在闪电的照耀下，他发现一堵巨大的水墙向他涌来。

“梅蒂格！”福特林基先生喊道，他那微弱的声音被咆哮声淹没了“我在这儿——梅蒂格！

“停下来！”福特林基先生对着越逼越近的水浪大声喊道，“哦，看在老天爷的分儿上停下来吧！

“就停一会儿！”福特林基先生对着响雷和闪电说。

“就停一会儿吧，让我想想这是怎么回事儿……现在我该做些什么？”他说，“我该怎么办呀？天哪！要是梅蒂格在这儿就好了。

“我知道了，”福特林基先生说，“看在老天爷的分儿上，这次就让我的话起作用吧。”

他仍然趴在地上，顶着风，聚精会神地想把一切都纠正过来。

“啊！”他说，“等到我说‘行了！’之后再让我命令的事情发生……天哪，我要是早点想到这一点就好了！”

他对着风提高了嗓门，越喊越响，希望能够听到自己的声音，但徒劳无益。“现在听好了！别忘了我刚才说的话。首先，在我所说的一切都进行完毕之后，让我失去这个创造奇迹的本领，让我的意志力变得同普通人一样，让所有这些危险的奇迹都停下来。我不喜欢它们。我希望我没有创造出这些奇迹。第一件事就这么些了。第二件事，在这些奇迹发生之前让我回去。让所有的东西都恢复到那盏该死的灯倒过来之前的样子。这可不是件容易的事儿，不过这是最后一件事了。你清楚了吧？不要再有什么奇迹了，让所有的东西都恢复原状——我回到长龙酒吧，我才喝了半品脱酒。就这些了！没错。”

他把手插进土里，闭上了眼睛，然后说了声“行了！”一时间万籁俱寂。他发现他直直地站着。

“你是这么说的。”有人说道。

他睁开了双眼。他正在长龙酒吧与托德·比米希先生就奇迹问题争论不休。他隐隐约约有种感觉，似乎刚刚发生过一件离奇的他已经忘却了的事情，不过这种感觉转眼间就消失了。你看，除了他再没有了创造奇迹的本领之外，所有事情都恢复了原样，因此他的想法和记忆力都与本故事开始时没有什么区别。结果是他对我们在这儿说的这些事儿是一无所知——迄今仍是一无所知。当然了，他还是不相信有什么奇迹之类的事。

“说实话，不管你怎么想，我告诉你奇迹是不可能发生的，”他说，“我已经完全准备好证明给你看了。”

“这只是你的一家之言而已，”比米希先生说道，“如果你行的话，证明给我看呀。”

“听着，比米希先生，”福特林基先生说道，“让我们搞清楚奇迹是什么。奇迹是一种与自然规律相悖的，通过意志力来实现的事物……”

善恶大决战之梦

在拉格比有一个白脸人上了车。尽管搬运工在催他，可他仍是一副慢腾腾的样子，当他还在站台上的时候，我就已经注意到他看上去已经病入膏肓了。他叹了口气，一屁股坐在我对面的角落里，然后把旅行围巾整理了一番，可还没等整理好他就停下来不动了，两眼茫然。过了一会儿，他感觉到我在观察他，便抬起头来看了看我，伸出一只手拿了一张报纸。然后他又朝我这个方向看了看。

我假装正在读书。我担心不小心让他感到窘迫了，可过了一会儿，我很惊奇地听到他说话了。

“您说什么？”我问道。

“那本书，”他用一根瘦瘦的手指头指着我手中的书重复道，“是关于梦的。”“没错，”我回答说，这本书是弗那姆·罗斯科写的《梦之国》，书名就写在封面上。

他沉默了一会儿，好像是在想该说些什么。“是的，”他终于说话了，“但是他们没有告诉你任何东西。”

我愣了一下，不知道他的话是什么意思。

“他们不知道的。”他又补充了一句说。

这回我仔细地看了看他的脸。

“梦是确实存在的，”他说，“确实存在的。”

对这一点我一直是深信不疑的。

“我认为……”他犹豫了一下，“你平时做梦吗？我是说逼真的梦。”

“我很少做梦，”我回答道，“我怀疑我一年连三个逼真的梦都做不了。”

“是这样！”他说道，然后沉思了一会儿，仿佛是在理清思绪。

“你的梦不和你的往事掺和在一起吗？”他突然问道，“你难道没有疑惑的时候吗？这种事有没有发生过？”

“几乎没有。不过有时也会有点犹豫，可一会儿就过去了。我估计没多少人有过这种情况。”

“那他是说……”他指了指那本书。

“他说这种事偶尔也会发生，但他的解释也是老生常谈，说什么这种事情通常不会发生是因为这跟对某种事件的印象深浅有关。我想您对这些理论也有所了解……”

“我了解得很少——不过我认为它们都是一派胡言。”

他用瘦骨嶙峋的手玩弄了一会儿窗带。我打算接着看书，这倒促使他又说话了。他俯身向我这边凑来，好像要来摸我。

“难道没有一种叫作连续做梦的事情吗——就是一夜接一夜地做梦？”

“我认为有。大多数关于精神病的书上都有这方面的例子。”

“精神病！是的。我敢说确实有。把这些例子归为精神病是对的。但我的意思是……”他看了看自己那瘦骨嶙峋的手。“这种事总是做梦吗？是做梦吗？是不是别的什么事？难道不会是别的什么事吗？”

要不是看到他那张因急切而变形的脸，对他如此纠缠不休地跟我搭话早就给他脸色看了。我到现在还记得他双眼黯然失色、眼睑上满是红点的样子——也许你知道那是副什么模样。

“我说的并不只是一个观点的问题，”他说，“这东西快要我的命了。”

“是梦吗？”

“如果你把它们叫梦的话。一夜接一夜地。活生生的……太逼真了……这些……”（他指着窗上飞驰而过的田野）“比起来就跟假的似的！我几乎都记不得我是谁了，也搞不清楚我在做什么事……”

他顿了一下。“即使现在……”

“你是说做的老是同一个梦？”我问道。

“已经完了。”

“你这是什么意思。”

“我已经死了。”

“死了？”

“摔死了，现在，那个梦里的我已经死了。永远不能复生了。我梦到自己变成了另一个人，生活在世界上另一个地方，另一个时代。我一夜接一夜地做着这个梦。每天夜里我都是过着另一种生活。新的景色，新的事情——直到我……”

“直到你死了？”

“直到我死了。”

“打那以后呢？”

“没有以后了，”他说。“感谢上帝！梦到那儿就结束了……”

我很想知道他的梦是怎么回事儿。反正我还有一个小时才下车，而且天色很快暗了下来，弗那姆·罗斯科的书读起来又叫人感到非常沉闷。“生活在另一个时代，”我说，“你是说生活在某个不同的年代吗？”

“是的。”

“是过去的某个时期吗？”

“不，是将来的某个时期——将来的。”

“公元 3000 年，比方说？”

“我不知道是哪一年。我睡着的时候……也就是说我做梦的时候我知道是哪一年，但现在醒着的时候就不知道了。自从醒过来之后，好多事我都忘了——哦，做梦的时候是知道这些事的。他们年历的叫法跟咱们的不一样……他们怎么叫来着？”他把手放到额前。“不行，”他说，“想不起来了。”

他坐在那里露出了一丝笑意。我还以为他没有跟我说说他的梦的意思呢。我平时是很讨厌别人跟我说他们的梦的，但这一次却有所不同。我甚至还主动鼓励他说下去。“开始的时候……”我说。

“从一开始就很逼真。我好像突然就到了梦境里。令我感到奇怪的是，在我说的这些梦里的时候，我根本不记得我现在的这种生活。似乎只要梦不结束，梦境中的生活也还不错。也许——不过等我把全部经过都想起来之后，我会告诉你我是怎么清醒过来的。我什么都记不清了，后来我发现自己正坐在一个凉廊里眺望大海。我先前一直在打瞌睡，突然我醒了过来。一切都是那么逼真，一点也不像是在做梦——因为那个姑娘不再为我扇扇子了。”

“那个姑娘？”

“是的，那个姑娘。你可千万别打断我，否则我会把什么都忘了的。”

他突然停了下来。“你该不会以为我在说胡话了吧？”他说。

“哪里的话，”我回答说，“你一直在做梦。给我说说你的梦吧。”

“刚才我说到我醒了，因为那个姑娘停了下来，不再为我扇扇子了。发现自己在那个地方，看到那些东西，我一点儿也不感到惊讶。我没有感觉到自己是突然掉到这里来的。我就这么过起了日子。当我醒来的时候，所有的有关现在这种生活——19世纪的这种生活的记忆就像梦一样消失了。我对自己的方方面面了如指掌，知道自己的名字不再是库坡了，而是海顿，对自己的地位和处境也知道得一清二楚。自从我从这个梦里醒来以后已经忘了很多事了——梦境和现实之间缺乏联系——但当时还是很清楚的。”

他又犹豫了，用手紧紧地抓着窗带，把脸凑上前来，抬起头用一种哀求的眼光看着我。

“你觉得我在胡言乱语吗？”

“没有，没有！”我大声说道，“接着讲吧。给我说说这个凉廊是什么样的。”

“实际上这不是一个真正的凉廊——我也不知道叫它什么才好。它面朝南，不是很大。整个凉廊都在背光处，只有在阳台上的那个半环形处才能看到天空、大海和那个姑娘站的角落。我躺在一张床上——这是张铁床，上面铺着带有浅色条纹的床垫——那个姑娘把身体俯在阳台上，背对着我。阳光照在她的颈部和面颊上，她那白白的脖子以及脖子处卷曲的短发和雪白的肩膀沐浴在阳光中，从地上的黑影就可以看出她的曲线是多么迷人。她的穿着——叫我怎么形容呢？她的穿着并不奢华，衣带随风飘荡着。她就在那里站着，是那么漂亮迷人，我以前从来没有见过她。后来我轻叹了一声，用胳膊撑起身来在床上躺着，她转过身来……”

他停了下来。

“我在这个世界上已经活了五十三年了。我有母亲、姐妹、妻子和女儿，我能记得她们所有人的脸以及她们脸上的各种表情，但这个姑娘的脸——我觉得她的脸比她们的脸都要真实得多。我现在还能想起来这张脸是什么模样——我甚至可以把这张脸画出来。不管怎么说……”

他停了下来——我什么也没说。

“那是一张在梦中才能见到的脸。她美丽动人。她的美不是那种冷艳高傲宛如圣女的美，也不是那种让人想入非非的美，而是周身都散发出的那种美。可爱的双唇一动，一丝笑意便荡淡在脸上，还有一双灰色深凹的眼睛。她举手投足优雅动人，仿佛她身上汇集了所有的优雅动人的优点。”

他停了下来。他脸朝下，我看不见他的表情。过了一会儿，他抬起头来看了看我又继续往下说了。他是绝对相信他讲的故事是千真万确的，这一点他不再加以掩饰了。

“为了她我抛弃了我的计划，我的抱负，抛弃了我孜孜以求的一切。在北方我还算是个人物，有钱有势，德高望重，但所有这些和她比起来简直一文不值。我和她一起来到了这个阳光灿烂的快乐之城，把所有的一切都抛在一边，任它们腐烂发霉也在所不惜，我这样做只是为了能在我的余生中享受一下生活的乐趣。但是就在我知道她也爱我之前，就在我想象着她——不，是我们——甘愿冒任何风险之前，我就已经深深地爱上了她，在此之前，我简直是在虚度光阴，我的生活是多么空虚啊，简直就是一塌糊涂。我无时无刻不在渴望和企盼——我的灵魂梦寐以求得到我得不到的东西！

“但是一个男人是不可能对另一个男人说这些事情的。这就是激情，是一道来来去去的光。只有它在的时候，任何事情才会发生变化，任何事情！我脱身离去了，把他们甩开不管了，任他们怎么折腾都行。”

“把谁甩开不管了？”我问，对此我感到迷惑不解。

“在北方的那些人。不管怎么说，在这个梦里我是个大人物，人们都信任我，由我来把他们组织起来。成百万的陌生人都因为信任我而甘愿为我做事，为我去冒险。这种游戏我都玩了好多年了，我成年累月地在阴谋与背叛、演说与躁动之中玩着这种令人疲惫和恶心的政治游戏。这可是个广阔纷乱的世界，最终我获得了领导权来与那伙人对抗——你知道我们称之为那伙人——他们提出愚蠢的计划，出于卑鄙的野心，利用公众盲目的热情，高呼着口号，我则寻求一种妥协。年复一年就是这伙人把这个世界搅得不得安宁，搞得大家都昏了头，世界正一步步地滑向深重的灾难。不过我不指望你能理解那一年——将来的那一年——内发生的这些复杂莫测的事情。在梦里的时候我对这一切都了如指掌。醒来之前我一直在梦着这事，因为当我揉着眼睛的时候，奇怪的新住宅区的轮廓正在消失，可仍然在我脑海里久久不肯离去。这种肮脏的事情让我感到恶心，因此我才感谢上帝赐予了我们阳光。我坐在床上，目不转睛地看着她，心中无比欣喜——庆幸自己及时从那个充满喧嚣、暴力和愚蠢的游戏里摆脱了。那时我才知道这才是生活——爱情与娇颜、欲望与快乐，难道这些不比为了达到茫然过分的目的而尔虞我诈要有意义得多吗？我责备自己怎么会去挖空心思想做一名领袖人物而浪费了本来可以纵情享受爱情的大好时光。但是我又想到，如果我以前的日子过得不是那么艰苦的话，我很可能就已经被那些爱慕虚荣不知廉耻的女人掏空了身子，一想到这些，我的全身都充满了对我心爱的情人的柔情蜜意，是她利用令我无法抗拒的魅力最终迫使我将以前的那种生活抛到了一边。

"'你值得我这么做，'我说，并没有想让她听见我这么说。'你值得我这么做，我最亲爱的人。为了你我可以不摆架子，不听赞美，抛弃一切，我的情人！只要能拥有你我什么都可以放弃。'听到我叽里咕噜的声音，她转了过来。

"'快过来看，'她喊道——我现在还能听到她的声音——'快过来看，太阳从索拉罗山上升起来了。'

"还记得我立刻就跳起身来跑到阳台上。她将一只纤纤玉手放到我的肩膀上，指着远处一大片的闪着霞光的石灰石。不过我首先注意到的是阳光照在她的脸上，抚摸着她的脸和脖子。我怎么才能向你们形容我们面前的那幅景象呢？我们在卡普里……"

"那地方我去过，"我说，"我曾经登上过索拉罗山，在山顶上喝过一种黏糊糊的酒，味道跟苹果酒差不多。"

"是吗！"这个白脸人说道，"也许你能够告诉我——你知道那到底是不是卡普里。因为在现实生活中，我从来没有去过那个地方。让我来描述一番。我们在一间小屋子里面——那儿有成千上万的这种小屋子——屋里非常凉快，而且采光非常好。屋子是在伸入海中的尖形高地上的石灰石中掏出来的，离海面很高。整个岛屿就是一个巨大的旅馆，构造非常复杂，我也说不清楚。另一边是连绵好几英里的水上旅馆，还有宽阔的平台供飞机降落。他们把它叫作快乐之城。当然了，在你这个时代——不，应该说在现在这个时代——可没有这样的地方。当然了。现在是没有的——没有的。

“我们所在的那间屋子在高地的最边上，因此在屋子里东西两个方向都看得见。东面有一个很高的悬崖，大约有一千英尺高，呈青灰色，只是有一条边是金色的。悬崖那边是女妖岛，那里海岸的地势逐渐降低，延绵着伸向远方，最后消失在朝霞之中。在西面不远处可以清楚地看到有一个小海湾和一小片仍被阴影遮住的沙滩。索拉罗山就坐落在这片沙滩上。它兀然突起，直插云霄，沐浴在朝霞之中，山顶被染成了一片金色，宛如一个头戴皇冠的美人。白惨惨的月亮就挂在山后的天空中。在我们面前从东到西的海面上帆船点点，霞光万丈，五彩缤纷。

“当然了，东面的小船看上去是灰色的，非常清楚，但是西面的小船看上去却是金色的了——耀眼的金色——几乎跟小火苗一样。就在我们正下方有一块礁石，中间被人凿开了一个拱形的门。蓝色的海水拍打着这块礁石，四周溅起绿色的泡沫，一艘单甲板平底船正从拱形门中驶了出来。”

“我知道那块礁石，”我说，“我差点儿淹死在那儿。它叫作弗拉格里尼。”

“弗拉格里尼？是的，她就是这么叫它的，”白脸人回答说，“有故事说——什么故事来着……”

他又把手放到前额上。“不行，”他说，“那故事我想不起来了。”

“我能记起来的第一件事就是这些，这也是我第一次做梦。我梦到了那间阴凉的小屋，空气是那么清新，天空是那么美丽，我那亲爱的姑娘胳膊上泛着光，身穿长裙，显得妩媚多姿。我们坐在一起窃窃私语，其乐融融。我们这么窃窃私语并不是怕被人听见，而是因为我们仍然觉得彼此听的还算清楚，而当最后我们用话语交谈时，我们反而觉得不自然了，所以我们就一直这么低声交谈着。

“过了一会儿，我们感到饿了，于是便离开这间屋子，沿着一条铺有活动地板的走廊来到了一间宽敞的餐厅——那儿还有喷泉和音乐。这是个让人感到舒服开心的地方，阳光灿烂，喷泉哗哗地响着，悠扬的音乐在厅中回荡。我们坐下来享用早餐，时不时地抬起头来彼此微笑。我根本没有注意到附近的餐桌前有个男人在观察我。

“用完早餐后我们接着就去了舞厅。但我说不出来舞厅是什么样的。那地方大得不得了——比你见过的任何地方都大——卡普里的老门就在这里，这个门是在楼上画廊的墙上凿出来的。灯梁的底座是用黄金做的，一缕缕金线奇妙地交织在一起向下垂着，像从柱子中喷出的泉水一样，又像黎明女神从屋顶飞过，带来流光溢彩。宽阔的环形舞池周围都是漂亮的雕像、怪龙，还有精美怪异的方向灯。大厅里流光溢彩，使得黎明都显得黯然失色。当我们在人群之中翩翩起舞时，人们都转过来看着我们，这是因为全世界的人都知道我的名字，认得我这张脸，也都听说我突然急流勇退来到了这个地方。他们也盯着我身边的这个姑娘，不过他们对她是如何来到我身边的只知其一不知其二，况且在很大程度上不过是道听途说而已。我知道所有在场的男人都认为我现在幸福无比，尽管我已经是声名狼藉了。

“音乐在大厅中回荡，香气四溢，沁人心脾，一对对男女随着音乐翩翩起舞。成千上万容光焕发的绅士淑女把大厅挤得水泄不通，还有的漫步于画廊，或是悠闲地坐着。他们衣着华丽，头戴花环。成千上万的人在宽敞的环形舞池中翩翩起舞，大厅顶上是古代神仙的画像，一队队喜气洋洋的侍者在大厅中来回穿梭。我俩跳的不是你所在的时代——我是说这个时代——的那些舞，而是几种动作优美令人陶醉的舞。直到现在我还可以看见我的姑娘在跳舞——她跳得是那么的开心。她跳舞的时候神情庄重，不失尊严，不过她用目光对我微笑，用眼神抚摸着我。

“那儿的音乐也和这个时代的不同，”他含糊不清地低声说道，“乐曲——我没法形容它，总之是比在我清醒的时候听到过的任何音乐都更能触动人的心弦。

“就在我们跳完舞后，一个男人走了过来和我说话。他很瘦，但看上去性格刚毅，他的穿着相对于那个场合来说是很朴素的。在用早餐的时候我就已经注意到他在观察我了，后来在走廊里我有意避开了他的目光。但现在当我们坐在一个小包厢里，面带微笑地看着兴高采烈的人们在闪亮的地板上走来走去时，他走过来用手碰了我一下，和我说起话来，我没法再避开了，只得听他说了。他问能否和我单独说会儿话。

“‘没必要，’我说，‘我没有什么秘密要瞒着这位女士。你想跟我说些什么？’

“他说对女士来说这是一件小事，至少她会觉得这事很无聊的。

“‘对我恐怕也是如此吧。’我说。

“他扫了她一眼，仿佛要向她求援似的。然后突然问我有没有听说过伊伍斯汉姆发表了一个言辞激烈的复仇声明。在北方的那个大党里，伊伍斯汉姆一直是仅次于我的第二号领导人物。他作风强硬，雷厉风行，但不讲策略，只有我能控制得了他。当我隐退的时候人们都感到惊慌不安，我想这是因为人们害怕他，而不是舍不得我走。因此听说他做了什么事我对以往那种生活的兴趣又上来了，而我刚才还把以前的生活抛在了脑后呢。

“‘我有很多天没有听到任何新闻了，’我说，‘伊伍斯汉姆说了些什么？’

“他十分乐意地说了起来。我必须承认甚至连我都为伊伍斯汉姆如此毫无忌惮而感到震惊，他措辞偏激，杀气腾腾。他们派来找我的这个信使不仅告诉了我伊伍斯汉姆的声明，还接着征求了我的意见，并指出他们需要我的帮助。他说话的时候，我的恋人身体稍稍向前倾着，观察着我和他的表情。

“我善于出谋划策统筹安排的老习惯又回来了。我自己都发觉突然又回到了北方，以前所有的感觉又回来了。我应该回去，采取比我走时更为强有力的措施。然后我想起了我的恋人。你看——我怎么跟你说呢？我们之间的关系有一些特别之处——在目前这种情形下就没必要跟你谈及这些了——这些特别之处后来让我俩无法待在一起。如果我要在北方大展手脚无所顾忌的话，我就不得不离开她，甚至必须毫不含糊地公开宣布和她断绝关系。就在这个人跟我和她说话时，她也知道，我上台以后要做的第一件事就是和她分手，然后抛弃她。一想到这一点，我就打消了回去的念头。我突然对这个人说话了，他还以为他的三寸不烂之舌已经把我给说动了呢。

“‘现在这些事和我还有什么关系呢？’我说，‘我已经撒手不管这些事了。你以为我到这里来是和你们开玩笑的吗？’

“‘怎么会呢，’他说，‘可是……’

“‘你们就别来烦我了行不行？我已经不再管这些事了。我现在只是一个普通老百姓而已。’

“‘那倒也是，’他回答说，‘但你有没有想过——他这是在宣战，这些肆无忌惮的挑战，这些疯狂的侵略行径……’

“我站了起来。

“‘别说了，’我大声喊道，‘我不想听你说了。我考虑过这些事，我也掂量过——最终我还是决定敬而远之。’

“他似乎在想是不是再坚持一会儿。他把目光从我身上转移到了我的恋人身上，她坐在那儿观察着我俩。

“‘战争，’他像是在自言自语，然后就转身离去了。“我站在那里，脑子被他的建议搞得乱糟糟的。

“我的恋人说话了。

“‘亲爱的，’她说，‘可如果他们需要你的话……’

“她的话没有说完，但她停下来不说了。我转过身来，看着她迷人的脸，我的决心又动摇了。

“‘他们想让我去做那些他们不敢做的事，’我说，‘如果他们不信任伊伍斯汉姆的话，那么这笔账得由他们自己跟伊伍斯汉姆算。’

“她满腹疑虑地看着我。

“‘但是战争……’她说。

“我看见她的脸上掠过一片疑云，我以前也曾看到过，这表明她对自己和我都不相信，这在我俩在一起以来还是第一次，后来她发现我们不得不永远地分开，不过这是后话了。

“我比她见多识广，可以左右她的想法。

“‘亲爱的宝贝儿，’我说，‘你可千万不要为这些事烦恼。不会发生战争的。绝对不会有的。战争时代已经过去了。相信我，

我知道怎么处理好这件事。他们没有权力让我干这干那，没有人有权指使我。我有权选择自己的生活，所以我就选择了这种生活。'

"'可是战争……'她说。

"我在她身旁坐了下来，把一只胳膊放到她身后，握住了她的手。我设法将她的担忧驱走——给她讲各种高兴的事情。我拿谎言哄着她，其实这样做也是在骗我自己。我说的话她居然全信了，而且句句都记在了心上。

"很快阴云就过去了，我们赶紧去了浴场，我们每天都要去那儿游泳，相互泼水玩，海水浮力很大，我似乎变成了一个比人要轻要壮的东西。最后我们从海水里上来，浑身湿漉漉的，开心得不得了，在礁石间追嬉着。后来我就穿上了干浴衣，和她坐下来晒太阳。没多久我就开始打盹儿了，我把头枕在她膝盖上，她轻轻地用手梳着我的头发，我睡着了。突然，好像是小提琴的琴弦'嘣'的一声断了，我醒了过来，发现自己躺在利物浦自己的床上，过着现代的生活。

"好一阵儿我都不能相信那些生动的场面竟是一场梦。

"事实上，尽管我周围实实在在地有这么些东西，我还是不能相信那只是一场梦。我像往常一样洗了个澡，穿好衣服。刮胡子的时候我问自己为什么会离开心爱的女人回到北方重返令人眩目的政治舞台呢。就算是伊伍斯汉姆迫使世界卷入战争，可那和我又有什么关系呢？我只是个凡夫俗子而已，凭什么我得以神仙自居，有责任决定世界应当走向何方？

“这不是我思考问题的方式，真正是我自己的问题我是不会这么想的。我是一名律师，干什么事有自己的主见。

“你必须明白，那景象太真实了，简直不可能是一个梦，我不停地回想起每一个无关紧要的细节。餐厅里我妻子的缝纫机上放着一本书，甚至这本书封皮上的装饰都让我想起包厢里的座位上的金边，我就是在那里同以前我所在的那个党派来的信使交谈的。你听说过这样的梦吗？”

“什么样的……”

“就是你醒来之后还能记得住那些微小细节的梦。”

我想了想，我以前还真没注意过这一点，不过他的话挺有道理。

“从来没有，”我说，“这就是你老是让梦给搅得心烦意乱的原因。”

“不是的，”他回答说，“但事实正是如此。我是利物浦的律师，我老是在想，如果我突然对正在我办公室和我交谈的顾客和商人说我爱上了一个几百年后出生的姑娘，并且为我的重重重孙们的政治观点感到忧虑，他们会怎么想。那天我主要忙于就一个为期九十九年的房屋租借合同与人谈判。对方是个很忙的私人建筑商，我们想尽了各种办法让他快点同意。我跟他面谈了一次，他很没有耐心，搞得我睡觉的时候还气鼓鼓的。那天晚上我没有做梦。第二天晚上也没有，至少没有做醒来之后还记得梦中细节的那种梦。

"我逐渐不再强烈地感到那一切是真实的了。我开始觉得那就是一场梦而已。可不久它又来了。

"这场梦是四天之后做的，这一回与以往不同。我敢肯定我在梦里过了四天。北方发生了许多事情，又给我俩的关系蒙上了一层阴影，但这一次却很难将阴影驱散开了。我疑虑重重，陷入了沉思。为什么要我回去呢？为什么我的余生要在辛劳、重压、侮辱和不满中度过呢？而这样做的目的是挽救成百万的普通人，使他们免受战乱之苦，免遭暴政之害，但我并不爱他们，况且我对他们通常有的只是鄙视。再者我也不一定能做到这一点啊。他们都在谋求私利，凭什么我不能呢？凭什么我不能也像一个普通人那样生活呢？她叫我的声音将我从沉思中拉了回来，我抬起了眼睛。

"我发现自己清醒了，正在走路。我们来到了快乐之城，快到索拉罗山的顶峰了，正在眺望着海湾。当时是下午，天气特别晴朗。在我们左边很远的地方是伊斯其亚岛，横卧在天水之间，被阳光染成了金黄色。那不勒斯倚山而立，整个城市显得白茫茫的。正对着我们的是维苏威火山，山上有一条细长的飘带顺着风高高地向南飘着。有几座古建筑的遗址就在我们附近，在阳光的照耀下闪闪发光。"

我突然打断了他："这么说你肯定是去过卡普里了？"

"我只在这个梦里去过，"他说，"只在这个梦里去过。索兰托那边的海湾里到处都停泊着快乐之城的水上浮宫。北边那宽阔的浮台是用来降落飞机的。每天飞机都会从地球上最远的地方送成千上万的人到卡普里寻欢作乐。这些建筑物就在山下。

“傍晚时，我们偶然发现了一个不同寻常的现象，我们这才注意到这些建筑物。有五架以前一直停在远处莱茵河口机库中的战斗机在东边的天空中盘旋。伊伍斯汉姆生产了这几架战斗机，并派这几架战斗机到处盘旋，这让所有人大为震惊。他在玩武力恫吓的把戏，这令我也感到震惊。他是那种精力充沛的人，但出奇的愚蠢，好像是上天专门派他来制造灾难似的。他那旺盛的精力开始看上去还让人以为他能力出众呢！其实他这人缺乏想象，没有创新精神，是一个十足的蛮夫。而他认为自己老是有好运帮他渡过难关，并对此笃信不疑，近乎疯狂。我至今还记得我们站在那里看着这群战斗机在远处盘旋，我当时就在琢磨这到底会造成什么后果，因为我很清楚事态会朝着什么方向发展。其实如果当时就采取措施的话还来得及。我想还是回去拯救这个世界吧。我知道，只要我尊重他们的道德准则，北方的人民会听从我的号令的。东方和南方的人民也会信任我的，因为除了我之外他们不再信任其他北方人了。我明白，只要我跟她把这些情况说清楚，她肯定会让我回去的……她同意我回去并不是因为她不爱我了！

“可是我不想回去，我想待在这儿。我刚刚才摆脱了责任给我带来的重负，因此即使明白我应该怎么做，我也绝不会改变主意的。我想的就是享受生活的乐趣，给我的心上人带来幸福。哪怕我觉得自己远没有尽到责任，我也不会回心转意的，但是我却没有以前那么爱说爱笑了，感觉仿佛背上了一个沉重的包袱，不能像以前那样开心了，每当夜深人静的时候，我都辗转反侧，不能入眠。我站在那里看着伊伍斯汉姆的战斗机——这可是些不良的预兆——在空中飞来飞去的时候，她就在我身边看着我，她也预感到了会有麻烦，但并不清楚到底是怎么回事——因为她满脸疑虑地看着我，一脸的迷惑。这时太阳慢慢落山了，她的脸色变得灰白了。我舍不得离开她，这并不是她的错。她让我离开她去北方，在当天晚上她又一次泪水涟涟地恳求我回到北方去。

“到后来我感觉到她在我身边，我这才从沉思中回过神来，我突然转过身问她敢不敢和我比赛跑下山去。‘我不比，’她说，仿佛我的建议有损于她正儿八经的态度似的，但我决心让她放松下来，别老这么一本正经地跟我说话。我还是说服她跟我比赛了——没有人能在气喘吁吁的时候还那么不开心——当她要绊倒时，我伸出手去把她的胳膊扶住了。我们跑的时候路过了几个人，他们转过头来很惊讶地看着我——他们肯定认出我是谁了。跑到半山腰的时候空中传来了轰隆隆的声音，我们停了下来，不一会儿就有几架战斗机一架接一架地从山顶上空飞了过来。”

他似乎在想如何形容当时的情景。

“这些战斗机是什么样子的？”我问。

“它们从来没有开过火，”他说，“它们就跟咱们现代的飞机差不多。机舱里坐着一些激动的人，但没有人知道它们要做什么。人们甚至连猜都懒得去猜。它们飞起来就像是标枪头，后面带着一个螺旋桨。”

“是钢做的吗？”

“不是。”

“是铝？”

“也不是，是用一种非常普通的合金做成的——就跟黄铜一样常见。让我想想是叫什么来着……”他用手拧着他的前额。“我什么事儿都想不起来了。”他说。

“它们装备有火炮吗？”

“有，火炮不大，可以发射威力很强的炮弹。这些炮是从虚准仪的底部朝后方发射的，炮口处嘭嘭作响。理论上是这样，但实际上它们从来没开过火。没有人知道究竟会发生什么情况。我当时就在想，像燕子那样在空中悠闲自得的快速飞翔一定是很惬意的。这几架战斗机只是无数战斗机中的一种，它们被发明了之后在旷日持久的和平时期却派不上用场。人们发明创造了各种各样的这种东西，而这些丑陋恶心的东西从来就没有用过。庞大的引擎，威力巨大的炮弹，大型的大炮，天才们就会干这种蠢事，这你是知道的。他们制造这些东西就跟水獭修筑水坝一样，自己不知道要把河水引到哪里，也不知道要淹没哪些地方！

“我们在暮色中沿着弯弯曲曲的台阶向旅馆走去，在路上我就已经预测到结果会是怎样的了：我很明白，在伊伍斯汉姆愚蠢疯狂的手中，事态肯定会不可避免地朝着爆发战争的方向发展，在这种新的条件下战争会造成什么样的后果我也稍微有所了解。

即使是这样，我知道如果这时再不回去以后就没有机会了，但我还是不愿意回去。”

他叹了口气。

“这是我最后一次的机会。

“直到星辰满天的时候我们才回到城里，因此我们来到高台上来来回回地走着——她劝我还是回去的好。

“‘亲爱的’，她说，抬起她那甜甜的脸看着我，‘这就是死亡。你这样活着跟死亡没什么两样。回去拯救他们吧，回去担负起你的责任吧……’

“她哭了起来，紧紧地抓着我的胳膊，边抽泣边说，‘回去吧——回去吧’。

“突然她不哭了，我低下头看了看她的脸，刹那间我就知道她想要干什么了。人人都有恍然大悟的时候，这就是这么一个时刻。

“‘不！’我说。

“‘不？’她惊奇地问道，我觉得她有点害怕，我居然看出她在想什么了。

“‘无论发生什么事情我都不会回去的。’我说。‘任何事情都不能让我改变主意！我决心已定。我选择了爱情，世界就随它去吧。无论发生什么事情我都要过现在这种生活——我是为了你才活着的——任何事情都不能改变我的决心，任何事情都不行，亲爱的。即使是你死了——即使是你死了……’

“‘是的。’她轻声说道。

“‘那么——我也会死的。’

“不等她开口我就开始说了，我口若悬河，侃侃而谈——在那种生活里我就是这样的——我赞美爱情，极力把我们俩在一起的生活渲染得辉煌无比，充满英雄气概。还说我所抛弃的都是一些令人头痛、极端可耻的事情，能从这些事情中摆脱出来是一件幸事。我费尽了心机将我们在一起的生活说得天花乱坠，不仅想让她相信我说的都是真的，到后来连我自己都要相信了。我们就这么交谈着，她紧紧地搂着我，思想开始动摇了，到底是过她认为高尚的生活呢？还是过那种她自己也知道幸福美满的生活呢？最后我终于让她觉得我们俩在一起的日子真的是充满了英雄气概，让她感到世界上越来越深的灾难只是为我们无与伦比的爱情提供了一个壮烈的背景而已。在静静的星光下，两个可怜的傻瓜在那儿阔步走着，幻想着那种充满英雄气概的生活，深深地陶醉了。

“时机就这么溜走了。

“这是我最后的一次机会了。就在我们踱来踱去的时候，南方和东方的领导人正在下定决心，他们严阵以待，决心以强硬的立场来对付伊伍斯汉姆的战争威吓。提高警惕以防不测的消息通过电缆传遍了整个亚洲。

“没有任何人知道战争是怎么回事，没有任何人能想象得到在出现了如此众多新发明的情况下战争会带来什么样的灾难。我相信大多数人还以为战争不过是敌对双方穿着鲜艳的军装在号鼓声中举着军旗呐喊着冲向对方，一决雌雄——其实时代早就变了，当前，世界上一半的人都是从一万英里以外的地区获得食物供给的。”

白脸人停了下来。我扫了他一眼，他死死地盯着车厢地板。一个小车站、一队装满货物的卡车、一个信号所，还有一间农舍的背面在窗外一闪而过，接着火车又轰隆隆地驶过了一座桥梁。

“打那以后，”他说，“我就经常做梦。连着三个星期的晚上我一直被梦缠绕着。最糟糕的是，有时晚上我做不了梦，躺在床上辗转反侧，无法回到梦中的那种生活中去。而那儿——我记不清楚是哪儿了——正发生着严重可怕的事情——只有在晚上我才生活着——白天醒着的时候，现在过的这种生活反而成了一个模糊而遥远的梦，一种令人厌烦的背景，仿佛只是一本书的封面而已。”

他想了想。

“我可以把梦里的每个细节都原原本本地说给你听，但无法告诉你我在白天都干了些什么——我记不起来了。我的记性——我的记性不管用了。活着是怎么回事我都搞不清楚了……”

他把身体向前倾了倾，用双手捂住了眼睛。很长时间他什么也没有说。

“后来呢？”我问道。

“战争像暴风骤雨一样爆发了。”

他怔怔地看着前方。

“那后来呢？”我追问道。

“接着我就有一种不真实感，”他低声说道，仿佛在自言自语，“我本以为是在做梦，可这并不是梦——不是梦。不是的！”

他沉默了好长时间，我担心他只把故事讲了一半就不讲了。不过他还是接着讲了下去，用的还是那种自问自答式的腔调。

“除了逃跑之外我们还能干什么呢？我没想到战火会蔓延到卡普里来——我一直以为卡普里这个快乐之城是一个世外桃源。但第三天夜里便到处都是呼喊声和咆哮声了，所有的女人和一半的男人都佩戴着一个徽章——上面是伊伍斯汉姆的像——听不见音乐声，有的只是没完没了的战歌声，男人们都在报名参军，连舞厅里都有人在操练。一时间谣言四起，老是有人说已经开战了。我没有想到会发生这种情况。我过惯了提心吊胆的日子，所以不像这些没怎么经过这种日子的人那样对各种传闻信以为真。我本来是可以阻止战争爆发的，但时机已经错过了，现在我只不过是个微不足道的小人物而已。即使是一个虚荣心十足佩戴着像章的毛头小伙子现在也比我有用。我们被人群挤来挤去，被他们的呼喊声吵得头昏脑涨。那首讨厌的战歌都快把我们的耳朵震聋了。有个女人朝着我的恋人大声吼叫，因为她没有佩戴像章。于是我们俩赶快回到了自己的小屋里，憋了一肚子的气，觉得受了莫大的侮辱——我的恋人脸色发白，不肯说话，我则气得浑身发抖。如果我当时发现她眼神中有一丝责怪我的意思，那我肯定会对她大发脾气的。

“我再也潇洒不起来了。我在我们那间小石头屋子里走来走去，外面就是朦朦胧胧的大海，南面有一道光在闪着，一会儿来了，一会儿又去了。

“‘我们必须离开这个地方，’我一遍又一遍地说，‘我决心已定，绝不会掺和到这些麻烦事中去的。我不想和这场战争有任何关系。咱们的生活已经和这一切无关了。这里不是咱们的容身之处。咱们还是走吧。’

“第二天我们就加入逃亡的人群之中，此时战火已经蔓延到了全世界。

“以后我们就一直在逃亡——一直在疲于奔命。”

他又陷入了沉思之中。

“逃亡的情况怎样？”

他没有回答。

“逃亡的情况怎样？”

他又没有回答。

“逃亡了多长时间？”

他面色苍白，脸因痛苦都变形了，双拳紧握着，没有注意到我对他们逃亡的经历感到好奇。

我又问了一个问题，想让他接着把故事讲完。

“你们去哪儿了？”我问。

“什么时候？”

“就是你们离开卡普里之后。”

“西南方，”他盯着我看了一会儿后回答，“我们是乘船去的。”

“哦，我还以为是乘飞机去的呢。”

“飞机都被缴获了。”

我没有接着往下问。过了一会儿我觉得他又要开始讲了。突然他用一种一成不变的腔调说了起来，仿佛在与人争论。

“但是为什么要有战争呢？如果说人活着就是为了在战场上拼个你死我活，那为什么我们还要追求幸福和美好呢？如果说没有避难之处，如果说没有和平之所，如果说我们对安宁之地的向往不过是自欺欺人而已，那么为什么我们还要有这样的向往呢？所以说我们沦落到现在这个境地肯定不是因为我们的追求可耻或是我们的目的卑鄙，而是因为我们被爱情深深地陶醉了。她用眼神点燃了我心中的爱火，她的美丽让世上的一切都黯然失色，令我意乱情迷，这才是生活的本来面目。我堵住了所有人的口，不让他们飞短流长，我回答了所有的问题——我来到了她的身边。可突然间，除了战争和死亡之外其他什么都不复存在了！”

我突然来了灵感。“也许这不过是一场梦而已。”

“一场梦！”他失声喊道，对着我大发雷霆，“一场梦——到现在你还……”

这是他第一次变得情绪激动起来，脸涨得通红。他把没拿东西的那只手举了起来，攥成拳头，然后又将手放到了膝盖上。他把眼神从我身上移开了，之后说话的时候眼睛就一直没朝我这边看。“我们不过是一群鬼魂而已，”他说，“是鬼魂的鬼魂，我们的欲望就像天上的云投在地上的阴影，我们的意愿就像是飘荡在风中的稻草。日子一天天地过去了，我们也就在柴米油盐中一天天地过着，平淡无奇——就随它去吧！但有一件事情却是实实在在的，永恒不变的，而不是做梦。这件事情就是我生活的中心，其他所有事情都是次要的、虚假的。我爱她，她是我梦寐以求的情人。我宁愿和她死在一起！

“一场梦！这怎么会是一场梦呢？它使一个活生生的人痛苦万分，不能自拔，让他一直奉若神明而顶礼膜拜的一切显得虚无缥缈，一文不值。

“直到她死之前我还以为我们仍然有机会逃走，”他说，“在乘船从卡普里到萨勒诺的晚上和早晨，我们一直在说这下我们总算可以逃脱了。我们心中充满了希望，直到最后仍被这种乐观的气氛包围着，我们企盼能够生活在一起，远离战争硝烟，远离明争暗斗，过一种平淡悠闲、清心寡欲的生活，摆脱世俗的繁文缛节以及清规戒律的束缚。我们的思想得到了升华，仿佛我们苦苦追求的是一个神圣的东西，仿佛爱是一项使命……

“在船上我们看着卡普里岛上美丽的景色——炮兵阵地和掩体已经把岛上的景色破坏了，这个岛将要成为一个工事了——即使在这时我们也根本没有想到屠杀即将来临，尽管可以看见岛上到处都是灰尘烟雾，显然是在做战争准备。不过我就以此为话题说了起来。尽管岛上布满了工事，景色依然是那么秀丽，窗子、拱形门和道路不计其数，一层接一层的，延绵达一千英尺，整个岛上到处都是灰色的岩石，长满葡萄藤的露天平台、柠檬园和柑橘园、大片大片的龙舌兰和刺梨以及开满花的杏树点缀其间。有艘船正从建在皮考拉河上的拱形桥下驶来。当我们的船转过海岬可以看到陆地时，又有几艘船闯入了我们的视线，顺着风朝西南方开去。过了没多大工夫我们又看到有一大批船。在东南方悬崖的阴影中，远方的那些船只就只是一些绀青色的小点。

"'是爱情和理智促使人们躲避战火的蹂躏。'我说。

"过了一会儿，我们看到南边的天空中飞着一群飞机，不过没太在意。它们在空中排成一队，远远望去就像是一条虚线。后来飞机越来越多，东南边的海平线上密密麻麻的，到处都是，再到后来整个南边的天空上都是密密麻麻的小蓝点。现在它们看上去就像是又细又短的蓝线了，不时有一架或一群飞机倾斜着飞行，阳光照到机身上，整个飞机变成了一道闪光一晃而过。它们时而升起，时而下降，越飞越近了，仿佛是一大群海鸥或白嘴鸦之类的鸟在排着极为整齐的编队飞行。它们越飞越近，在空中占据的面积随之显得越来越大了。飞行编队的南翼钻进了一片箭头形状的云层里。突然它们汇集起来排着整齐的队形朝东边飞去，越变越小，最后消失在空中。此后我们在北边的高空发现了伊伍斯汉姆的飞机，它们在那布勒斯上空盘旋着，仿佛是一群专门在夜间出来活动的蠓虫。

"它们似乎和我们没有任何关系，就好比是一群飞鸟一样根本不关我们什么事。

“即使是远远地从东南边传来的枪炮声似乎跟我们也没什么关系了……

“此后每天，每次做完梦醒来，我们的兴致依然不减，仍然在寻找那个我们可以一起生活、相爱的地方。疲劳、疼痛和各种不适向我们袭来。尽管我们浑身上下没有一块干净的地方，尽管被海上漂泊折磨得够呛，饿得奄奄一息，目睹了死人的恐怖场面和农民逃亡的惨状——因为很快这个半岛就被战火吞没了——这些事情一直萦绕在我们脑海中，久久不肯离去，但这一切只是更加坚定了我们赶快逃离这个地方的决心。她倒表现出了极大的勇气和耐心。虽然她从来没有经历过什么磨难，但却勇气十足，也让我感到勇气倍增。我们在海上漂来漂去想找到一个登陆点，而此时大陆上已是军阀并起，强取豪夺，生灵涂炭。上了岸之后我们一直在步行。起先还有其他难民，但我们没有和他们掺和在一起。有些人逃向北方，有些人被裹在沿着大路逃亡的农民的洪流之中。很多人投靠了部队，然后便被派到了北方。有不少人是被强征入伍的。不过我们倒是避开了这些事情。我们没有钱买通有关官员以便能安全到达北方，另外我担心我的恋人在这兵荒马乱中出点什么意外。我们是在萨勒诺登陆上岸的，到达卡佛之后又被赶了回来，然后我们又费了老大的劲儿想通过阿尔伯诺峰的一条小路到塔兰托去，但由于我们没有充足的食物，被迫退了回来，就这样我们下山来到帕斯特姆附近的沼泽地中，那儿孤零零地立着几座宏伟的寺庙。我有一种模糊的感觉，觉得在帕斯特姆附近可能会找到一艘船，这样我们就可以回到大海上去了。就是在那儿爆发了一场战斗，灾难降临到了我们头上。

“我一时竟不知所措。可以清楚地发现我们被紧紧包围了，根本没有脱身的可能了。好多次我们看见路上有从北方过来的壮丁在来来去去的，我们在远处看到他们正在崇山峻岭里修筑道路，准备运送弹药，将大炮拉到山上。有一次我估计他们是朝我们开火了，还以为我们是间谍呢——不管怎么说确实有一发炮弹在我们头顶上爆炸了。有好几次，我们藏在树林中以防止被在空中盘旋的飞机发现。

“不过这些事情现在已经无关紧要了，这些逃亡之夜以及所受的种种苦难……我们最后终于来到了帕斯特姆那些宏伟寺庙附近的一个开阔地带，这块硬硬的空地上长着一堆堆带刺的灌木丛，显得空旷凄凉。这里地势极为平坦，甚至连很远处一片桉树的根部都看得见。我好像现在还能看得见这片空地。我的恋人在一丛灌木下坐下来歇了一会儿，因为她实在是筋疲力尽了，我则站着观察，看看双方交火的地方离我们这儿有多远。双方隔得很远，仍然在不停地交火，双方的新式武器威力极大，以前还没有在战争中运用过：如有一种火炮的射程远得肉眼都看不到，还有飞机——谁知道这些飞机具有什么性能呢。

“我知道我们被夹在两军之间了，双方正在相互逼近。我清楚我们的处境很危险，因此不能停在那儿休息了！

“尽管脑子里想着这些事情，但它们并没有占据我大脑的全部，似乎这些事情并不关我什么事。满脑子想的主要还是我的恋人。一阵揪心的难受传遍了我的全身。她这是第一次承认自己已经失望了，于是便哭了起来。我可以听到她在我身后抽泣的声音，但我没有转过身去安慰她，我知道哭一会儿对她有好处，她忍了这么长时间一直没有哭是为了不让我难过。然后我们还得疲于奔命，因为我一点儿也不清楚双方的交战状况到底怎么样了。我似乎现在还能看见她坐在那儿，一头秀发披在肩上，脸颊深深地凹了下去。

“‘要是我们当初分开就好了，’她说，‘要是当初我让你走就好了。’

“‘快别这么说了，’我说，‘即使现在我也不感到后悔，将来也不会后悔。既然我做出了选择我就会善始善终的。’

“后来……

“我们头顶上有一道火光闪过，接着就传来了爆炸声，子弹嗖嗖地在我们四周乱飞，发出的声音就像是突然向地上扔了一把豆子似的。子弹打在我们身边的石头上，打得石屑乱飞，寺庙的砖也都打成了碎块……”

他把手放到嘴边，然后舔了舔嘴唇。

“等那道火光闪过之后，我转身看去……

“她……她站了起来……

“她站起来，朝我这儿迈了一步……

"仿佛她是想到我这边来……

"一块弹片穿透了她的心脏。"

他停了下来，盯着我看。在这种情况下一个英国人能够感受到的那种束手无策、欲哭无泪的感觉我全都体会到了。我也盯着他看了一会儿，然后把目光移到了窗外。有很长时间我们俩谁也没有说话。到后来我再看他时，他已经回到他刚上车时坐着的角落里去了，双臂抱在胸前，用牙咬着指关节。

他突然咬了咬他的手指甲，然后又盯着它看。

"我把她抱在怀里向寺庙奔去，"他说，"仿佛这样还能把她救活过来似的。我也不知道为什么。寺庙看上去就像是避难所。我估计它们已经有些年头了。

"她肯定当时就死了。但一路上我还在不停地跟她说话。"

他又沉默了下来。

"我曾经见过那些寺庙。"我突然说道，他的话把那些静静地立在阳光下的连环拱廊栩栩如生地带到了我的眼前，拱廊是用砂岩砌成的，我见的那会儿砂岩已经风化了。

"我把她抬到一个棕色的寺庙里。我坐在一个倒塌的柱子上，把她抱在怀里……寺庙里悄然无息。过了一会儿，蜥蜴出来到处乱窜了，仿佛没有发生什么不寻常的事情，仿佛什么都没有发生变化……四下里死一般的沉寂，太阳高高地挂在天上，地上的阴影一动不动，甚至连野草投在柱子上的影子也是一动不动——尽管空中到处都响着噼里啪啦的枪炮声。

“我好像记得飞机是从南边飞过来的，然后战斗就转移到西边去了。有一架飞机被击中了，翻了个身，一头栽了下来。我至今还记得当时的情景——尽管我对此没有丝毫的兴趣。这似乎跟我没有什么关系。它就像是一只受伤的海鸥，在水里挣扎着。我顺着寺庙的走廊就可以看见它——那个在蓝色海水中的黑东西。

“有三四发炮弹落在了海滩上，后来炮击就停止了。一次炮弹爆炸时，蜥蜴全都四下逃窜藏了起来。不过对寺庙倒没有造成什么破坏，只有一发子弹从地面上擦过，留下了一道白色的弹痕。

“影子越拉越长，四下里也越发寂静了。

“奇怪的是，”他说，好像是在讲什么琐屑的小事，“我的脑子里一片空白——完全是一片空白。我抱着她坐在瓦砾中，思维麻木了，停止了。

“我记不清是什么时候醒的，也记不清那天是怎么穿上衣服的。我只知道自己坐在办公室里，面前摆着我的信件，信封口都打开了。我对自己怎么会在那个地方感到万分惊奇，我分明还是坐在帕斯特姆的那个寺庙里，怀里抱着一个死去的女人，茫然不知所措。我心不在焉地把信都看了一遍，但信里是什么内容我已经忘了。”

他停了下来，之后很长时间都没有说话。

突然，我发现火车正在沿着从巧克农场到尤斯顿的下坡奔跑着。时间居然过得这么快，真让我感到惊讶。我转过身，问了他一个十分尖锐的问题，要他给我一个明确的答复。

“你后来又做梦了吗？”

“做了。”

他似乎在强迫自己结束和我的谈话，说话的声音很低。

“又做过一次，不过这次梦只做了一会儿。我似乎突然从麻木不仁的状态中清醒了过来，已经站了起来，尸体就在我身边的石头上放着。这是一具很枯瘦的尸体，不是她。这么快——不是她……

“我可能听到了有人说话的声音。我清楚地记得有一些人正朝这个荒凉的地方走来，战争结束了。

“我站了起来，从寺庙中走了出来。起先我看到了一个脸色枯黄的人，他穿着一套镶着蓝边的白色军装，脏兮兮的，接着我又看见几个人已经爬到了那个被破坏的城市的老城墙顶上，现在正蹲伏在那儿。在阳光下他们的身影看上去就像是一个个的小亮点。他们就这样在城墙上蹲伏着，手里拿着枪，小心翼翼地观察着前方。

“在更远的地方我又看见了其他一些人，在城墙上另一个地方又看见有些人排着长长的松散的队形站在城墙上。

“过了一会儿，我最先看到的那个人站起来喊了一声命令，他的部下赶紧从城墙上跳下来跑进高高的野草丛中，直朝寺庙这边奔来，然后在他的率领下匍匐前进。他直直地朝着我爬了过来，当看到我时，他停了下来。

“开始的时候我只是好奇地看着这些人，但当我发现他们想到寺庙里来的时候，我就得来阻止他们了。我冲着这名军官大声喊了起来。

“‘你们千万不要到这里来，’我喊道，‘我在这里呢，还有我死去的亲人。’

“他盯着我看了一会儿，然后用一种我听不懂的语言大声问了我一个问题。

“我又把刚才说的话重复了一遍。

“他也把刚才说的话大声喊了一遍。我抱着双臂，静静地站着。过了一会儿，他跟手下说了些什么，然后便朝我走来，手里提着一把卷了刃的剑。

“我向他挥手叫他离开，可他还是向前走来。他的脸部很窄，长着一双无神的灰色眼睛，嘴上留着黑色的胡须。他的上唇有一道伤疤，浑身上下肮脏不堪，头发和胡须乱蓬蓬的。他不停地朝我喊着我听不懂的语言，也许是在问我问题吧。

“我现在知道他是害怕我，但当时并没有想到这一点。我尽力向他解释，可他用蛮横的语气打断了我，估计是命令我到一边站着去。

“他想从我面前走过，但我抓住了他。

“我看见他疼得脸色都变了。

“‘你这个蠢货，’我喊道，‘难道你不明白吗？她已经死了！”

“他缩了回去，用一双冷酷的眼睛看着我。我从他眼神中发现他已经下了决心，感到得意。然后他满脸怒容地猛地把剑向后一挥朝我刺来。”

他突然停下来不说了。我感到火车的节奏发生了变化。刹车声越来越大，车厢吱吱嘎嘎地乱响，猛地颠簸了起来。我们又回到现实世界中来，到处都是乱哄哄的。透过模糊不清的车窗我看到在一片冬牧草地上有几根高高的杆子，上面挂着几盏巨大的电灯，发出耀眼的光芒。我看到几排停着的空车厢从我眼前晃了过去，然后又看到一个信号所，信号所上高高挂着各种红绿色信号灯，灯光照向暮色重重的伦敦夜空。我又看了看他因痛苦而扭曲变形的脸。

“他用剑刺穿了我的心脏。我感到剑刺中了我，我感到异常惊奇——不是害怕，也不感到疼痛——只是感到震惊，感到剑深深地刺进了我的体内。我一点都不感到疼，一点都不疼。”

站台上黄色的灯进入了我们的视野，开始时灯很快地从窗外掠过，后来就慢下来了，最后火车颠了一下，停了下来。站台上有模糊的人影在走来走去。

“尤斯顿到了！”有人喊道。

“你只是说……”

“我没有任何疼痛感。我异常惊讶，紧接着黑暗就笼罩了一切。一直在我眼前挥之不去的那张怒容满面、粗鲁凶猛的脸——那个刺死我的人的脸——似乎慢慢消失了，不见了……”

“尤斯顿到了！”有人在站台上喊，“尤斯顿到了！”

车厢门开了，各种声音一拥而入，有一个挑夫站在那里看着我们。车厢门打开的声音、“嘚嘚”的马蹄声、远处伦敦的大街小巷的各种模糊不清的声音这时都传到了我的耳中。站台上亮着长长一溜的灯。

“一切都笼罩在无边无际的夜幕之中。”

“先生，有什么行李要我帮您搬吗？”那个挑夫问道。

“故事就这么完了？”我问。

他看上去犹犹豫豫的。然后用微弱的声音说道：“不是的。”

“你是说……”

“我接近不了她。她在寺庙的那一边——后来……”

“后来怎么了？”我紧追不舍。

“噩梦，”他喊道，“完全是噩梦！我的上帝啊！一些大鸟在互相厮杀。”

新时间加速剂

有人在找别针的时候找到了一基尼的钱，这人就是我的好朋友基朋教授。我以前曾经听说过做学问的人有时会言过其实，但还没有人像他做得那么过分。可不管怎样，这次可以毫不夸张地说，他确实发现了某种能使人类的生命产生巨大变革的东西。他是在寻找一种万能的神经兴奋剂，这种兴奋剂能使萎靡不振的人感受到当今时代的种种压力。这个玩意儿我已经试过几次了，我只能描述一下它在我身上都起了哪些反应。对所有总是寻求新刺激的人来说会有一些令人惊奇的事情等着他们呢，这一点后来就会很清楚的。

很多人都知道，基朋教授是我在福克斯通的邻居。如果没有记错的话，他在不同年龄阶段的肖像曾上了《斯特兰德杂志》——好像是 1899 年底的某一期。不过现在我查不到了，因为我把那一期借了出去，那人后来就再没有还给我。读者有可能还记得基朋教授有高高的额头，黑色的眉毛出奇的长，这使他的脸看起来有点像麦裴斯托裴利[1]。他住在上桑基特路西头上一套舒服的独立小房子里，这些房子糅合了不同的造型，使这条路显得特别有趣。这套房子有佛莱芒式的山墙和摩尔风格的门廊，里面有一间带有直棂凸窗的小屋子，他到这儿来的时候就在这间屋子里工作，我们晚上经常在这里一起聊天。他非常喜欢开玩笑，除此之外，他还喜欢跟我谈论他工作上的事情。他属于那种能在闲聊之中找到灵感的人，正是如此，我才得以在一开始就了解他的关于新时间加速剂的想法。当然他的大部分实验工作不是在福克斯通进行的，而是在高尔街上医院隔壁的那间设备齐全的新实验室里进行的，他是第一个使用这间实验室的人。

众所周知，或者说至少是所有聪明人都知道，基朋的专门研究领域是药物对神经系统的作用，他在这一领域内及生理学家中享有很高的声誉，这也名副其实。别人告诉我说，他在催眠剂、镇静剂和麻醉剂方面的研究无人能及。他同时还是一名非常著名的化学家，我估计在有关中枢细胞和枢椎纤维的细微复杂的谜团中，除非他觉得有必要发表他的研究成果，否则其他任何人都搞不清楚他在搞些什么名堂。过去这几年他一直致力于研究神经兴奋剂的问题，在发现新时间加速剂之前，他在这方面已经取得了相当的成就。医学得感谢他，因为他至少给医生们提供了三种疗效显著而且绝对安全的兴奋剂，这些兴奋剂在医学上的价值无可比拟。我估计基朋发明的 B 型糖浆所救活的筋疲力尽的人比海岸

1 德国传说中的恶魔。

边上任何一艘救生艇救活的人都要多。

“但这些小东西还不能令我感到满意。”他在大约一年前对我说。“要么它们是在不影响神经的情况下增加中枢神经系统的能量，要么就是通过降低神经传导性能来使现有的能量得以增加，而且它们起作用的范围都是局部的、不均匀的。当心脏和内脏兴奋起来的时候，大脑却是一片混沌，而大脑兴奋起来时，腹腔丛还是兴奋不起来，我是想要——如果存在这种可能性的话——发明一种能使人的全身器官都兴奋起来的兴奋剂，让一个人能干两个人甚至三个人的活儿。明白吗？这就是我想做到的事。”

“这会让人感到筋疲力尽的。”我说。

“不会的。你的饭量会增一倍或两倍——就这么多。但你想想这意味着什么。想象一下你有这样一个小瓶子，”他举起一个绿色的小玻璃瓶，用它来说明他的观点。“这个珍贵的小瓶子里装的东西会让你在限定的时间内思维和运动速度加快一倍，而且完成的任务量比平时多一倍。”

“这种事可能吗？”

“我认为是可能的。如果不可能的话，那我岂不已经浪费了一年的时间了。比方说，配制催眠剂的各种方法似乎显示有种东西……即使只有正常速度的一倍半也成。”

“那样也成。”我说。

“假如你是一名政治家，碰到了急事，时间于你不利，有要紧事要办，怎么办？”

“可以给我的私人秘书服用这种药剂。”我说。

“这样就可以有一倍的时间来回旋了。再比方说，你想要写完一本书。”

“我希望我根本就没有动手写过。”

“再比方说一名医生碰到一个急难病症，坐下来想想该怎么治。”

“对这些人来说，你这种药剂可是滴滴贵如金啊。”我说。

“还比方说，在一场决斗中，”基朋说，“一切都取决于你能否快速扣动扳机。”

“在躲避对方的子弹中也是如此。”我附和道。

“你瞧，”基朋说，“如果我能发明这样一种能使全身器官都兴奋起来的药剂，这种药剂对你不会有任何害处，也许只会让你稍微老得快一点点，你会比别人活得长一倍……”

“那这样在决斗中是不是公平呢？”我想了想说。

“这就是决斗者助手的事儿了。”基朋说道。

我又回到了刚才的那个问题上。“你真的认为这种事儿是可能的吗？”我问道。

基朋扫了一眼从窗外疾驰而过的一辆公共汽车，然后说道：“就跟外面有辆公共汽车一样，这事儿完全是可能的。实际上……”

他顿了一顿，意味深长地朝我笑了笑，用那个绿色的小瓶子慢慢地敲着桌子边上。“我认为我还是了解这个东西的……我已经配制出了一点。”他脸上那种紧张的笑容让人觉得他这么说是正儿八经的。他是很少在工作接近尾声之前谈起他的具体实验工作的。“这东西可能，可能——我并不感到古怪——这东西可能会让人做起事来速度快一倍。”

“这东西确实了不起。”我斗着胆子猜测着说。

“我想这东西确实不一般。”

尽管他这么说，我认为他还不太了解这了不起的东西到底是什么。

我记得继那次之后我们又谈过几次那个东西。他把这东西叫作新时间加速剂，每次他说起这事的时候，总是显得信心越来越强的样子。有时他也会不安地谈到服用这东西会在生理上产生一些无法预料的效果，每到这时他就会变得有些难过。别的时候他总是坦言这样做的目的是追名逐利，我们就会长时间地激烈争论着怎样才能将这个配方转化成利润。“这是件好事，”基朋说，“一件大好事。我知道我在给人们提供一种好东西，因此我想人们自然应该给我们以回报。但我认为我必须拥有对这个东西的垄断权，比方说十年的垄断权。我觉得不应该让火腿商来垄断生活中的全部乐趣。”

我对这种即将配成的药剂的兴趣当然没有随着时间的流逝而减退。我对脑子里的神秘想法一向有一种特殊的癖好。我一向热衷于时空关系的悖论，在我看来基朋确实无异于在配制一种加快生命进程的药方。我们来想象一下一个人多次服用这种药剂后会是个什么样子：他会过着一种非常活跃的生活，当他十一岁的时候就是个成年人，二十五岁的时候就是个中年人，三十岁时就进入垂暮之年了。在我看来，基朋目前只是想让服用药剂的人产生一些变化，而上天正是这样造就犹太人和东方人的，这两种人十多岁时就成年了，但到五十岁才衰老，他们的思维和行动比我们敏捷。药物的效力一直让我感到神奇。它可以让人变得疯狂，可以让人安静下来，可以让人变得不可思议的强壮和警惕，也可以使人变得麻木不仁，毫无用处，可以让人的感情变得更加炽烈，也可以让人的感情变得更加迟钝，而现在医生们的那些稀奇古怪的药瓶中又多了一种有奇效的药剂！但基朋只顾着谈一些如何配制这种药剂的问题，没有去认真地想一想我对这个问题的看法。

在 8 月 7 日，他告诉我说要用蒸馏法来制造那种药剂，成败在此一举，因为在我们谈话时已经开始计时了。他在 8 月 10 日告诉我说工作完成了，新时间加速剂已经实实在在地配制出来了。我是在往桑基特山上走的路上碰到他的，我当时准备到福克斯通去——好像是去理发，他正匆匆忙忙地从山上下来找我——估计他正准备马上去我家告诉我他取得了成功。记得当时他的眼睛发出异样的光芒，脸上因激动而变得红扑扑的，当时我甚至还注意到他的步伐是那么的轻快。

“成功了，”他大声喊道，他握紧我的手语速很快地说道：“比预想的还要好。快到我家去看一看吧。”

“真的吗？”

“真的！”他喊道，“千真万确！快到我家去看一看吧。”

“确实能使速度加快一倍吗？”

“不止一倍，远不止一倍。我都感到害怕了。快去看一看这东西吧。尝一尝！试一试！这是世界上最神奇的东西了。”他抓着我的胳膊，走得那么快，我只有一路小跑才能跟得上他，他一边往山上走一边还大喊大叫的。一辆游览车上的乘客都一起转过头来看着我们，这种车上的乘客一向都是这样的。那天是个炎热的大晴天，这种天气在福克斯通还是比较常见的，光线亮得让人不可思议，所有的东西都看得一清二楚。当然当时还刮着微风，但在那种情形下，这种风实在太小了，根本不足以使我感到凉快。我气喘吁吁的，请他走慢一点。

“我走得还快吗？不快呀。”基朋喊道，他把速度稍微放慢了下来。

“你该不会是一直在服用那玩意儿吧？”我上气不接下气地说。

“没有啊，”他说，“我只不过喝了一滴粘在烧杯边上的水而已，我把烧杯里的那玩意儿都洗得干干净净了。我昨天晚上服了一点，你知道。可那离现在已经很长时间了。”

“那它是不是让你浑身的器官工作速度加快了一倍呢？”我问，快到他家时我已经是大汗淋漓了。

“快了一千倍，好几千倍！”基朋喊道，他猛地一下子就把刻着古英文的用橡木做的门给推开了。

“小心点！”我说着就跟在他后面进了门。

“我不知道它快了多少倍。”他说，手里拿着门锁钥匙。

“那你……”

“这东西对研究神经生理学有很大的启发作用，让人对视觉理论有了一个全新的认识……天晓得这让人体器官的工作速度快了多少倍。等会儿我们把这些都试一试。干脆现在就试一试好了。”

“试一试这东西？”在穿过走廊的时候我说道。

“没错，”到了书房里基朋转过身来对我说，“就在那边那个绿色的小瓶子里面！莫非你感到害怕了不成？”

我这人天生就是谨小慎微的，只是口头上胆大。我确实感到害怕了。不过还有个面子的问题。

“你是说你已经试过了？”我不肯就这么被他吓着了。

“我已经试过了，”他说，“你瞧，我这儿看起来不也没事吗？我甚至看起来脾气一点也不暴躁，我感觉……”

我坐了下来。“给我来一点，”我说，“一旦我有什么不测，倒还省得理发了，理发可是文明人最讨厌的事儿了。你是怎么服下去的？”

“用水服的。”基朋说，他边说边把一个酒瓶猛地摔到了地上。

他就站在桌子前，悠闲地注视着我。突然，他的言行举止变得有点像医学专家的样子了。“这是兰姆酒，你看。”他说。

我用手示意他接着往下说。

“首先我得警告你，你一喝下去就得赶快闭上眼睛，一两分钟后再慢慢地睁开。你仍然看得见。但如果眼睛是睁开的话，就会暂时对视网膜产生某种冲击，会让人有一种眼花缭乱和头晕目眩的感觉。别睁开眼睛。”

“闭着眼睛，我知道了。”我说。

“还有件事，别乱动。不要四下乱打，否则你可能会抓到一个运动速度很快的东西。记住，你全身器官的工作速度要比平时快几千倍，心脏、肺、肌肉还有大脑等所有的器官——你用劲儿打东西的时候连自己也不知道。你是不会知道的。你的感觉会和现在一样，只是世界上所有的东西都运动得比以前快几千倍。这东西的神奇之处也就在这儿。”

“天哪，”我说道，“你是说……”

“你会明白的，”他说着从桌子上拿起了一个量度器，扫了一眼桌子上的东西。“杯子，”他说，“水，这儿都有。第一次试的时候千万不能服得太多。”

他把小瓶子里盛的弥足珍贵的东西倒出来一点儿。“别忘了我刚才跟你说的话。”他边说边把量度器里的东西倒进了一个玻璃杯中，那架势就像是意大利侍者在量威士忌。“双眼紧闭，千万别动，就这么坐上两分钟，”他说，“到时候我会告诉你怎么做的。”

他朝每个玻璃杯里的那么一点点药剂里加了一点水。

“慢慢地，”他说，“别把杯子放下，拿在手里，把手放在你的膝盖上。对，就这样。好。”

他把杯子举了起来。

“新时间加速剂。”我说。

“新时间加速剂。”他应声说道，我们碰了碰杯，喝了下去，然后我立即把眼睛闭上了。

你知道，人在吸入了麻醉气之后便会陷入一种混混沌沌的状态。不知有多长时间我的感觉就是这样的。然后我听到基朋让我醒过来，我动了动，睁开了眼睛。他还是像刚才那样站在那儿，手里仍然拿着杯子，唯一不同的是，杯子空了。

“怎么搞的？”我说。

“不感到什么不一样吗？”

“压根儿没有。可能只是有点儿兴奋，再没别的什么感觉了。”

“声音呢？”

“没什么声音啊，”我说，“天啊！怎么回事？没有声音啊。只有一种微弱的拍打声，像是雨水滴在不同东西上的声音。这是什么声音呢？”

“是经过分解的声音。”我记得他好像是这么说的。他朝窗子扫了一眼。“你以前见过有人把窗帘像那样安装在窗子前面吗？”

顺着他的目光我看到窗帘底部似乎一动不动，窗帘角高高地向上翘起，像是在微风中飘着的样子。

“还真没见过，”我说，“这倒是很奇怪啊。”

“瞧这儿，”他说，然后把拿着杯子的手放开了。我不由自主地眨了眨眼，以为杯子会摔碎。但它非但没有摔碎，甚至连动都没有动一下。它就这么悬在半空中，纹丝不动。“一般说来，”基朋说道，“在这个纬度上物体会以每秒十六英尺的速度下落。这个杯子目前就是在以每秒十六英尺的速度下落。只不过它有一百分之一秒的时间没有下落。这下你知道我的加速剂的厉害了吧。”他用手把这个慢慢下落的杯子上下左右挥了挥。最后他用手托住杯子的底部，把它拉了下来，小心翼翼地把它放回到了桌子上。“看见了？”他对我说，然后笑了起来。

“这好像还不错。”我说，然后小心翼翼地从椅子上站了起来。我感觉极好，浑身轻飘飘的，非常舒服，自我感觉思维还非常清晰。我全身的器官都在高速工作着。譬如说，我的心脏就在以每秒一千次的速度跳动着，但这并没有给我造成任何不舒服的感觉。我朝窗外看去。有个骑自行车的人一动不动的，头朝前，后轮的后面有一股静止的尘土，他急着想超过一辆疾驰的敞篷大马车，这辆马车也是一动不动的。看到这个令人不可思议的情形我目瞪口呆。“基朋，”我喊道，“这种该死的药的药效会持续多长时间？”

“天晓得！”他回答道，“上次我服过这种药后就上床睡觉了。我告诉你，那次可把我吓坏了。我想药力肯定持续了几分钟——好像有几个小时。但过一会儿药力就会突然减弱的，我想。”

我颇为得意地说我并没有感到害怕——我估计这是因为有他和我在一起。“咱们为什么不出去走走呢？”我问。

“是啊，这主意挺不错的。”

“他们会看见我们的。”

“他们看不见的，看不见的！我们的速度比以前最快的魔术还要快一千倍。咱们走吧！从哪儿出去呢？门还是窗户？”

我们从窗户走了出去。

在我所经历过的，或是想象过的，或是在读书时别人经历过或是想象过的所有奇怪的事情中，我这次和基朋一道在新时间加速剂药力的作用下在福克斯通草地上逛的这一遭是最为离奇疯狂的了。我们来到了大街上，我们仔仔细细地观察了一遍街上的交通情况，来来往往的车辆都像雕塑一样静止不动。这辆敞篷大马车的车轮转轴、马腿、马鞭的末梢以及车夫的下颌——他正张大了嘴准备打哈欠——这些都可以看出来在动，但这辆隆隆前行的马车的其余部分似乎就是静止的了。没有车水马龙的声音，只有一个人喉咙里发出微弱的咳嗽声。这个静止不动的东西包括一个车夫、一名售票员以及十一名乘客！我们绕着这东西转来转去的，开始时还觉得这一切都非常奇怪，后来就感到很不舒服了。这些人都是跟我们一样的人，但同时又跟我们不一样，他们摆着各种各样很随便的姿势，动作手势只做了一半。一个姑娘和一个男人对视而笑，那情意绵绵的微笑似乎要持续到永远；有个女人将胳膊放到护栏上，眼睛都不眨地凝视着基朋的房子；有个男人捋着胡子，活像是一尊蜡像；另一个男人伸出他那僵硬的手，让人感到不舒服，手指伸得直直的，准备去扶一扶快要掉下来的帽子。我们盯着他们看，取笑他们，朝他们做鬼脸，后来一种厌恶感袭上了我们的心头，于是我们便转过身去，从那个骑自行车的人前面绕过，去往草地上了。

“天哪！”基朋突然喊道，“看那儿！”

他用手指着，在他指头尖上有个东西正慢慢地拍着翅膀以一个极其疲惫的蜗牛的速度向下滑——原来是只蜜蜂。

我们来到了草坪上。这儿的场面看上去比任何时候都要疯狂。乐队在舞台上演奏着，不过乐声低沉，听上去“呼哧呼哧”的，仿佛是叹息声被拖长到了最后阶段，有时又变得像是一个破旧的钟表发出的“嘀嗒嘀嗒”的声音，只不过这声音拖得很长，而且像是被什么东西给蒙住了似的。所有的人都一动不动地站着，一言不发，看上去怪怪的，好像知道这是怎么回事儿。一个个活像是人像模型，步子才迈了一半，摇摇欲坠的，他们刚才正在草坪上散步。我来到一只正在跃起的小狮子狗面前，看着它的腿是如何慢慢地落到地上的。“天哪，瞧这儿！”，基朋喊道，我们在一个相貌堂堂的人面前停了一会儿，此人穿着带有浅色条纹的白色法兰绒衣服，脚上穿着一双白鞋，头上戴着一顶巴拿马帽，他正转过身去，向身后两名穿着漂亮的女士使着眼色。我们闲得没事做，就把他眨眼这个动作好好研究了一番。我们发觉眨眼让人看了并不舒服，全然没有半点神灵活现的样子。有人说眨眼时眼睛并没有完全闭上，在下垂的眼帘下还露着眼球的下半部，还可以看见一点儿眼白。“我得记住这副样子，以后我再也不眨眼了。”我说。

“也不微笑了。”基朋说，他看着那位女士，她对那个男人的眼色报以微笑，露出了牙齿。

“热死人了，”我说，“咱们走慢点儿吧。”

“那好吧！”基朋说。

我们在路上的躺椅中拣着路走。许多坐在躺椅中的人摆着各种各样悠闲的姿势，看上去还挺自然的，但乐队的乐手们身上穿的鲜红色衣服则扭得乱七八糟的，让人看了就觉得难受。一个个头不高的先生正忙着把报纸卷起来挡风。还有很多例子说明，所有这些慢慢腾腾的人都受到了一股神奇的微风的影响，而这股微风我们俩却感觉不到。我们从人群中走出来，往前走了一点儿，然后转过身来看着这些人。看到这么一大群人被变成了一幅画，一动不动的，真像是一群逼真的蜡像，这种感觉实在是妙不可言。当然这很荒诞，不过却让我充满了一种傻乎乎的得意扬扬的感觉，感到自己高人一等。想想这是一种怎样的奇妙感觉吧！自从这种药剂在我身体内药力发作以来，所有我说过的、想过的以及做过的关于这些人和这个世界的事情都在一眨眼的工夫就发生了。“新时间加速剂……”还没等我说完基朋就把我打断了。

“那不是那个讨厌的老女人吗！”他说。

“哪个老女人？”

“就是住我隔壁的那个，”基朋说，“她那只宠物狗老是乱叫。老天爷！我真想把它给了结了！”

基朋这人有的时候特别孩子气，做事容易冲动。我还没来得及劝劝他，他就已经跑上前去把这只可怜的动物一把抢了过来，然后带着它向草坪边上的悬崖飞快地跑去。这简直太离奇了。这只小狗既没有叫也没有挣扎，连一点活着的迹象都没有。它浑身僵硬，一副正在歇息的样子。基朋拎着它的脖子就好像是在拎着一只木头做的狗，他在向前跑去。“基朋，把它放下来！”我大声喊道。接着我又说，“基朋，如果你还这样跑的话，”我喊道，“你的衣服会着火的。你瞧你的亚麻裤子都已经变成褐色的了！”

他用手在大腿上拍了拍，站在悬崖边上犹豫着。“基朋，”我喊道，朝他走了过去，“把它放下来。热量太大了！这是因为我们跑得太快了！每秒两三英里呢！和空气的摩擦太厉害了！”

“什么？”他说，瞧了瞧那只狗。

“空气的摩擦力，”我大声喊道，“空气的摩擦力。跑得太快了。像陨石一样，温度太高了。喂，基朋，基朋！我全身都在流汗。你可以看见这些人在慢慢地动弹了。我想是药劲儿过去了！把狗放下来。”

“什么？”他说。

“药劲儿过去了，”我又说了一遍，“我们太热了，药劲过儿去了！我全身都湿透了。”

他盯着我看了一会儿，又朝乐队看了看，乐队吱吱嘎嘎的演奏声明显变快了。然后他使劲儿一甩把狗给扔了出去。狗旋转着飞上了天，仍然没有一点儿生机，最后落在了一堆阳伞上，伞下有一群人在聊天。基朋抓着我的胳膊。“我的天！”他喊道，“我想药劲儿确实是快要过去了！这么热，我身上痒得难受——对了，那个人正在动他的手绢。咱们得快点离开这个地方。”

但我们没法很快就离开那里。好在我们没有跑起来！因为如果我们跑起来的话，我相信我们浑身就会着起火的！我们肯定会着起火来！你看我俩谁都没有想到这一点……但我们还没有来得及跑之前药力就已经过去了。在一瞬间药力就停止了。新时间加速剂的药力就像拉开窗帘一样，只需动一动手，药力一下子就过去了。我听到基朋大声惊呼了一声。“坐下，”他说道，我“扑通”一下就坐到了草坪边上的地上，坐下去的时候感到浑身热得不得了。我坐过的那个地方有条小路，直到现在小路上还有块草皮是焦的。就在这时，原先静止不动的东西都动了起来，刚才还是沉闷含糊的音乐声一下子变得震耳欲聋，散步的人把脚放了下来，走起路来了，各种纸张和旗帜哗啦啦地飘了起来，那个眨眼的人得意扬扬地继续走他的路了，所有坐着的人都交谈了起来。

整个世界都苏醒了过来，同我们的速度一样了，或者说我们的速度并不比世界上其他的东西快了。这就好比火车进站时速度要放慢一样。所有的东西似乎都旋转了一两秒钟，我感到一阵恶心，不过这种感觉只持续了很短很短的时间，再没有别的什么不适了。那只小狗还在那儿悬了一会儿，等基朋使在它身上的力量消耗完之后，它马上就加速穿透一把女式阳伞掉了下来！

我们算是得救了。有一位坐在躺椅上的胖胖的老先生一看到我们俩吓了一跳，然后他不时用一种怀疑的眼光看着我俩，最后我想是跟他的护士说了说我们的事儿。除此之外，我觉得没有一个人注意到我们俩突然出现在他们中间。我们身上的火几乎立即就灭了，不过我坐过的那块地方还热得让人难受。所有人的注意力——包括那支娱乐协会的乐队，这次居然走调了，这在其历史上还是破天荒头一回——都被一件令人吃惊的事给吸引住了，这件事还引起了更为惊讶的尖叫声和吵闹声：一只高贵的、养尊处优的小狮子狗，刚才还好好地在舞台东边睡着觉，怎么突然就穿透舞台西边的一把女式阳伞掉了下来——由于在空气中的运动速度太快，小狗的皮毛有点烧焦了。在这些愚昧的日子里，我们都想对超自然的东西越敏感越好，越迷信越好！人们站了起来，相互践踏着，躺椅翻了，警察在到处跑动。我不知道事情是怎么收场的——我们急于离开这个是非之地，不想让坐在躺椅里的那位老先生再看到我们，因此也没有顾得上细问。我们等身上凉下来，从头晕目眩、恶心、稀里糊涂的状态中清醒过来之后便马上站了起来，沿着人群的边上往回走，我们顺着下面的那条路朝基朋家里走去。但在这一片嘈杂声中，我仍然可以清楚地听见那位一直坐在阳伞被搞坏的那位女士旁边的先生蛮不讲理地对一位帽子上写着“检查员”的侍者说：“如果狗不是你扔的，那是谁干的呢？”

突然间所有东西都动了起来，我们熟悉的嘈杂声也回来了，我们自然也得忙自己的事了（我们的衣服还是热得让人难受，基朋穿的白裤子大腿前的那两块地方已经被烧成了土褐色），本来我是想好好说一下这些事情的，这下子不行了。事实上，我对这事没有说出什么有科学价值的东西。当然那只蜜蜂飞走了。我找了找那个骑自行车的人，但当我们来到桑基特大街时，他已经不见了，或许是来来往往的行人车辆把他给挡住了。而那辆敞篷大马车上的乘客现在也都醒了，马车嗒嗒地疾驶着，都快到这边的那个教堂了。刚才我们是从窗台上出来的，但这时我们发现窗台有点烧焦了，而且我们留在小路上的碎石上的脚印出奇的深。

这就是我第一次服用新时间加速剂的经历。我们几乎是在一秒钟的时间里跑来跑去，经历了这么多事情。在我们度过的这半个小时里，乐队可能才演奏了两个小节。但对我们来说这造成的效果是整个世界都停了下来，让我们仔细观察一番。但考虑到方方面面，尤其是考虑到我们这次鲁莽，没有考虑后果，这次经历很有可能比实际上还要糟糕。毫无疑问，这表明，如果基朋想让他的配方方便可靠，那他还有不少东西要学，但这同时也表明这种配方的可行性是毋庸置疑的。

自从这次冒险之后，他一步步地掌握了这种药剂的用法，我也遵照他的嘱咐限量服用了几次，没有造成负面效果。不过我得承认，在药力仍在起作用的时候我再没有出去过。比方说，这个故事就是我一气呵成写完的，除了吃巧克力之外，中间没有停过，靠的就是这种药剂。我是六点二十五分开始写的，现在我的表才刚刚过了六点半。在忙碌的一天中能够长时间地不受打扰地工作，这简直是再好不过了。目前基朋正在研究这个配方中各种成分的比例，他还特别考虑到对不同体质的人会有不同的药效。他还希望找到一种时间减速剂，用它能把时间加速剂目前这么快的速度降下来。当然了，减速剂有着与加速剂相反的效果。如果单独服用的话，它会让病人把几秒钟的时间变得跟平时几个月那么长，从而可以使病人在最为喧闹烦躁的环境中不为所动，保持冰山般的沉着冷静。这两种东西一起肯定可以给人类的文明带来一场彻底的革命。我们从此就可以摆脱卡莱尔[1]所说的“时间外衣”的限制了。加速剂可以让我们在需要我们全力以赴的时候和场合全神贯注，而减速剂则可以使我们安然度过长时期的苦难和无聊。也许我对减速剂的看法有点乐观，因为这东西现在还没有发现呢，但对加速剂则不应该再有任何怀疑了。再过几个月它就可以以一种方便、易控制、可吸收的形式出现在市场上了。到任何药剂师那儿都能买得到，装在绿色的小瓶子里，价格不低，但考虑到它的神奇功能，这样的价格根本不算过分。他给它起名叫基朋神经加速剂，他希望能够提供三种浓度的加速剂：1∶200，1∶900 和 1∶2000，分别用黄色、粉红色和白色的标签来区分。

毫无疑问，服用这种药剂之后，许多特别离奇的事都会成为可能了，这是因为有的人会在做了最离奇的甚至是罪恶的事情之后，通过躲避到时间的间隙中来免受惩罚。正如所有的具有强大药效的配方一样，它也有可能被滥用。不过我们已经仔仔细细地讨论过这方面的事了，我们认为这完全是法学上的问题，跟我们的领域根本无关。我们会制造并出售时间加速剂，这会有什么后果呢？我们将拭目以待。

---

1 卡莱尔（1795—1881）苏格兰散文作家和历史学家。

柏莱特尔失踪之谜

到底应不应该相信格弗里德·柏莱特尔的话，得看他提供的证据是否确凿。一方面，我们有七个证人，确切地说，我们有六双半眼睛和一个无可辩驳的事实；另一方面，我们有什么呢？偏见、常理以及反应迟钝的舆论。再不曾有过看起来如此诚实的证人了；格弗里德·柏莱特尔的内脏器官位置与常人相反，这也是个千真万确的事实，而且他们讲的这个故事实在是荒谬。故事中最为离奇的部分是尊敬的格弗里德讲的（因为我把他看作是七个证人之一）。我是不会为了盲目追求公正而赋予迷信以科学的面目的，这样不就会和尤萨比亚的主人落到同样的下场了吗！说实话，我认为柏莱特尔这件事有点蹊跷，但这事到底蹊跷在什么地方，说实话我还真不知道。我根本没有料到那些最有权威的人士也对这个故事深信不疑，这令我感到颇为惊讶。不过最好还是让我来给读者们把这个故事讲一讲吧，我还是不要再做什么评论为好。

尽管名叫格弗里德·柏莱特尔，但他生来就是个自由的英国人。他父亲是阿拉斯加人，是19世纪60年代来到英格兰的。他娶了一位祖上并不显赫的英国淑女，他的一生（我估计他这一生的大部分精力都花在替人镶嵌木地板上了）快快乐乐，没灾没难，1887年寿终正寝。柏莱特尔现在二十七岁。由于家庭的原因，他能讲三门语言，目前在英格兰南部的一所小规模的私立学校里任现代语言教师。在一般人看来，他跟其他小规模私立学校里的现代语言教师没有什么不一样的地方。他的衣服既不昂贵，也不时髦，不过倒也不是特别便宜或是一副穷酸样。他的长相就如同他的身高和举止一样并不显得突出。你也许会注意到他的脸跟大多数人一样长得并不是完全对称的，右眼比左眼稍微大一点，右下颌比左下颌稍胖。如果你是个粗心大意的人，你让他脱下上衣，去摸他的心跳，可能会觉得他的心跳跟别人没有什么不同。但是你和训练有素的观察者的差距就在这里了。你觉得他的心脏跟常人一样，但训练有素的观察者则会发现其实不然。不过一旦有人给你指出之后，你便会很容易地发现确实如此：柏莱特尔的心脏长在身体的右侧。

实际上这并不是柏莱特尔身体构造唯一特别的地方，不过对没有经过训练的人来说，也就这一点还有点意思。经过仔细诊听他内脏器官的跳动之后，一位著名的外科医生指出他体内所有非对称器官的位置都是倒过来的。他的左肝叶在右侧，右肝叶在左侧。肺也是如此。更为离奇的是，除非柏莱特尔是个技艺高超的演员，我们不得不相信他的右手最近变成了左手。自从我们将要讲的这些事情发生以来（我们将尽量客观公正），除非是用左手从右往左写，否则他已经无法写字了。他无法用右手扔东西，吃饭的时候老是把刀叉搞错，交通规则就更是乱了套——他可是著名自行车手啊。在这些事发生之前没有任何证据表明柏莱特尔是个左撇子。

还有一件事叫人难以理解。柏莱特尔拿出了自己的三张照片。第一张是他五六岁时照的，照片上他穿着一件格子大衣，伸出两条胖胖的腿，满脸的怒容。在这张照片上，他的左眼比右眼稍大，下颌的左侧比右侧稍胖。这跟他现在的情况刚好相反。他那张十四岁时的照片似乎与现在的情况也相反，不过这是因为这张照片是一张便宜的 GEM 照片，这种照片在当时很流行，是直接照在金属底版上的，所以照片上东西的位置都是左右颠倒的，就跟镜子里看的效果一样。第三张照片是他在二十一岁时拍的，这张照片证实了其他照片上的记录，上面有证据显示柏莱特尔当时已经确实左右换位了。但是人究竟为什么会这样换位呢？这简直就是一个毫无意义的奇迹，很难说清楚这是怎么回事儿。

当然了，在某种程度上来说，这种事还是解释得清的，也许柏莱特尔凭借自己心脏异位这一特点故意把这些事搞得神秘兮兮的。照片可能是做了手脚，左撇子也是硬装出来的。不过从他这个人的性格来看，这种说法是站不住脚的。他性情安静，讲究实际，为人小心谨慎，而且从道尔诺的观点来看他的神志完全清醒。他喜欢喝啤酒，也抽点烟，但烟瘾不大，每天都要走路来锻炼身体，认为自己这个教学工作很有意义。他的嗓音不错，适合唱男高音，不过没有经过什么训练，喜欢唱一名性格开朗颇受大众欢迎的歌手的歌曲。他喜欢读书，主要是读那些充满了虔诚的乐观精神的小说，但还没有到痴迷的地步。他睡觉很香，很少做梦。事实上，他这个人是最不可能出什么怪事的。他非但没有把这个故事讲出来，反而三缄其口，对此事表现得出奇的沉默。每当别人问起这件事时，他总是显出一副特别局促不安的样子。局促不安这个词是再合适不过的了，疑心再重的人看到他这副样子也不会起什么疑心了。他似乎真的感到害羞，怎么如此不同寻常的事情居然发生到了他的身上。柏莱特尔不愿意自己的尸体在死后被解剖，这也许会永远地推迟人们取得确凿的证据来证明他整个身体的左右器官的位置都颠倒了，这确实让人感到遗憾，因为他讲的故事是否可信主要就看他的尸体解剖之后的情况了。没有办法找一个人让他在不是普通人能理解的意义上的空间移动，然后把他的身体器官左右颠倒过来。当然你可以把一个又细又扁的东西的左右颠倒过来。比如说，你要剪一个有左右之分的纸人，你可以把它拿起来翻个个儿，纸人的左右就颠倒过来了。但对一个固体来说情况就不一样了。理论数学家告诉我们说，要将一个人体的左右器官颠倒过来，唯一的办法是将它从我们普通意义上的空间中取出来，然后在此空间之外将它翻过来。这确实有点深奥难懂，不过任何懂点数学理论的人都会向读者保证这个说法是对的。用专业术语来说，柏莱特尔身体左右器官发生换位这一怪事证明他曾经游离出我们的空间，进入了所谓的第四维空间，然后又回到了我们这个世界里来。除非我们认为自己是一场精心策划的毫无动机的骗局的受害者，否则我们就不得不相信这件事情确实发生过。

事实情况就说到这里吧。现在我们来讲一讲他是如何暂时从我们这个世界上消失的吧。在苏塞克斯维尔专门学校，柏莱特尔不但担负着现代语言教师的任务，而且还教授化学、商务地理学、书籍保管学、速记、绘画以及其他课程，这得看家长们的兴趣怎么变了。对于这些课程他几乎是一无所知，但中学跟寄宿学校和小学不同，教师懂多少东西无关紧要，重要的是他们必须是道德典范，必须具有绅士风度。他说他对化学只知道三种气体（这三种气体指的是什么他也不知道）。不过，由于他的学生们都是从头学起的，所有的知识都是从他这里学来的，这倒也不曾给他（或任何人）带来过什么麻烦，就这样过了好几个学期。后来来了一个名叫威伯的男孩，好像是他的哪个多事的亲戚让他养成了一个爱刨根问底的习惯。这个小男孩每次上他的课时总是专心致志的，而且为了显示他对这门课程很感兴趣，还经常带一些东西来让柏莱特尔分析是什么成分。柏莱特尔为能够激发学生的兴趣而感到得意扬扬，加上他以为这个孩子肯定什么也不懂，于是便分析了这些物质，甚至还对这些物质的成分发表了一些概略的看法。这个学生老是穷追不舍地问，逼得他不得不找本分析化学方面的书来在晚上监督学生预习的时间读一读。他惊奇地发现化学居然是一门很有意思的课程。

到目前为止，这个故事根本没有什么特别之处。不过现在就该那种发绿的粉末出场了。遗憾的是这种发绿的粉末是从哪里来的就搞不清楚了。威伯啰里啰唆地讲了他是如何在高地附近的一个废弃不用的石灰窑里发现这东西的，当时它是在一个包裹里包着的。如果当时有根火柴把这包东西给点着烧了，对柏莱特尔或是威伯全家来说就再好不过了。这个小家伙肯定不是把粉末包着带到学校来的，而是把粉末装到一个标有八盎司重量的普通药瓶里带来的，瓶口塞着一团破报纸。他是在下午放学时把瓶子送给柏莱特尔的。有四个学生因为作业没完成，在学校祷告结束后柏莱特尔把他们留了下来把作业做完，他就在教化学的那间小教室里看着他们。苏塞克斯维尔专门学校里的化学实验器材跟这个国家里的大多数小学校的一样，都十分简陋，器材都在壁凹里的一个小柜子里放着，小柜子跟一个普通的旅行箱差不多大。柏莱特尔觉得这样干坐着挺无聊的，便对威伯拿来的这种发绿的粉末产生了兴趣，用它来打发打发时间倒还不错，于是他便打开柜子将粉末取了出来，马上就开始做起分解实验来了。幸运的是，威伯本人坐在离他较远的地方看着他做实验。那四个小家伙假装在一本正经地做着功课，其实都在好奇地偷偷地看着他。我知道，即使是在三种气体范围之内，柏莱特尔的实用化学知识也少得可怜。

他们对柏莱特尔是如何进行实验的说法几乎一致。他往试管里倒了一点绿粉末，用水、盐酸、硝酸、硫酸依次试了试，没什么结果，于是他便从瓶子里倒出一小堆绿色的粉末来，几乎有半瓶之多，倒在一块石板上，然后用火柴去点它。他把药瓶拿在左手里，那堆东西冒了冒烟熔化了，接着就见一道耀眼的火光闪过，传来一个震耳欲聋的爆炸声。

这五个孩子看到火光便知道要出事了，便连忙藏到了课桌底下，因此谁也没有受什么伤。窗框飞到了运动场上，黑板被震歪了，石板被炸得粉碎，一些泥灰从天花板上掉了下来。爆炸对学校其他建筑和器材没有造成别的破坏。起初这几个孩子看不见柏莱特尔的踪影，以为他被震倒了，在课桌底下躺着呢。他们跳出来去救他，却惊奇地发现那儿空无一人。突如其来的爆炸声仍然让他们感到头脑发晕。他们连忙向敞开着的教室门跑去，以为他肯定是受伤了并且已经冲出教室了。但是跑在最前面的卡尔松在门口差点和李吉特校长撞个满怀。

李吉特先生体态臃肿，容易激动，只有一只眼睛。孩子们说他是跌跌撞撞地冲进教室里来的，嘴里嘟囔地骂着，校长们一恼怒起来都习惯于用这些词，唯恐发生更糟糕的事情。“我的老天爷！”他说道，“柏莱特尔先生呢？”孩子们一致认为他当时就是这么说的（在学校里李吉特先生常用的词似乎也只有那么几个）。

柏莱特尔去哪儿了呢？后来的几天好多人都在问这个问题。似乎“粉身碎骨”这个夸张的比喻这回还真的实实在在发生了。

柏莱特尔无影无踪，地上墙上没有一滴血，找不见他身上穿的一缕一线。显然他被炸得不知去向，没有留下任何痕迹。用一句俗语来说，连六便士的硬币大小的痕迹都没有留下来。爆炸的结果是他消失得无影无踪了，这一点是毋庸置疑的。

这儿就没必要夸大这一事件在苏塞克斯维尔专门学校和苏塞克斯维尔以及其他地方造成的混乱了。看到这里有些读者可能隐约记得在暑假快结束那几天听说过这码事，那时这一事件所造成的混乱已经慢慢平息下去了。李吉特好像不遗余力地想把这件事大事化小，低调处理。他在学生中实行了一种惩罚制度：只要谁敢提柏莱特尔的名字就罚他抄二十五行书。而且他还在教室中宣布说他完全清楚他的助手的下落。他解释说这样做是担心学校的声誉会受到影响，因为尽管事先已经采取了将化学实验课的危险降到最低限度的措施，但还是发生了爆炸事件。除此之外，他还担心柏莱特尔神秘失踪这件事也会对学校的声誉造成不良影响。他使出浑身解数想把这件事搞得看起来是一起不能再一般的事故而已。他还专门仔仔细细地盘问了那五个目击者，以至于他们都开始怀疑自己当时是不是看走眼了。尽管他做了这么多的努力，这件事还是越传越邪，越传越玄，在这一地区传了九天，有几个家长以堂而皇之的借口让自己的孩子退学了。奇怪的是，在柏莱特尔回来前的那段混乱时期内，许多住在附近的人都梦到了柏莱特尔，而且出奇的逼真，并且梦的内容都完全一样。在几乎所有的梦中，他们都看到柏莱特尔晃晃悠悠地穿过一个光晕，有时是一个人，有时有人陪着。在所有梦中他的脸都是苍白的，一副很难受的样子。在有的梦里他还朝着做梦的人比画着什么。当时在场的那五个孩子中有一两个显然是做了噩梦，老觉得柏莱特尔以飞快的速度向他们冲来，仿佛在朝他们的眼里拼命看似的。其他那几个孩子跟着柏莱特尔一起逃跑，因为后面有一些球形的动物在追赶他们，这些动物体形庞大，看不太清楚到底是什么。但就在发生星期一爆炸事件的下个星期三，柏莱特尔就回来了，人们都忙着问长问短，做着各种各样的猜测，因此那些稀奇古怪的幻觉就被淡忘了。

他回来时的情形就跟他失踪时的情形一样奇怪。李吉特先生愤怒不已，他只说了个大概，柏莱特尔吞吞吐吐也讲了一点，把他俩的话加到一起来看，事情的经过大概是这个样子的：星期三傍晚太阳快落山的时候，李吉特先生下了晚自习后在花园里摘草莓吃，他特别喜欢吃这种水果。这是一个旧式花园，一堵高高的红砖墙上爬满了常春藤，从外面看不到花园里面。就在他弯腰去摘一株果实特别多的草莓秧上的草莓时，空中有一道光闪过，接着他听到“轰隆”一声巨响。还没等他来得及四下看看是怎么回事儿，就有一个沉重的身体猛地撞到了他的背后。他被撞得向前倒去，把手里拿着的草莓都压碎了，他的绸帽（李吉特先生在穿着方面仍然喜欢老式的学者装）一下子从头上掉到了前额上，把他那只眼睛都差点遮住了。这个沉重的东西从他身体一侧滑过，“扑通”一声摔到了草莓秧中间，这个东西正是失踪已久的柏莱特尔，他衣衫褴褛，头发乱蓬蓬的，衬衫领子没了，头上的帽子也不见了，衬衫脏兮兮的，手上有血迹。李吉特先生又惊又气，在地上坐了半天没有起来，唯一的那只眼睛还被帽子给遮住了，就这样他还不忘狠狠地教训了柏莱特尔一番，说他这样做是不尊重上级，太不负责了。

到这儿柏莱特尔的故事才算是讲完了，不过我称之为公开的柏莱特尔故事，这部分是人所共知的。在这里就没有必要把他是如何被李吉特先生开除的经过原原本本地说一遍了。有关这些事件的细节，包括全名、日期和备注等在一个大型报告里都有，而这个大型报告已经被提交到了非正常现象调查协会那里。刚开始一两天内谁也没有注意到他身体的左右两侧换位了，后来人们发现他在黑板上写字时老是从右往左写，这才发现这一奇怪的现象。他没有对此事大肆宣扬，而是尽量不让人注意到这件事，因为他认为这件事于他不利，在一个新的环境中会影响他的前途。他的心脏在身体左侧这一情况是几个月后在他打过麻药后拔牙的时候才被发现的。后来他很不情愿地让他们给他草草做了一次外科检查，因为《解剖学杂志》要简要登载这个病例。事实情况全都在这里了，现在我们来接着看看柏莱特尔是怎么说这件事的。

不过我们得先把前面讲过的部分跟将要讲的这部分区别开来。到目前为止，我讲的这些全都是有根据的，即使是刑事律师也挑不出什么毛病来。所有的证人都还活着。如果哪位读者有这个闲工夫的话明天可以去找找那几个小家伙问问，甚至可以去找令人畏惧的李吉特先生，如果你不怕他冲你大发雷霆的话。你可以仔细地问问他们，也可以连蒙带骗地引他们说出实话，想怎么办都行。柏莱特尔本人、他换位的心脏以及那三张照片都是现成的。以下情况可以被认为是已经证实了：爆炸导致他失踪了九天；他突然就回来了，回来时的情况让李吉特先生感到极为恼火；他回来的时候器官就已经左右换位了，就如同从镜子里看的一样。正如我以前说过的那样，从最后这个情况便可得出结论：在这九天当中他肯定是以某种方式存在于我们的空间之外。我这么说是有确凿根据的，甚至比令大多数杀人犯认罪伏法的证据还要充分。不过我们只听柏莱特尔讲述过他的经历，其中有不少地方说得模糊不清，还有些细节甚至是自相矛盾的。我并不想说什么坏话，但我必须指出这是许多作家在描写神秘的超自然现象时都没能做到的。刚才我们讲的基本上是无可否认的事实，而现在我们就要说一说另外一件事了，这件事任何头脑清醒的人都有权选择相信或不相信，这得看他是怎么想的了。刚才讲的话让人觉得这件事情是可能的，但这件事情却与常理不符，因此又叫人难以相信真的会发生这样的事。我不想让读者倾向于任何一方，只想将柏莱特尔讲给我的故事原原本本地讲给大家听。

他是在奇索赫斯特——我的家里给我讲述他的经历的。他离去之后我赶忙到书房把我所能记着的东西都写了下来。后来他还不错，把我用打字机打出来的稿子通读了一遍，因此稿子的正确性就毋庸置疑了。

他说当爆炸发生时，还以为自己已经死于非命了。他感到被掀了起来，猛地向后掼去。当他被向后掼去的时候思维还是很清醒的，在想是会撞到装化学品的柜子上还是黑板架上，这一点让心理学家感到难以理解。他的脚跟撞到了地上，晃了晃然后就一屁股坐到了一个柔软结实的东西上面。他被撞得晕头转向的，可他立即就闻到有一股强烈的头发烧焦的味道，还似乎听到李吉特喊他的声音。可以想象得出来，他一时竟没反应过来这到底是怎么一回事。

起初他还以为仍在教室里呢，分明很清楚地看到那几个孩子一脸的惊奇，看见李吉特先生走了进来。对这一点他十分肯定。他没有听见他们在说些什么。不过他认为这是因为爆炸的声音太大了，把耳朵都给震了。周围的东西显得出奇的昏暗模糊，但是他还以为这是因为爆炸产生了一大股黑烟，这个想法看起来很有道理，可实际上是错误的。李吉特先生和孩子们的身影在昏暗中移动，模模糊糊的，无声无息地，如同鬼魂一般。柏莱特尔的脸被刚才的闪光灼伤了，现在还隐隐作痛。他说当时是“晕头转向”。定下神来后首先想到的就是自身的安全问题。他还以为自己的眼睛被灼瞎了，耳朵被震聋了。他小心翼翼地摸了摸四肢及脸部。过了一会儿才慢慢地能看清东西了，这时惊奇地发现他居然看不见那些熟悉的旧课桌和教室里的其他用具，只有一些模糊不定的形影。接着就发生了一件事，惊得他大叫了一声，然后视力和听力马上就恢复了：那五个孩子中的两个做着手势一前一后径直从他身体内穿了过去！他们俩谁都没有表现出丝毫感觉到他在那儿的迹象。他的惊愕之情是难以想象的。他说他们撞到身上感觉软绵绵的，仿佛就像一团雾撞到身上一般。

这之后他的第一个念头就是他已经死了。但是由于他从小时候起就对这种事情有比较正确的看法，因此他发现身体没有消失。他得出的第二个结论是他没有死，而是其他人都死了：爆炸炸毁了苏塞克斯维尔专门学校，除了他一个人外其他人全都死于非命了。不过这样还是没法解释得清楚。他惊奇万分，接着又仔细观察起来。

周围所有的东西都出奇般的黑暗：起初整个是一片漆黑，头顶上是黑乎乎的天空，现场唯一的一点点光是天边某个方向上的一道暗绿色的光线，照亮了一群黑黝黝、连绵起伏的山峦。我说过这是他刚开始时的印象。当他的眼睛适应了黑暗之后，慢慢地发现黑夜中隐约有一种绿光。在这样的背景下，教室里的用具和人就像发着微光的幽灵一样若隐若现，虚无缥缈。他伸出手去，不费吹灰之力就将手从壁炉旁边的墙里穿了过去。

他说费了很大的劲想引起李吉特他们的注意。他朝着李吉特先生大喊大叫，当孩子们走来走去的时候拼命想用手抓住他们，直到李吉特太太走进教室他才作罢。作为教师，他自然是不喜欢她的。他说那种存在于世界之中但却不是世界的一部分的感觉实在是糟糕透顶了。他把他的感觉比作是一只猫隔着窗子眼睁睁地看着一只老鼠溜过但却无能为力。这个比喻倒还算恰当。每当他想同周围这个他所熟悉的昏昏暗暗的世界进行交流时，总觉得有一个无形的障碍在阻止他，也搞不懂这个障碍是什么。

然后他把注意力转向了周围的环境。他发现那个药瓶仍在他手里，没有打碎，里面还剩有那种绿色的粉末。他把药瓶装进兜里，四下摸索起来。显然他正坐在一块长满了柔软苔藓的岩石上。周围黑漆漆的田野他是看不见的，学校的房子看起来模模糊糊的，把周围的田野全都给挡住了，但是他觉得（也许是因为当时正刮着冷风的缘故）他就在一座山的山顶附近的地方，脚下就是一个陡峭的峡谷。天边的那道绿光似乎越来越亮、越来越宽了。他站了起来，用手揉了揉眼睛。

他好像直直地往山下走了几步，被绊了一下，差点儿摔倒，然后他便又坐到一块凹凸不平的岩石上观察黎明的到来。他发觉周围静悄悄的，没有一点声响，一片漆黑，伸手不见五指。如果说有一股冷风在往山上刮，那么山上的草木应该发出飕飕的声音才对，可他什么声音也听不见。尽管他看不见，但可以感觉到他所在的山坡上是光秃秃的，尽是些岩石。那道绿光很快地越变越亮，在黑漆漆的天空中和他周围荒凉的岩石坡上，同时出现了一些血红色微弱透明的光线，但并没有将黑暗驱散。从下面我要讲的情况来看，我倾向于认为那片红光是由于对比而产生的视觉效果。有什么黑色的东西在低空中拍打着翅膀一下子就飞走了，低空看上去是一片淡淡的黄绿色，然后他听到从身下的黑漆漆的峡谷中传来了尖细刺耳的钟声。光线越来越亮了，他的心情也越来越急了，让他感到难受。

他就在那儿坐了大约一个小时，在这段时间里那片奇怪的绿光越来越亮了，而且以狭长亮条的形状慢慢地向天空高处伸去。这样我们这个世界也变得越来越清楚了，也许是越来越清楚了，因为当时肯定正是我们这儿太阳落山的时分。我们的世界在柏莱特尔的眼中就是这个样子的。他朝山下走了几步，在我们这个世界仿佛就是穿过了教室的地板坐在了楼下那间大点教室的半空中。他可以清楚地看见那些寄宿生，但远没有先前看李吉特先生看得那么清楚。学生们正在上晚自习，他饶有兴趣地注意到有几个学生正在抄一本几何作业，他以前还从没有察觉这些学生们还有这么一手。时间一点点过去了，他们渐渐暗淡了下去，而此时绿光却越来越亮了起来。

他朝峡谷下看去，发现光线已经洒满了峡谷两侧的岩石山上，原来漆黑一片的峡谷深处出现了一丝微弱的绿光，如同萤火虫的荧光似的。几乎马上就有一个发着绿光的巨大天体升到了远处连绵起伏的山峦的上空，在绿光下和暗红色的阴影中，他周围的群山显得格外荒凉。他看到有无数个轻飘飘的球状物在空中飘荡着，就像是蓟种子的冠毛在空中飘荡。离他最近的就在峡谷对面的山坡上。峡谷下面的钟声越响越急了，好像是很不耐烦了，有几点灯火在四处晃荡。他已经看不清坐在课桌前做作业的那些学生了。

当这个宇宙内的绿色太阳升起来之后，我们这个世界就消失不见了，柏莱特尔坚持说确实有这样的怪事。在另外这个世界里的晚上四下里走动走动都很难，而我们这个世界里的东西可以看得清清楚楚。如果确实有这么回事，为什么我们的世界里一点儿也看不见另外这个世界里的东西呢？这真是个不解之谜。也许是因为我们这个世界上的光照相对来说要强一些的缘故吧。柏莱特尔说另外这个世界的正午时分，也就是那里光线最强的时候，还不及我们这个世界满月的时候亮，而那里晚上就更是漆黑一片了。因此，即使是一间普通暗室里的光线也足以使人看不见另外这个世界里的东西了，这就跟弱光只有在最暗的地方才能显现出来是一个道理。自从他给我讲过这个故事之后，我曾在晚上在一位摄影师的暗室里一坐就是好长时间，想试试我能不能看到另外这个世界里的东西。我确实隐约看到过发绿的岩石和山坡的形状，但我不得不承认我看得不怎么清楚。读者你可能会看得比我清楚。柏莱特尔告诉我说自从他回来以后，他在梦中看到并认出了另外这个世界的一些地方，但是这可能是因为他对这些地方还有点记忆的缘故。视力出奇好的人很有可能偶尔看到另外这个奇怪的世界一两眼。

不过话说得远了。当绿色的太阳升起来之后便可以看到峡谷中有一条长长的大街，大街两旁有黑色的建筑物，不过看得不是十分清楚。犹豫了一会儿之后，柏特莱尔开始沿着陡峭的峡谷往下爬了，他想下去看看那些房子是怎么回事。往下爬是一件极其单调乏味的事，费了他好长时间，这不仅是因为山坡极其陡峭，而且还因为山坡上到处都是非常松动的石头。他向下爬的时候他的鞋跟不时地撞到岩石上，冒出火花来，似乎是宇宙间唯一的声响，因为敲钟的时候已经停止了。他爬近了才发现这些各种各样的建筑物特别像是坟墓和纪念碑，只不过这些建筑物的颜色全是黑色的而并非像大多数坟墓那样是白色的。接着他看到有一些圆形的淡绿色的东西从最大的那个建筑物里一拥而出，就跟人们从教堂里一拥而出一样。它们在这条宽阔的大街上朝着不同的方向上走去，有些拐进了大街旁边的小巷子里，接着又出现在陡峭的山坡之上，其余的钻进了大街两旁矮小的房子里。

看到这些东西朝着他这边飘荡过来，柏莱特尔停了下来，盯着它们看了起来。这些东西不是在走，它们没有四肢，长着一个像是人头的东西，下面是像蝌蚪一样的身体，不停地晃来晃去。这样一副怪模样让他感到大为惊讶，以至于他都没有感到害怕。冷风正朝山上刮着，这些东西就顺着风向他飘来，就好像是肥皂泡被风吹着跑。他看了看离他最近的那个东西，发现它确实长着人头，只不过眼睛出奇的大，显得很憔悴，一脸痛苦的表情。他以前从来没有在任何人脸上看到过这样的表情。令他感到惊奇的是这东西居然没有朝他这边看，而是好像在跟着一个看不见的东西后面走。他搞不明白这是怎么回事，不过他马上就反应过来了，这个动物正在用它那双硕大的眼睛观察他刚刚才离开的那个世界里正在发生什么事。它离他越来越近了，他惊讶得不得了，竟然没有失声喊出来。等到它走近时，轻轻地叫了一声，好像是生气了。它用爪子轻轻拍了他的脸一下，爪子拍到脸上凉凉的，然后就从他身边过去朝着山顶飘去了。

柏莱特尔突然想起来了，它的头很像是李吉特先生的头，他对这一点有绝对的把握。然后他把注意力转移到了那些正密密麻麻往山上爬的动物头上。没有一个动物显示出认得他的迹象。有一两个凑到他的头跟前要跟第一个动物那样做，但他闪开了。大部分动物脸上的表情同他看到的第一个动物脸上的表情一模一样，都是一副无可奈何的样子，它们也发出那种微弱的痛苦的声音。有一两个在哭，还有一个向山顶快速滚动的动物是一脸的怒容。但其他的倒显得较为平静，有几个眼中还透出一种饶有兴趣的目光。至少有一个几乎完全沉浸在幸福之中。柏莱特尔记得在这些动物中他没有发现和哪个人比较像的。

这样过了大约几个小时，柏莱特尔一直在观察着，这些奇怪的动物向四周散了开来，直到不再有动物从峡谷里的那群黑色的建筑物里出来后，他才又接着往下爬了。他的周围越来越暗，他都不知道往哪下脚才好。天空是一片明亮的淡绿色。他既不感到饿，也没有渴的感觉。后来当他感到又饿又渴时，发现有一条冰冷的小溪从山上流到峡谷中间，小溪边的石头上长有一点苔藓，他饿得受不了了，便尝了尝，发觉味道还不错。

他在那些沿着峡谷山坡上建造的坟墓堆里摸索着，想找到一点线索，以便搞清楚那些动物究竟是什么东西。过了好长时间他来到了那个像陵墓一样的高大建筑物的入口处，刚才那些动物就是从这里面出来的。在里面他发现有一个像是祭台的东西，是用玄武岩砌成的，上面亮着一些绿灯，有一根敲钟用的绳子从建筑物顶部的钟塔里垂下来，垂到这个地方的正中间。墙上写着字，龙飞凤舞的，所以他看不懂写了些什么。正当他在想这些东西是做什么用的时候，听到大街深处“嗵嗵”的脚步声的回音越来越小了。他跑了出去，外面还是漆黑一片，他什么也没有看见。他想把钟绳拉一下，但是后来还是决定跟着脚印走。但是尽管他跑了很远，脚印还是没完没了的。他大声喊了起来，但同样也没有什么回应。峡谷长得似乎没有尽头。峡谷底部很暗，就跟我们这个世界里有星星的夜晚差不多亮，而峡谷两侧悬崖的顶部却被那种可怕的绿光笼罩着。峡谷底部已经没有那些动物了，它们似乎都在峡谷两侧悬崖的上半部忙着向顶上爬呢。他抬头向上望去，发现它们在到处晃荡，有的在空中停着不动，有的飞快地从空中飞过。他说这让他想起了“很大的雪花片”，只不过它们不是白色的，而是黑色和淡绿色的。

他跟着大街上那些清晰的、直直的足迹一直走，到头来也没有走完，他还摸索着走到了这个没有尽头的峡谷中一些新的地方。他在那么高的山上爬上爬下，在山顶上四处游荡，观察那些飘荡着的动物的脸，他说七八天的大部分时间就这样过去了。他说他没有记时间。尽管有一两次发现有眼睛在观察他，但他没有跟任何活物说过话。他就在山坡上的岩石缝里睡觉。我们这个世界里的东西在峡谷里看不见，因为在我们看来，峡谷实在太深了。在高处，当我们这个世界上的白天到来时，他就可以看清东西了。

他发现自己有时在深绿色的岩石中跌跌撞撞地走着，有时就停在陡峭的悬崖边上，四周都是苏塞克斯维尔乡间小路两旁的绿树枝，不停地摇摆着；或者是他仿佛又在苏塞克斯维尔大街上走着，或是偷看别人家里的私事。后来他发现几乎我们这个世界上的每个人都有几个这种飘荡的头与之相配：世界上每个人都一直处于这些东西的观察之下。

这些观察人类活动的东西是什么呢？柏莱特尔自始至终都不知道。但那两个很快就发现了他，并且一直跟着他的动物像是他童年记忆中的父母。其他的脸不时地转过来看着他：这些脸上的眼睛像是那些曾经在他的青年和成年时代影响过他、伤害过他或是帮助过他的那些人的眼睛，可这些人已经死了呀。每当这些眼睛看着他时，柏莱特尔浑身便充满了一种奇怪的责任感。他壮着胆子跟他母亲说话，但她没有回答。她用一种悲伤的、温柔的，似乎还有点责备的目光直直地盯着他的眼睛。

他只是不停地讲他的故事，根本不想做任何解释。这些观察活人的东西是什么？如果说它们真的是已经死去的人的话，他们为什么还要如此密切、如此狂热地观察这个他们已经永别的世界呢？答案只有靠我们自己去猜了。也许这只是我个人的看法：当我们的生命终结时，当我们不再有必要在善与恶之间做出选择时，我们可能还是必须得看一看我们的死会给世界带来什么样的变化。如果人死后还有灵魂的话，那么即使是人死后人类所固有的兴趣依然不会消失。但是这只是我个人的猜测而已。柏莱特尔也说不出个所以然来，因为没有人告诉过他这是怎么回事儿。读者还是清楚地了解这一点的好。他就这样一天天地在这个光线奇特的世界里游荡，疲惫不堪，到后来身体非常虚弱，饥肠辘辘的。白天的时候，我们这个世界上的白天，他所熟悉的苏塞克斯维尔的景色看起来就像是阴间，这令他感到担忧。他连脚应该放到哪儿都看不见，而且总是有那种动物碰到他脸上，冰凉冰凉的。天黑后有一大群这种动物围在他身边，表现出非常难过的样子，他的脑子被搞得稀里糊涂的。他急切盼望回到我们这个世界的生活中来，看似很近但又遥不可及，他感到万分难过。他身边的东西和我们这个世界里的东西不一样，这给他造成了极大的精神上的痛苦。后面老有那种动物跟着他，搞得他胆战心惊。他冲着它们大喊大叫，想把它们撵开，不让它们盯着他看，怒骂它们，赶紧离它们远一点。它们总是一声不吭，紧紧跟着他不放。尽管他在崎岖不平的地上跑了起来，可总也甩不掉它们。

到第九天傍晚时分，柏莱特尔听到脚步声从峡谷大老远那边传来，但看不见有人。他当时正在开阔的山顶上转悠，他进入到这个奇怪的世界里的时候就是掉在这座山上的。他转过身急匆匆地向峡谷下走去，当看到学校附近的那条大街上的一间房子里发生的事情时，他停了下来。房子里的两个人他都认识。窗子是开着的，窗帘没有拉上，落日的余晖从窗子里洒进房内，因此刚开始时可以将房内的东西看得清清楚楚。这是一间长方形的房间，就像一张幻灯片躺在黑色的大地上和淡绿色的曙光中。除了阳光之外，房间里刚刚还点了一根蜡烛。

床上躺着一个又瘦又高的男人，他的脸靠在皱成一团的枕头上，面色苍白，看上去非常可怕。他双手紧握，高高地举在头上。床边上的小桌子上有几个药瓶子、几片烤面包、一点水和一个空玻璃杯。这个又瘦又高的人不时地张开嘴想说什么话，可他发不出声来。但是那个女人并没有注意到他想要什么东西，因为她正忙着从角落里的一个老式写字台里翻出一些文件来。刚开始时这幅景象还很清楚，但随着绿色黎明的到来，光线越来越亮了，因此这幅景象到后来就越变越暗，越来越透明了。

脚步声越来越近了。这些脚步声在另外这个世界里很大，但在我们这个世界里却是悄然无声，柏莱特尔发现一大群模糊的脸从黑暗中冒了出来，聚集到了他的周围，观察着房子里的那两个人。这是他头一回见到这么多的这种动物。有一部分只盯着那个病人看，另一部分则极其痛苦地看着那个女人，女人眼里闪着贪婪的目光在找什么东西，可她怎么也找不着。它们在他身边挤来挤去的，从他面前走过，撞到了他脸上，叫悔不迭的声音到处都是。他只有偶尔才能看清楚一眼，其余时间那幅景象一直抖个不停，而且那些动物在他眼前走来走去的。绿光反射回来，挡住了他的视线。房间内肯定是非常寂静的，柏莱特尔说蜡烛的火苗所冒出的烟是直直的一条线，但是在他的耳朵中，脚步落地的声音和回声就像是打雷一样的响。还有这些脸！有两张脸离那个女人的脸特别近：其中一个还是女人的脸，肤色很白，五官端正，这张脸以前可能是非常冷漠凶狠的，但现在却显得很柔和，这是因为这张脸透露出一种不为地球人所知的智慧。另一张脸可能是这个女人的父亲的。很明显他们两个似乎都在全神贯注地观察一个让人感到气愤的卑鄙行为，而他们又无法阻止这一行为。后面还有其他的脸，估计是书教得很差的老师吧，还有一些可能是权势已经衰落的朋友。有一群人脸在那个男人床的上空低头看着他，但没有一个看上去像是他的父母或老师的！这些脸以前可能是很粗糙的，现在则因为伤心而显得很有力度！在最前面有一个女孩子的脸，她既不生气，也不难过，只是一副很有耐心、很疲倦的样子，柏莱特尔觉得她在等待着解脱。他记不清楚这么一大群人的脸上各是什么样的表情。钟声响过之后，他们便准时聚集到了这里来。他看到了所有的人，不过只是扫了一眼。他激动得不由自主地用颤抖的手将装有绿色粉末的瓶子从他兜里掏出来举到眼前。不过他现在记不得这回事儿了。

突然间脚步声停止了。他等着下一个脚步声，但只有寂静，接着突然钟响了第一声，仿佛一把利刃一样打破了这片谁也没有料到的寂静。接着那一大群脸左右摇动起来，他的周围哭声更大了。那个女人没有听见，她正在蜡烛的火苗上烧什么东西。钟响了第二声之后一切都变暗了，有一股刺骨的冷风从这群观察者中吹过。它们便在他周围旋转起来，仿佛是泉水里打转的枯叶一样，钟响了第三声之后有个东西从它们中间伸到了床边。柏莱特尔定睛一看，才发现这东西是一只黑乎乎的胳膊。

绿太阳现在已经升到了黑黝黝的荒凉大地的地平线之上，房子里的东西已经很模糊了。柏莱特尔看见床上的那团白色的东西挣扎着，扭动着，他看见那个女人扭过头来朝身后看去，一副非常惊奇的样子。

那一大群观察者就像绿色的灰尘一样被风吹得高高的，然后向峡谷底部的那座教堂快速飞去。突然柏莱特尔明白过来从他身后伸过去抓住猎物的那个黑乎乎的胳膊是怎么回事了。他不敢扭过头去看胳膊后面的阴影。他用手捂住眼睛，猛地跑了起来，跑了大约有二十步之后在一块石头上滑了一下摔倒了。他向前倒去，手先着的地。在他挨到地面时，瓶子摔碎了，爆炸了。

很快他就发现自己在学校后面的那个带围墙的老式花园里，晕头转向的，流着血，坐在李吉特对面。

柏莱特尔的历险记到这里就结束了。小说家们天生就爱对这种事情添油加醋，我一向反对这种做法，我认为我还是言行一致的。我是尽量按照柏莱特尔给我讲的顺序来写的。我特别仔细地把他的话原原本本地写了出来。比方说，将临终前的那个情节改一下，改成让柏莱特尔也参与进去，其实这并不是什么难事。但是这样做会引起人们的反对，认为这是在歪曲一个极其真实的故事，除此之外，这种老掉牙的做法我认为还会破坏这个黑暗的世界所造成的奇特的效果，在这个世界中，光线是淡绿色的，还有那些飘荡的观察者，我们看不见它们，也无法接近它们，但这个世界却是存在于我们周围的。

还要说的是就在学校花园那边的文森特街确实有人死了，而且据证实就是在柏莱特尔回来的那会儿死的。死者是个税收员兼保险代理人。他的遗孀要比他年轻得多，上个月与阿伯丁的一个名叫威坡尔的兽医结了婚。本故事的这一部分在苏塞克斯威尔以口头方式流传开来，有好多种说法。她同意我用她的名字，条件是我必须清楚地指出她坚决否认柏莱特尔所说的有关她丈夫临终前的任何细节。她说她没有烧掉什么遗嘱，其实柏莱特尔并没有说她烧的是遗嘱；她丈夫只立过一个遗嘱，而且是在他们婚后就立了的。但是对一个从来没有看到过他们的房子的人来说，柏莱特尔对房内摆设的描述确实是出奇的准确。

尽管可能会让人感到厌烦，还有一件事我必须说明白，因为不这样的话别人还会以为我是不加怀疑地赞同那种迷信的说法呢。柏莱特尔从我们这个世界消失了九天这个事实已经被证实了，但这并不能证明他讲的故事也是真实的。很容易想象得出来，即使是身处空间之外，人也有可能产生幻觉。至少这一点读者必须牢牢记住。

H.G. 威尔斯年表

1866 年　9 月 21 日，出生于伦敦肯特郡布罗姆利。

1874 年　进入布罗姆利学院读小学。

1880 年　在温莎一家布店做了一个月的学徒工。
在萨默塞特一所乡村学校担任很短一段时间的小学老师。

1881 年　在米德赫斯特给一名药剂师当学徒。
在米德赫斯特语法学校学习。
在南海镇一个布料市场当学徒。

1883 年　在米德赫斯特语法学校担任小学老师。
拓宽自学范围，开始广泛学习自然科学和政治经济学。
为参加全国理科考试做准备。

1884 年　进入伦敦肯辛顿科学师范学校（皇家科学院的前身）学习，主修由托马斯·赫胥黎授课的生物学和动物学。

1885 年　在夏季考试中获得一等荣誉，再次获得奖学金。

1886 年　很快对主课失去兴趣，而对文学和政治学兴趣倍增。
在威廉·莫里斯家里参加社会主义集会。
撰写有关社会主义的论文并向学校的辩论协会投稿。
创办《科学学派杂志》（*Science Schools Journal*）并担任主编（直至 1887 年 4 月）

1887 年　期末考试地质学不及格，失去奖学金，离开师范学校且未能获得学位。

在北威尔士的霍尔特学院任教。

在一场校内足球比赛中遭到撞击，造成肾破碎和肺出血，被迫从霍尔特学院辞职。

全身心投入写作。

1888 年　在伦敦的亨利豪斯学校任教。

《时空长河中的寻金羊毛者》（*The Chronic Argonauts*）在《科学学派杂志》上连载，这也是《时间机器》（*The Time Machine*）的部分初稿。

1890 年　通过伦敦大学的考试，被授予伦敦大学理学学士学位。

获得生物学一等荣誉和地质学二等荣誉。

被选为动物学协会会员。

被大学函授学院聘为生物学专业学生的助教。

1891 年　第一篇学术论文《独特之物的重新发现》（*The Rediscovery of the Unique*）刊登在《半月评》（*Fortnightly Review*）上。

1893 年　出版《生物学教程》（*Text-Book of Biology*），开始职业记者生涯。

肺出血复发，决定放弃教学工作，专攻写作。

开始在伦敦各类刊物上发表短篇故事、小说、剧评以及各类主题的文章。

1894 年　《国家观察家》（*National Observer*）刊登其七篇连载（3 月至 6 月），后整编为作品《时间机器》。

1895 年　《时间机器》在《新评论》（*New Review*）上连载（1 月至 5 月）。5 月，海尼曼公司（Heinemann）将该书出版发行。

出版短篇小说集《与一位大叔的对话选段》（*Select Conversation with an Uncle*）和《失窃的细菌与其他事件》

（*The Stolen Bacillus and Other Incidents*）以及小说《神奇之旅》（*The Wonderful Visit*）。

1896 年　出版第二部科幻小说《莫罗博士岛》（*The Island of Dr. Moreau*）以及家庭小说《机会之轮》（*The Wheels of Chance*）。

1897 年　与阿诺德·本涅特开始了长达一生的通信。

出版《隐身人》（*The Invisible Man*）、《普拉特纳的故事和其他》（*The Plattner and Others*）、《三十个奇怪的故事》（*Thirty Strange Stories*）、《水晶蛋》（*The Crystal Egg*）、《星》（*The Star*）和《某些个人私事》（*Certain Personal Matters*）。

1898 年　见到亨利·詹姆斯、约瑟夫·康拉德、福特·马多克斯·休弗（后称为福特）以及史蒂芬·克雷恩。

出版《世界大战》（*The War of the Worlds*）。

1899 年　出版《昏睡百年》(*When the Sleeper Wakes*)和《时空传说》（*Tales of Space and Time*）。

1900 年　出版《爱情和鲁雅轩》（*Love and Mr. Lewisham*）。

1901 年　出版《月球上的第一批来客》（*The First Men in the Moon*）和社会学著作《预期》（*Anticipations*）。

1902 年　应邀在皇家科学研究所演讲。

出版小说《海上女王》（*The Sea Lady*）和非小说类作品《发现未来》（*The Discovery of the Future*）。

1903 年　加入社会主义团体费边社。

参加了名为“系数”的讨论组。

与乔治·萧伯纳、西德尼·韦博和碧翠斯·韦博兄妹以及弗农·李成为好友。

出版《十二个故事和一场梦》（*Twelve Stories and a*

Dream）和非小说类作品《制造人类》（*Mankind in the Making*）。

1904 年　出版科幻小说《神食》（*The Food of the Gods and How It Came to Earth*）。

1905 年　出版小说《现代乌托邦》（*A Modern Utopia*）和《基普斯》（*Kipps*）。

1906 年　赴美国巡回演讲，见到西奥多·罗斯福、马克西姆·高尔基和布克·T. 华盛顿。

出版科幻小说《彗星来临》（*In the Days of the Comet*）以及非小说类作品《美国的未来》（*The Future in America*）、《社会主义与家庭》（*Socialism and theFamily*）。

1908 年　与萧伯纳和韦博兄妹产生分歧并因此离开费边社。

出版科幻小说《大空战》（*The War in the Air*）以及非小说类作品《新世界》（*New Worlds for Old*）、《一劳永逸的事物》（*First and Last Things*）。

1909 年　出版小说《托诺·邦盖》（*Tono-Bungay*）、《安·维罗妮卡》（*Ann Veronica*）。

1910 年　出版《波利先生的故事》（*The History of Mr. Polly*）。

1911 年　出版短篇小说集《盲人乡及其他故事》（*The Country of the Blind and Other Stories*）、《墙上之门及其他故事》（*The Door in the Wall and Other Stories*）、小说《新马基雅维利》（*The New Machiavelli*）和非小说类作品《地面游戏》（*Floor Games*）。

1912 年　出版小说《婚姻》（*Marriage*）和非小说类作品《伟大的国家》（*The Great State*）、《威尔斯的伟大思想》（*Great Thoughts From H. G. Wells*）、《威尔斯的思想》（*Thoughts From H. G. Wells*）。

1913 年　出版小说《感情热烈的朋友》（*The Passionate Friends*）和非小说类作品《小型战争》（*Little Wars*）。

1914 年　访问俄国。

出版小说《获得自由的世界》(*The World Set Free*) 和《哈曼先生的妻子》（*The Wife of Sir Isaac Harman*）以及非小说类作品《一个英国人看世界》（*An Englishman Looks at the World*）、《结束战争的战争》（*The War That Will End War*）。

1915 年　出版小说《比尔比》（*Bealby*）、《辉煌的研究》（*The Research Magnificent*）以及非小说类作品《世界的和平》（*The Peace of the World*）、《战争与社会主义》（*The War and Socialism*）。

1916 年　出版以第一次世界大战为主题的小说《布特林先生看穿了它》（*Mr. Britling Sees It Through*）以及非小说类作品《世界将要发生什么？》（*What Is Coming*？）和《重建的要素》（*The Elements of Reconstruction*）。

1917 年　暂短的宗教信仰经历促成了小说《一位主教的心灵》（*The Soul of a Bishop*）和非小说类作品《上帝是看不见的王》（*God the Invisible King*）的出版。

1918 年　受聘于英国信息部，从事战争宣传工作。

加入国际联盟筹建委员会。

出版《第四年：展望世界和平》（*In the Fourth Year: Anticipations of World Peace*）和《英国民族主义与国际联盟》（*British Nationalism and the League of Nations*）。

1919 年　出版小说《不灭的火焰》（*The Undying Fire*）。

1920 年　出访俄国，见到列宁、托洛茨基、高尔基、莫拉·巴德勃格。

出版《阴影下的俄国》（*Russia in the Shadows*）以及广受好评的畅销书《世界史纲》（*Outline of History*）。

1921 年　访问美国，参加在华盛顿召开的世界裁军大会。

出版《新历史教学》（*The New Teaching of History*）。

1922 年　出版《世界简史》（*A Short History of the World*）和《世界史纲》（*Outline of History*）修订版。

出版《华盛顿与和平的希望》（*Washington and the Hope of Peace*）以及小说《心脏的密所》（*The Secret Places of the Heart*）。

加入劳工党，竞选国会议员失败。

1923 年　竞选国会议员再次失败。

出版小说《神秘世界的人》（*Men Like Gods*）和《梦想》（*The Dream*）、非小说类作品《社会主义与科学动机》（*Socialism and the Scientific Motive*）、《劳工的教育理想》（*The Labour Ideal of Education*）以及传记《一个伟大校长的故事》（*The Story of a Great Schoolmaster*）。

1924 年　《大西洋月刊》（*The Atlantic*）出版《威尔斯作品集》（*The Works of H. G. Wells*）。

1925 年　出版小说《克里斯蒂娜·阿尔贝塔的父亲》（*Christina Alberta's Father*）和非小说类作品《世界事务预测》（*Forecast of the World's Affairs*）。

1926 年　与天主教作家希莱尔·贝洛克就《世界史纲》（*Outline of History*）发生争论。

出版小说《威廉·克里索尔德的世界》（*The World of William Clissold*）。

1927 年　出版《威尔斯短篇小说集》（*The Short Stories of H. G. Wells*）以及小说《与此同时》（*Meanwhile*）和非小说类作品《遭到修正的民主》（*Democracy under Revision*）。

1928 年　出版《凯瑟琳·威尔斯之书》（*The Book of Catherine Wells*）。

出版小说《布莱沃锡先生在兰波岛》（*Mr. Blettworthy on Rampole Island*）以及非小说类作品《世界的走向》（*The Way the World is Going*）、《公开的密谋》（*The Open Conspiracy*）。

1929 年　在德国议会发表演讲，演讲内容被整理成《世界和平的共识》（*The Common-Sense of World Peace*）并出版。

出版了电影剧本《曾是国王的国王》（*The King Who Was a King*）和儿童读物《托米历险记》（*The Adventures of Tommy*）。

1930 年　与其儿子 G.P. 威尔斯以及朱利安·赫胥黎共同出版教科书《生命的科学》（*The Science of Life*）。

出版小说《帕尔厄姆先生的独裁》（*The Autocracy of Mr. Parham*）和非小说类作品《通往世界和平之路》（*The Way to World Peace*）。

1932 年　出版小说《伯尔平顿沦落记》（*The Bulpington of Blup*）、教科书《劳动、财富与人类的幸福》（*The Work, Wealth, and Happiness of Mankind*）和非小说类作品《民主之后》（*After Democracy*）。

1933 年　出版《科幻小说集》（*Scientific Romances*），收录了其七部最受欢迎的作品。

出版小说《未来世界》（*The Shape of Things to Come*）。

担任国际笔会主席。

1934 年　出访苏联和美国，见到约瑟夫·斯大林和富兰克林·罗斯福。

出版《威尔斯自传》（*Experiment in Autobiography*）。

1935 年　与导演亚历山大·柯达合作，制作电影版《未来世界》（*The Shape of Things to Come*），1936 年以《笃定发生》（*Things to Come*）之名发行上映。

1936 年　出版非小说类作品《剖析挫折》（*The Anatomy of Frustration*）和《世界百科全书的设想》（*The Idea of a World Encyclopedia*），小说《槌球手》（*The Croquet Player*）和剧本《创造奇迹的人》（*The Man Who Could Work Miracles*）。

1937 年　担任英国科学促进会 L 分会主席。

出版小说《新人来自火星》（*Star Begotten*）、《布林希尔德》（*Brynhild*）、《剑津之旅》（*The Camford Visitation*）。

1938 年　出版小说《兄弟》（*The Brothers*）、《关于多洛雷斯》（*Apropos of Dolores*）和非小说类作品《世界的大脑》（*World Brain*）。

开始澳大利亚巡回演讲之旅。

1939 年　出版小说《神圣的恐惧》（*The Holy Terror*）和非小说类作品《一位共和激进分子的寻找激流之旅》（*Travels of a Republican Radical in Search of Hot Water*）、《人类的命运》（*The Fate of Homo Sapiens*）、《新世界秩序》（*The New World Order*）。

1940 年　赴美进行巡回演讲。

出版非小说类作品《人的权利》（*The Rights of Man*）、《战争与和平的共识》（*The Common Sense of War and Peace*）、《两个半球还是一个世界？》（*Two Hemispheres or One World?*），以及小说《黑暗树林中的婴孩》（*Babes in the Darkling Wood*）、《驶向阿勒山》（*All Aboard for Ararat*）。

1941 年 出版最后一部小说《小心驶得万年船》（*You Can't Be Too Careful*）以及另一部作品《新世界指南》（*Guide to the New World*）。

1942 年 出版《科学与世界思想》（*Science and the World Mind*）、《征服时间》（*The Conquest of Time*）和《菲尼克斯》（*Phoenix*）。

发表题为《论幻觉在高等后生动物个体生命延续中的特质——兼论智人类》（*On the Quality of Illusion in the Continuity of Individual Life in the Higher Metazoa, with Particular Reference to the Species Homo Sapiens*）的动物学博士论文。

1943 年 被授予博士学位。

出版《克鲁克斯·安萨塔》（*Crux Ansata*）。

1944 年 出版 1942—1944 年的论文集。

1945 年 出版最后两部书《穷途末路的心灵》（*Mind at the End of Its Tether*）和《快乐的转折》（*The Happy Turning*）。

1946 年 8 月 13 日，在伦敦的家中去世。

10